史上第一混亂

卷七 前世因果

張小花——著

目錄

Contents

第一章

空空兒

何天寶道：「他就是傳說裡有名的盜賊和殺手空空兒，
是我讓他到你當鋪裡把那些寶貝都拿來的，
我想知道你身邊都有些什麼人、來自什麼朝代，
只能再找人幫我鑑定那些東西，很可能是在這個環節惹上麻煩的。」

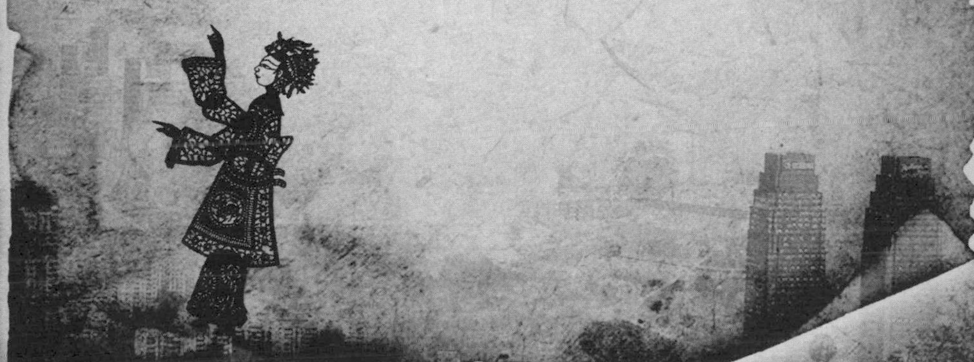

這天我接到一個奇怪的電話，對方是一個聽不出口音聽不出年紀的人，開門見山要跟我談生意。我說：「那您是想具體跟我合作哪一項呢？」

最近這樣的電話我沒少接，主要是我手裡有不少項目可做，包括五星杜松酒和各種口味的藥茶，甚至有人提出要把我們研發出來的胃藥做成製劑上市，但人家扁鵲和華佗都是醫者父母心那種大夫，哪有父母做出藥來賣給孩子賺錢的？

對方說：「我對蕭先生手上一些特別的資源很感興趣，不知道能不能出來談一談？」

我心一提，故意打岔道：「您是說我的智力嗎，把我研究透澈了，我保證人類文明進步二十年。」

對方笑道：「蕭先生真幽默，我聽說你以前做過古董生意？」

「古董？沒有啊——」我頓時加了小心。

「蕭先生不要緊張，我們是懷著無比的誠意來跟你談的，不知道能不能約個地方，為表示我們的坦誠，地點可以由你選。」

我忙道：「如果還是這個話題，我們就沒必要談了，我沒做過古董生意。」

我正要掛電話，忽然換了一個人接過話筒說道：「蕭老弟，是我，雷老四。」

「雷……」我聽出那是被我砸過場子的那位黑社會老大：「雷老闆啊？找我有什麼吩咐？」

雷老四道：「我身邊這位朋友就是怕你多心，所以找我來做個見證，他絕對沒什麼惡意，至於他要跟你談什麼我不摻合，只希望你賣我個老面子出來坐坐。」

我心生疑竇：跟我有過過節的雷老四在我這有什麼面子？對方又是什麼人，居然能使喚動雷老四，聽口氣，雷老四對這人也敬畏三分，看來對方之所以請他出馬，並不是要打感情牌，而是在告訴我：我們是惹不起的——

雷老四進一步道：「蕭老弟，出來見個面如何？」

我說：「既然雷老闆吩咐了，那地方你通知吧。」

雷老四道：「還是蕭老弟選地方吧。」

我忙道：「別，我信得過你，我看不如就在上次咱們見過面的『錢樂多』怎麼樣？」

雷老四想了一下道：「好，夠爽快，一小時後我們準時碰面。」

到了地方，接待我的還是上回那個小個兒，他告訴我他們老闆已經在等著我了，看來對方比我還急。

一進會議室，就看見雷老四陪著一個年紀三十歲左右的老外坐著，雷老四神態恭謹，那老外見我進來，搶上一步跟我握手道：「蕭先生，幸會。」聽聲音就是剛才跟我打電話的人。

我勉強跟他握了握手，湊到雷老四跟前小聲說：「你怎麼還跟老外有關係？」

雷老四指著老外給我介紹說：「這位有個中國名字叫古德白，古先生這次來中國點名想要見你，蕭老弟，看不出你還名揚在外啊。」

我打量了一眼古德白，這是一個很尋常的老外，跟我在育才裡見過的千千萬萬的遊客一樣，我笑道：「古德白——這名字按我們中國人的理解，可有點不大吉利。」

古德白用一口純熟的中文笑說：「是嗎，這是一位算命先生給我起的，我本名叫格爾‧皮斯。」

雷老四站起身道：「你們慢聊。」說著走了出去。

我問古德白：「你中文說得這麼好，有什麼事就說吧。」

古德白道：「蕭先生，我們明人不說暗話，你手裡有大量我們感興趣的東西，所以我把你找來，如果可以，現在就談價錢；當然，你不信任我們，這很合理，所以條件你隨便開，戶頭你可以任意選，我們可以先交錢再收貨……」

我忙擺手道：「等會吧，你說的我一句也聽不懂，你們到底想要什麼？」

古德白大概有著豐富的與人周旋經驗，所以他一點也不煩躁，攤開肩膀很輕鬆地說：「古董嘍。」

我問：「你究竟是什麼人？」

古德白道：「我不是一個人，我們是一群愛好相投的人，對古董，尤其是中國的古玩有著極大的熱忱，我們現在所做的工作就是搜集散落在民間的古董，因為我們覺得我們有義務給予這些歷史珍寶更好的照顧，至於價錢你可以放心，我們不會虧待任何朋友，還有就是中國政府許多條例可能會對我們的交易有所限制，因而帶來的小麻煩你同樣不必擔心，只要你把東西交給我們的那一刻起，這件事就與你完全無關了；就算受到責問，我們也絕不會說出你的個資，這是我們組織的信譽，如果有人膽敢破壞這種信譽，我們內部的人會處理並挽回一切對協力廠商造成的損失。」

我猛然問：「你什麼學歷？」

古德白愣了一下，摸不著頭腦地說：「電子工程和經濟管理雙碩士，你問這個幹什麼？」

我頓時想到了費三口跟我說的，看來拿著鐵棍四處扒墳的就是這類人——我決定了，我就先假裝答應他。

我邊掏手機邊打岔說：「你是從哪聽說我手裡有古董的？」我在兜裡就按好號碼，假裝看時間對著他使用了一個讀心術，結果很讓我抓狂：除了那個圖很抽象看不懂以外，文字更是曲裡拐彎。要是英語我還能連猜帶矇，可這分明就是十大語種以外的文字。這小子，思考問題居然能用電腦程式設計術語！

古德白見我神色古怪，說：「蕭先生趕時間嗎？對你剛才的問題我無可奉告，總之我們知道你有，剩下的就是你肯不肯跟我們合作的事了。」

我站起身道：「那誰告訴你的，你找誰買去吧，反正我是沒有。」

古德白一點也不著急，微笑道：「我們也不認為你能這麼快答應，想好了隨時通知我。」

我走到門口忽然轉身說：「哎對了，你們要是真想要，我倒是有一件上了年頭的東西。」

古德白眼前大亮：「蕭先生想好了？什麼時候把東西帶來讓我們鑑賞鑑賞？」

我指著門外我開來的那輛車說：「那個你們感興趣嗎？雖然年代趕不上唐宋時期的，可在我們國內四個車輪還在跑的，絕對沒比它更有年頭的了。」

出了「錢樂多」我還一個勁納悶呢，我什麼時候變得這麼有種了，跟黑手黨沒談兩句就崩了。不過我把車賣給他們也是好意，那車上誰沒坐過？椅背上隨便一根頭髮也好幾百年呢。

可是對方為什麼會知道我手上有寶貝？這說明我的底細他們已經摸得差不多了，那解釋就只有一個了：何天竇這個老東西把我的底兜給了這幫外國人。

一直以來我們雖然衝突不斷，可我並沒有拿他當真正的敵人，可這回不一樣，那些古董要是被老外得去的話，對我們的國家無疑是一場災難，那麼，何天竇就是我繼秦檜和吳三桂之後見到的又一大漢奸！

我忿忿想著，一邊踩油門，這回發動了兩次才著，我這輛座架實在是已經不堪重負了，既然出來了，我索性決定去看看車。

來到最大的汽車交易市場，先在展廳裡看了一會，這裡陳列的都是一些中低檔轎車，不在我考慮的範圍之內，因為我需要一輛既好看又能裝人的車。

我在大廳裡繞了兩圈，引起了一個年輕推銷員的注意，我把我的意向跟他一說，他帶著我來到他們的試駕場，問我：「先生想選擇一款什麼價位的車呢？」

我看著一排排大型越野和商務用車，左顧右盼地道：「錢嘛，只要靠譜就行。」經驗豐富的推銷員馬上看出他面前這位顧客應該是個有錢人，他滿臉堆花把我領到一輛賓士吉普前，說：「那我能給您介紹的只有這一款經典的G系賓士吉普車了，很多人對它的評價是：不管用得著用不著，都應該有一輛。」

「用不著買一輛幹什麼？」我一邊說著，心裡卻有點怦然心動，它是一輛方頭大耳的傢伙，極盡粗獷之美，加上賓士的牌子，應該就是我想要的車。

推銷員在一邊煽風點火道：「它只為最成功的人士服務，也就是為您這樣的男人而做的，您可以上去跟它說說話，有時候車子也選人的！」

我上了車，繞著場地開了兩圈，嘿，不愧是高檔車，果然好開。我決定就是它了，價錢是貴了點，一百萬出頭，勉強還能接受。

我掏出證件和支票本，推銷員滿眼小星星望著我，這時正好電話響，我接起電話：「喂？」

劉老六賊兮兮地道：「小強你在哪呢？」

「我買車呢，你有事嗎？」

劉老六道：「你買車幹什麼？」

「我那車有時候開回去就剩四個輪子了，再不換行嗎？」

劉老六嘿嘿道：「我要是你就先不換。」

「……什麼意思？」

「你十二月份的工資下來了。」

我心一動：「跟車有關係？」

「是的，就在我給你打電話的前一秒，它已經附著到你經常開的那輛車上了，這個月的工資可是非常帶勁，現在你的車已經開啟了無敵防護，毫不誇張地說，就算全世界的核子武器和導彈都在你身邊爆炸，你只要坐在車裡絕對毫髮無傷。」

我反應過來：不就是一輛防彈車嗎？再說我哪那麼大罪過讓全世界的核子武器都往我這兒發射啊？

我鬱悶道：「你淨給我些亂七八糟的東西，車子要那麼結實有用嗎？」

劉老六道：「當然還有其他的用處，這要你慢慢發現，你肯定用得著它。」

我看了眼正眼巴巴瞧著我的推銷員，捂著電話說：「我剛看好一輛新車，能不能把工資轉移到新車上？……」

劉老六斷然道：「當然不行，這是天庭的大忌，我們絕不允許有自由散漫的行為，這是會引起混亂的。」

我說：「只是讓你們換個車而已，又沒要你們把我弄成刀槍不入。」

「總之這件事是沒得商量，而且我好心提醒你一下，你很快就必須用到它的其他功能，我要是你，就絕不再買一輛車放著。」

我掛了電話，推銷員小心翼翼地說：「先生？」

我抱歉地對他說：「對不起，這車我暫時不能買了。」

推銷員看了我手上的電話一眼，似笑非笑地說：「沒關係，先生。」

別了，我的賓士吉普。

進了一月以後，很快就要過年了，這晚，大約凌晨兩三點鐘的時候，我迷迷糊糊間彷彿聽見窗外傳來兩聲低沉的哧啦哧啦的聲音，然後是玻璃破碎和人聲，幾分鐘後，有車子發動並離開的聲音。

我在睡夢中並沒有當回事，結果安靜下來沒五分鐘，床頭的電話響了起來，我帶著濃重的睏意接起。

「是小強嗎？」

我不滿道：「你哪位？」

「我是何天竇。」

我這人最恨睡覺被人吵醒，看了一眼還在熟睡的包子，哼聲道：「我怕你了行不行，你要是劃下什麼道來，我接著就是了，能不能明天再說？」

真沒想到啊，這老東西好一陣子沒動靜，我還以為他憋著什麼壞呢，沒想到學會半夜打騷擾電話了。

何天竇忙道：「你別掛，聽我說，我遭難了，想來想去能幫我的也只有你。」

我睡意全無，坐起身道：「你說真的假的？」

「當然是真的，我沒必要騙你。」

我使勁一拍大腿，興奮道：「謝謝你告訴我這個好消息啊，我又能睡個好覺啦。」

何天竇嘆氣道：「別鬧了小強，你想想我一直以來有沒有真的想害你，我們最多是立場不同，可我不是你的敵人。」

我頓了一頓說：「那我能怎麼幫你，你在哪呢？」

「你現在從樓上下來，打開門就可以看到我了。」

我撥開窗簾往外看了看，黑乎乎的什麼也沒有，我披了件外衣悄聲來到門口，心情禁不住有點緊張，終於就要見面了。

我深吸一口氣，打開門一看，外面果然站著一個老頭，只見他皮膚光潔，面帶微笑，銀絲一樣的白髮梳得一絲不掛……總之看起來不但不像個逃難的人，反而更像是一個得體的紳士。

我愣了一下，這不就是我那位鄰居嗎？我的鄰居就是何天竇，他居然一直就住在我隔壁！

老紳士衝我微微一笑：「小強，是我。」

何天竇見我發愣，用手指了指屋裡：「我可以進去嗎？」

我只好側身把他讓進去，探頭看了看隔壁，發現他房子上的玻璃碎了好幾塊，看來剛才的聲音就是從那發出來的。

何天竇進了我家裡，背著手打量著，摸著下巴道：「嗯，裝修得不錯，那幾位皇帝陛下還住得慣嗎？我建議你參考一下歐洲宮廷風格。」

我讓了座給他，直接地問：「你到底是怎麼回事？」

何天竇微笑道：「還看不出來麼，我家被人襲擊了。我只好先來你這裡避一避。」

我皺眉道：「作為一個神仙你丟不丟人，怎麼會出這種事情？」

連我自己也沒想到，我們會在這種情況下見面，更讓我意外的是，我們之間居然不自覺地就能像老朋友一樣談話。

何天竇攤攤肩膀：「遭報應了唄。」

我猛地離他遠遠的道：「你會不會被雷劈？」

我突然想起來劉老六說的，何天竇就快遭天譴了，看來這不是一句玩笑話。

何天竇衝我招招手道：「別緊張，天譴已經遭過了，再要被雷劈，那絕對是你連累我。」

我捏著手機看著他，何天竇道：「坐下，有什麼問題儘管問，但不要對我使用讀心術，要不你鐵定會被拉進黑名單，我的神格還在，你那些小玩意兒不管用。」

我說：「你被什麼人襲擊了？」

「不知道，他們有槍，突然衝進來的。」

「你不是神仙嗎，怎麼搞得這麼狼狽？」

何天寶嘆氣道：「別說我法力只剩下不到從前的十分之一，就算是劉老六碰到這樣的事情也不能輕易出手，這就是天道，所以我只能隱了身，眼睜睜看他們衝進來。」

我問：「我那些古董是不是你拿走的？」我們兩個乍見之下，很多話實在是無從挑頭，只好挑了一個我最關心的問。

「不錯，是我。」

我鬆了一口氣道：「你想幹什麼，打算什麼時候把它們還給我？」

何天寶道：「我本來只是想和你開個玩笑，這些東西在你那還是在我這沒什麼區別，不過在十分鐘之前它們已經被人搶走了。」

我吸了口冷氣道：「是古德白那幫孫子幹的！」

「古德白是誰？」

我奇怪地看了他一眼，懷疑他是不是在裝糊塗，我跟他解釋了古德白以及黑手黨，問：「難道你以前沒招惹過這幫人？」

何天寶搖頭道：「我怎麼說也是神仙，怎麼會和這些人搭上——我知道是誰了。」

「誰呀，對了，你身邊不是有一個會飛簷走壁的保鏢嗎？」

「可能就是他，他已經很久沒和我會過面了。」

「那他到底是誰，怎麼會跟黑手黨拉上關係的？」

何天竇想了想道：「他就是傳說裡有名的盜賊和殺手空空兒，他很小的時候我就幫他恢復記憶了，這麼多年來一直跟著我，是我讓他到你當鋪裡把那些寶貝都拿來的，可是我被貶下界以後，很多事情要想瞭解清楚就不那麼容易了，我得了你那些東西以後，要想知道你身邊都有些什麼人、來自什麼朝代，只能再找人幫我鑑定那些東西，很可能是在這個環節惹上麻煩的。」

我拍著腿叫道：「你怎麼這麼糊塗，那些東西能隨便給人看嗎？我不管啊，東西是你丟的，你要負責找回來。」

何天竇渾不在意道：「東西拿回來是小事，不過你也別想擺脫干係，我就不信他們不知道你就住我隔壁，人家大概以為我們是一夥的，所以搶我，一是為了寶貝，二是為了威脅你，你要拿不出更好的東西來，只怕下一個受襲擊的就是你了。」

我甩手道：「你說我這是招誰惹誰了——你那個空空兒跑哪去了，會不會是他出賣你？」

何天竇道：「應該不會。」

我說：「現在說說古董的事吧，你打算怎麼把它們搶回來？對了，你不是有藥嗎，給古德白來一顆，說不定他上輩子是蘇格拉底還是亞里斯多德什麼的，只求真理不愛錢。」

何天竇道：「我說過這不算什麼事情，你認為幾個凡人拿著槍就真能和神鬥了嗎，所以最大的為難之處不是黑手黨也不是古董。」

我忙道：「那是什麼？」

何天寶打量著我，忽然道：「你能不能穿件衣服再跟我說話？」

我全身只穿了條三角內褲，說：「開了暖氣我不冷。」

何天寶嘆息道：「真想不到他們居然挑了一個從不穿睡衣的人來接我的班。」

我聽了何天寶最後一句話，不禁問道：「什麼接班人？」

何天寶擺了擺手道：「現在還不到跟你說的時候。」

這時電話很突兀地響了起來，我一看又是個陌生號碼，接起來一聽，古德白說：「蕭先生……」

「有什麼事明天說！」我不等他說完就掛了電話，指著電話跟何天寶說：「這可是你的事啊。」

何天寶道：「給我找個地方，我先睡一覺，其他事明天再說。」

「嘿，你倒跟個大爺似的，別忘了你以前是怎麼跟我作對的。」

何天寶嘆了口氣，怔了一會道：「算了，給我找本書，我湊合看會行了。」

我翻著白眼道：「你想看啥書？」

「《神曲》有嗎，最好是拉丁文的。」

我把一本《聊齋》扔到他懷裡道：「湊合著看吧！」

第二天，天亮後果然有電話打進來，這回是雷老四，他帶著偽善的笑意道：「蕭老弟，昨天睡得怎麼樣？」

我也笑道：「不太好啊。」

雷老四可能還不太習慣跟人這樣說話，索性直話直說：「古先生把昨天的事都跟我說了，雖然有些話我不方便問，可也差不多聽出來了，他就是對你手上的什麼東西感興趣，又不白要你的，你給他不就完了麼，最多在價錢上商量商量。」

我打斷他道：「他們給了你多少錢？」

雷老四頓了一頓，哈哈笑道：「好，痛快，那我也就什麼都不多說了，錢確實不少，咱們出來混不就是為財嗎，再說人家既然託到我這兒了，咱們道上混的總不好一口就回絕。」

我說：「雷老闆，事情沒有你想的那麼簡單，我勸你一句，這件事你最好不要摻合進來，尿潑在身上一身臊，硫酸潑在身上可就不是名聲問題了，有些錢是不能拿的。」

古德白這回不是得罪了不該得罪的人，他是得罪了不該得罪的神，就算何天竇不對付他，李河和費三口也不是等閒之輩，我提醒雷老四倒不是心好，而是不想惹不必要的麻煩。

雷老四冷冷道：「你是在給我上課嗎？」

我聽他口氣不善，攤手道：「不敢，我就是隨便說說。」

雷老四道：「論年紀，我兒子比你小不了幾歲；論名頭，去年的現在，你小強還名不見經傳，我這麼說的意思是我老皮老臉的，你總得給我個面子吧？」

犯法了。」

我嘿嘿道：「那我就稱你一聲前輩，前輩把話說到這兒了，我就再挑明一層吧，他們要的東西如果一直在我這兒那沒什麼，可是一旦到了他們手裡——尤其還是外國人，那就成了犯法了。」

雷老四奇道：「到底什麼東西？」

我說：「古董！」

雷老四嗤的一聲，道：「我還以為是什麼呢，神神秘秘的，你收藏古董還不是為錢嗎？」

看來這雷老四是鑽到錢眼裡了，我輕笑道：「總之該提的我都提到了，雷老闆你自己理解。」

雷老四終於勃然道：「姓蕭的，說好聽的是讓你給我個面子，說本分的是你小子欠我的人情，上次砸我場子的事，我一直沒跟你算帳，那是看你小孩子不想以大欺小，你以為我怕了你了？反正這回錢我已經收了，人家說得明白，事要提早成了，這是我的仲介費；如果不成，這就是你的買命錢！」

我嘆了口氣掛了電話。我忽然發現這個雷老四，在小事上很精明，能忍能扛，可一旦在利益面前就變得十足鼠目寸光，他就不想一幫老外花大價錢雇他這樣身分的人為他們幹活，那古董得是什麼級別的！我也很願意把民國時候的袁大頭高價賣給那些老外，可這是一回事嗎？

包子早上走的時候並沒有看見何天竇，現在他正在和項羽聊天，也不知他和項羽說了什麼，兩人一起爽朗地笑起來。

天大亮後，何天竇回到自己那邊拿了件睡衣回來，找到我說：「小強，看來你還得幫我一次，你現在手上還有什麼古董？」

我詫異道：「要幹嘛？」

何天竇聳肩道：「剛才我回去的時候接到電話，對方綁架了空空兒，要我在廿四小時之內再拿一件古董去換。」

我道：「那你真的打算照他們說的做嗎？」

「暫時沒有別的辦法。」

我鬱悶道：「那你算算他們把他綁到哪兒了，我想辦法。」

何天竇無奈地道：「凡是和自身有關的事都算不到的。」

我忽然想起一件事來：「上次我們突襲你在春空山的別墅，其實你沒有跑掉，只是隱身了？」

何天竇笑道：「是啊，我眼睜睜看著你們砸我的密室，剛才我和項羽就是說這事呢。」

我額頭汗下：「我說老感覺旁邊有人呢——能說說你救空空兒的具體計畫嗎？還有你打算怎麼把那些東西拿回來？」

「先用一件古董穩住他們再說，實在不行，我只好使出殺手鐧了！」

我興奮道：「是什麼？」

何天賫冷森森道：「用錢買！」

我愕然。

何天賫道：「你以為那些黑手黨搜集古董真的是愛好嗎，還不是為了錢——」

這老何跟雷老四真是一個師父教出來的啊，連邏輯都一樣。

何天賫自豪地說：「其實我很有錢，如果實在不行，我就為了國家傾家蕩產一回，總不能讓那些寶貝落到別人手裡。」

這時我已經徹底抓狂了，原本以為自己是在和神並肩戰鬥，結果只是一頭貴州的毛驢——不幸中的萬幸，這是一頭很有錢的貴州毛驢。

我跌坐在沙發裡，無力道：「如果你真的不是在開玩笑，我也不瞞你，現在我手裡最值錢的兩件東西，一是李師師送我的寶珠，還有就是花木蘭穿過的盔甲。」

何天賫看了看這兩件寶貝，篤定地說：「收起來吧，買不起，這兩件東西一現世，我們的麻煩更大，你有保險櫃嗎，不行先放我那兒。」

我奇道：「放你那兒？」

何天賫道：「他們剛掃蕩完我，肯定想不到我還敢把東西放回去。」

我鄙夷道：「既然那麼安全，你怎麼不回去住？」

何天賫絲毫沒有窘迫，道：「人回去就不一樣了。」

「那你說現在怎麼辦呢？」

何天竇道：「你能不能從哪兒借幾件古董先用著，完事了再給送回去。」

「你說的輕巧，古董又不是自行車，你以為誰家都有啊？再說，你有把握一定給人家還回去嗎？萬一你的金錢攻略失敗了怎麼辦？」

何天竇道：「只要他們先放了空空兒就一切好辦，他一定是不留神才被對方制住的，我太瞭解他的本事了，只要他脫困，幾個黑手黨不足為慮，但是我們現在拿出來的東西絕不能太好，東西越好，空空兒就越危險，我這麼說你肯定能明白，放眼都是錢的路，沒人願意回頭，除非讓他們以為我們已經油盡燈枯了。」

原來何天竇的真正王牌是空空兒，可我去哪跟人「借」幾件古董呢？這東西既不能太寒酸，又不能好到引起對方更大的貪欲，我很快就想到一個人：古爺！老頭玩了一輩子古董，手上應該有我需要的東西。

我給古爺打了一個電話，說明了大概意思，當然，在老爺子面前既不能多說，也不能編得太離譜，他知道我是個對古董一竅不通的半吊子，所以我也沒跟他說借來賞玩什麼的屁話，只說拿去撐撐場面，用完就還。

以我現在的身分，借幾件東西去撐門面是很順理成章的事，我以為古爺會很痛快地答應，沒想到老頭沉吟了一會兒道：「你先來我這兒，其他的事到了再說。」

我走的時候，何天竇道：「一定要成功，對方只給廿四小時，我們快沒時間了。」

我來到聽風樓，已經有兩個身穿勁裝的徒弟站在門口迎接我了，我上了樓一看，乖乖不得了，樓上站了一圈古爺的人，都背著手不說話，老虎站在古爺的身邊，我衝他打招呼，他也只是尷尬地朝我笑了一下，古爺的瞎子也不裝了，墨鏡放在一邊，臉色陰沉地坐在當中。

我摸不著頭腦，陪著笑道：「老爺子，您這是……」

古爺一擺手道：「坐！」

我小心翼翼地坐下，有人面無表情地給我倒了一杯茶，古爺忽道：「小強，你到底是誰？」

這可把我問住了，你要是問我昨天晚上吃的什麼，或者喝的什麼我都能告訴你，可這個問題就有難度了。

我發了半天呆，還是一句話也沒說，這時跑上來一個人在古爺耳邊說：「他沒帶別人。」可能是說我，我帶人幹什麼?!

古爺神色漸緩，忽然摸著茶杯道：「男人呀，吃喝嫖賭都沒什麼，就是不能當賣國賊！」

「瞧您說的，賣國賊?誰是賣國賊？」古爺後面半句更讓我迷糊了。

古爺高聲問道：「你要古董幹什麼?」

還不等我說出理由糊弄人，老虎已經忍不住說：「就是前幾天一個老外找到古爺，提出要買他手裡所有的古董，一看就是那些走私文物的雜碎，古爺不缺錢，可這不是主要的，主要的是：他老人家不能眼睜睜看著別人把我們祖上留下的好玩意兒都倒騰出去！」

古爺聽了老虎這番話，欣慰地點了點頭。

我頓時恍然，古德白神通廣大，居然把勾當做到古爺這來了！我湊巧這麼一來，古爺他們難免不把我當成古德白的幫凶，認為我是黑手黨一夥的。

我傷心道：「你們怎麼能這麼想我呢？」

古爺道：「在這個節骨眼上，你突然跑來找我要東西，不能怪我多心，現在你告訴我，你打算拿這些東西幹什麼？」

我嘆口氣道：「好吧，我就直說了，這回來您這兒確實跟那幫人有關係，而且從您這拿的東西也確實是打算交給他們的……」

古爺的人群情激憤，連老虎也忍不住狠狠瞪著我，古爺一揮手：「讓他說完。」

「可我是為了救人，而且保證東西最後完璧歸趙。」我言簡意賅地把空空兒被綁架的事一說，他的身分當然不能挑明，只說是一位朋友。

老虎皺眉道：「那你怎麼保證東西最後安然無恙？強子你也知道，那些可都是古爺的命根子！再說，用自己的錢把自己的東西買回來，我這個腦子的人都做不出這種事來！」

古爺忽然示意他住口，眼睛閃爍著問我道：「對方頭前到底搶了你什麼寶貝？」

這老頭子真是古董癡，這當口居然還在關心這個，可是不得不說他抓住了問題的關鍵，對方是黑手黨，小蝦小魚根本不會引起他們的垂涎。

我幾次欲言又止，實在不知道該怎麼說，古爺老了，可不糊塗，隨便編個謊話只怕會適得其反，而且這種漏洞極大的謊只能是圓不勝圓，人家只需問我，那麼多古董你是哪來的，我就抓瞎了。

古爺見我為難的樣子，道：「老虎也跟你說了，那些寶貝就是我的命根子，你不把話說清楚，我怎麼可能放心給你？」

這時我已經下定了決心，衝古爺使了一個極其不易察覺的眼神，古爺不動聲色地說：「老虎，你帶著他們下去走走。」

老虎一怔，但沒說什麼，帶著人下去了。

古爺把杯裡的茶倒滿，道：「說吧，古爺我倒要看看你有什麼見不得人的秘密。」

我沒來由地說：「您相信轉世投胎嗎？」

古爺也不奇怪，知道我必有下文，抓了抓白頭髮道：「以前不信，不過現在倒是希望真的有，因為你爺爺我就快活到頭了。」

我笑道：「那您喝孟婆湯的時候可別老惦記著裝瞎子了，要不下輩子真的轉成個瞎子。」

古爺終究有點沉不住氣了：「你到底要說什麼？」

「我被搶走的古董，包括荊軻刺秦王的那把短劍、項羽穿過的黃金甲，他們三個以及劉邦和李師師身上換下來的衣服，大部分都是九成新而且十足真貨。」

古爺愕然道：「什麼意思？」

「他們本人就跟我住在一起，如果您願意，我一個電話就能讓西楚霸王來陪您喝茶，或者讓李師師那小妞給您彈段三弦兒，想見秦始皇難點，最近電視上秦王陵挖掘總工程師就是他……」

我把五人組、三百一直到梁山好漢的事情都告訴了古爺。

古爺眼神茫然，倒真像極了瞎子，喃喃道：「我該相信你嗎？」

我說：「您有什麼疑惑就問。」既然已經說了真話，我也不怕人問了，原來說真話的感覺也不錯。

古爺忽然道：「上次在武林大會你給我那一堆東西，我仔細看過都是宋代的，可難為都沒一點氧化和出土的痕跡，甚至包括一張紙做的護身符……」

我點頭道：「嗯，那都是現從真人身上扒下來的，我吃的那塊餅歲數都比您大；還有上次我領的那倆孩子您還記得嗎，跟老虎掐架那回，那也是岳飛的小戰士。」

古爺這時再無懷疑，失聲叫道：「哎喲，上次見沒想到他們是宋朝的前輩，這可得罪了。」

我笑道：「沒事，我們相處都是按自身年齡算的，下回您見了他們，照樣當爺爺。」

我們把話說開以後，古爺問我：「你需要什麼樣的古董去救人？」

我說：「就是那種看上去就是古董的古董。」

古爺微微一笑：「我明白。」他走進一間屋子，不一會拿出兩件東西來，一件鏽跡斑斑，是一個香爐，另一個是一個平凡無奇的瓶子。

古爺道：「這個香爐是元朝中期的東西，現在可是不允許私人買賣的；至於這個瓶子，是明朝官窯製品，這兩件東西到了黑市上，絕不會低於三千萬。」

我咋舌道：「這麼貴？」

「跟你說的那些東西比起來，這兩件東西只能算下等貨，現在我把它們送給你，你不必擔心毀損，但你要答應我，把你丟的東西都拿回來。」

古爺是明白人，他知道元朝的香爐和明朝的瓶子雖然值錢，但是有死價的，而嶄新的荊軻劍和霸王甲那可就不一樣了。

我小心地把兩件古董包好，跟古爺說：「東西拿回來以後，可以借您玩幾天。」

古爺眼睛一亮，但馬上說：「還是算了吧，我怕我經不起誘惑，到老晚節不保。」

我說：「其實也沒啥玩的，荊軻那把劍還不如咱們的水果刀快，項羽的盔甲除了看著晃眼，也沒什麼。」

古爺道：「你懂什麼！要照你這麼說，古董其實全都是破爛，跟它們在一起，真正的樂趣是聯想它們歷代的主人身上發生過什麼故事。」

「那您看玄幻小說去多好——還得跟您坦白一件事，那聽風瓶其實就是前些日子補起來的，您也不用聯想了，要是想看，我把金大堅叫來天天給您補碗。」

古爺揮手示意我趕緊滾蛋。

第二章

交換人質

這時劉邦已經瞭解了大致情況，跟我說：

「交換吧，現在只能這樣了，時間耽誤得越長包子就越危險。」

我說：「誰來跟雷老四談呢？」

劉邦說著走到雷鳴身邊坐下，像老朋友一樣摟著他的肩膀道：

「你爸有幾個兒子？」

我剛上了車，何天竇像掐著點一樣打電話來，給了我一個地址，讓我去跟古德白見面。我說：「你想讓我拿著幾千萬的東西一個人去？」

何天竇笑道：「放心，他們肯定捨不得殺你，再說，你身上劉老六給你的亂七八糟的小玩意兒不少吧，自保應該不成問題。」

由此我得出一個結論：奸詐的人不一定是神仙，但神仙一定是奸詐的。從劉老六到何天竇，不管看上去像什麼，混混也好紳士也好，基本上就沒怎麼辦過人事。

對方就光明正大的住在一個賓館裡，我很順利找到對方留給我們的房間號，敲門進去，古德白笑笑地跟我握手。

屋裡還有倆外國人，在看一個地方台的廣告，我把東西往桌上一放，跟古德白說：「你驗驗貨，如果滿意的話就放人。」然後我一屁股坐在沙發上，拿起兩個老外的萬寶路就抽。

古德白戴上手套，小心地打開我拿來的包，當他看到那個滿是班駁的香爐以後，眉頭微微一皺，但是什麼也沒說，走進了另一個屋子，從裡面傳來低低的交談聲，那應該是他們的專家。

沒用幾分鐘，古德白從裡面出來，邊摘手套邊輕鬆地說：「元朝和明朝的東西，沒問題。」

我見他身子很警惕地擋在門口，為的是不讓我看見裡面的人，我下意識地一探頭，身邊的兩個老外立刻把手捂在胸口的槍上，我白了他們一眼。

古德白把門輕輕掩好，坐在我身邊，我說：「既然沒問題，我那哥們能放了嗎？」

古德白玩味地打量著我，說：「蕭先生，我們想要的古董……怎麼說呢，我們老闆對你帶來的兩件東西並不太滿意。」

「那你們想要什麼樣的呢？」

「我們對一件事情非常好奇，那就是為什麼經過你手的東西，明明是秦朝的，可看上去居然還是嶄新的，這到底是它們之前就被保存得如此完好，還是你掌握了什麼使古董煥然一新的技術？我們老闆想要的，就是這樣的東西。」

我若無其事道：「嗨，什麼新技術呀，拿酒精擦的。」

古德白詫異地盯著我看了半天，最後疑惑道：「……真的光是酒精那麼簡單？」

我假裝心虛地說：「其實……也不是那麼簡單。」

古德白湊近我道：「能說說嗎？」

我囁嚅道：「除了酒精，還得用汽油。」

古德白：「……」

我說：「現在能放人了嗎，東西已經給你們了，而且沒有問題。還有，這已經是我手裡最後兩件寶貝了。」

古德白道：「蕭先生不要這樣說，其實我們所做的這一切，都是為了跟你合作，我們並沒有想過白要你的，包括現在也是，如果你同意我們以後繼續合作的話，以前從你那裡拿來的東西，我們一樣會照價付錢。」

我無奈道：「看來你們是吃定我了，如果我說我真的沒有你們想要的東西，你們一定不信了？」

古德白笑著聳肩。

我衝他伸手道：「好吧，東西我多的是，祝我們以後合作愉快。」

古德白愣了一會這才跟我握手，有點失神道：「蕭先生的思維方式常常讓人感到不可捉摸。」

「人能放了嗎？反正如果我反悔，你們可以再綁架他。」

古德白：「……放，這就放。」

他果然打了一個電話，說了幾句外語，聽語氣確實是在吩咐什麼，按照何天竇的吩咐，我只求他們恢復空空兒的自由身，到時候自然會有這爺倆去對付他們。

到目前為止，事情進行得很順利，而且似乎有點太順利了，但我沒發現什麼破綻，不大一會工夫何天竇就跟我報了平安，他們居然真的把空空兒放了！

臨走的時候，古德白終於還是忍不住問：「古董真的可以用汽油和酒精擦嗎？」

我估計這位高材生是打算拿古爺那只香爐練練手，反正老頭也放話了，不怕毀損，於是我說：「當然。」說著拿出一支嶄新澄亮的打火機在古德白的眼前直晃，「看見這打火機沒，新不新，可你能猜到這是哪個朝代的嗎？」

古德白眼睛大亮：「哪朝的？」

我笑著拍了拍他的肩膀：「本朝的。」

古德白愣在當地，等他反應過來用七八國語言跳腳罵街的時候。我已經走出老遠了。

等我回去的時候，家裡多了一個四十歲上下的中年人，個子很矮，光頭，滿臉精悍的神情，何天竇正在問他話，看來這就是那空空兒。

我往沙發裡一癱，輕描淡寫道：「剩下的事就全是你們的了啊。」

何天竇問空空兒：「你現在還能找到他們的老窩嗎？」

空空兒道：「他們給我用了藥，我一直在昏睡，乾爹你打算怎麼辦？」

何天竇道：「被他們拿去的東西，一件不少地我們得拿回來，至於那些人就你看著辦吧。」

空空兒道：「這麼說你並沒想真的跟他們合作？」

何天竇奇道：「你是怎麼了，我可能跟他們合作嗎？」

空空兒拍著腦袋笑道：「我現在有些迷糊，好吧，我現在就去查他們的落腳點。」

空空兒走後，何天竇揉著太陽穴道：「我感覺很不好，小強，你剛才有沒有對空空兒用讀心術看看他在想什麼？」

我納悶道：「他不是你的乾兒子嗎？」

何天竇道：「我覺得他已經跟我不是一條心了。」

這時，一旁的吳三桂慢條斯理道：「空空兒要不反才是有鬼了。」

我一下驚坐起來：「什麼意思？」

何天竇擺手道：「別緊張，一切還在控制內。」

吳三桂道：「對方本來不應該那麼痛快就放人的，還有，一個昏睡了那麼久的人也不應該有那麼大的精氣神，最後，他那句話已經暴露了他的身分，他問你們是不是不打算和對方合作了，這分明就是早已經被人家策反了，來試探我們的內應。」

我急道：「你剛才怎麼不說？」

吳三桂攤手道：「我說了又能怎麼樣，你們誰是他的對手？」

我一把抓住何天竇的胳膊道：「你不是說一切都在掌握之中嗎？」

何天竇高深地一笑：「我早算到今年有一劫，只是沒想到這劫應在了他身上。」

「那你的對策呢？」

何天竇一攤手（本章人物都愛這個動作）：「現在劫是應了，不過對策還沒想好。」

我跳得老高道：「這就是你說的一切盡在掌握？」

這時李師師輕笑道：「這個準確地說應該叫：束手無策。」

我在屋裡左顧右盼道：「羽哥呢？」

何天竇道：「別找了，就算項羽在平地上恐怕也不是空空兒的對手。」他說著看了一下錶，「空空兒如果是回那幫老外那的話，時間差不多了，他到底背沒背叛我，很快就會知道結果。」

這時電話響了，是雷老四，他用那種幸災樂禍的聲調說：「姓古的那老外對你的表現十分惱火，現在他讓我跟你說，如果你改變主意了趁早告訴我。」

我捂著電話筒對何天竇道：「你猜對了，空空兒跟你背對背了。」

我放開話筒道：「如果我沒改主意會怎麼樣？」

雷老四冷笑道：「那你就慘了，我會和他們一起對付你，新帳加舊恨，我要是你，肯定頭疼死了。」

我小心翼翼道：「我能問一下你準備怎麼對付我嗎？」

雷老四森然道：「以前你只是個小混混，可現在你名下的買賣也不少吧，酒吧、酒廠、飲料公司……」

我放心地說：「那你去吧，祝你成功。」

我之所以這麼說，是因為酒廠和飲料公司我都是屬於掛靠性質，我是租了他們幾條流水線，雷老四要是因為這件事把這些地方砸了，那無異於捅了一個大馬蜂窩，人家都是大企業，會白讓他砸嗎？至於酒吧，倒是可以讓孫思欣現在就關門，不過我後來想了想，總得給雷老四個發洩口，再說關了門，他給你放火怎麼辦？所以就讓孫思欣照常開門，不過不收客人就是了。

過了十分鐘，我給酒吧打電話，孫思欣說那裡一切如常，又過十分鐘，我給酒廠打電話問有沒有人去那裡鬧事，接線的人罵了一句神經病就把電話掛了，給飲料公司打也差不多，我坐在沙發裡鬱悶道：「雷老四怎麼也這樣，說好動手的嘛。」

又過了幾分鐘，各方面還是沒動靜，我納悶道：「沒道理呀，就算臨時找人時間都夠了，難道說他想罷手了？」

李師師忽然道：「你們說他會不會為難包子姐？」

她此言一出，吳三桂他們幾個都站了起來，我的心也像頓時掉進了冰窖一樣，怎麼把這個給忘了？

我手哆嗦著給包子店裡打了一個電話，對面是一片嘈雜的人聲，間或有服務員喊給幾桌上包子的聲音，我稍稍地鬆了口氣，問那個接電話的服務生：「你們包子姐呢？」這是包子當了老闆以後店裡的統一稱呼。

服務生聽出了我的聲音，有幾分討好地說：「包子姐剛才還在店裡呢，前幾分鐘和兩個朋友出去了。」

「什麼朋友？」

「不認識，他們來找包子姐，說了幾句話，然後包子姐就跟他們走了。」

「那倆人男的女的？」

「男的。」

我把手頂在頭上，想到了最後一個問題：「那倆人是不是老外？」

服務生有點奇怪地說：「不是，強哥，是不是出什麼事了？」

我顧不上說別的，忙問：「你們包子姐走的時候有沒有特別的表情？」

「……看不出來，挺樂的。」

我掛了電話，直勾勾地看著同時撥給包子的李師師，她放下電話道：「電話通著，但沒人接。」

我一拳砸在茶几上：「這幫王八蛋！」

吳三桂也懊惱道：「我們早該想到的，上次砸雷老四就是因為包子，他肯定知道戳你哪的肉最疼。」

是的，我早該想到雷老四如果要對付我，很可能第一個就會對包子下手，但主觀意識蒙蔽了我，現在一牽扯到包子，我的心就徹底亂了。

想到包子可能會受到的遭遇，我渾身直抖，她要長得漂亮點還好，最多給人揩點油，在目的沒達到之前，基本不會受什麼真的侮辱，可包子本人長得就跟一刑具似的，難保看守她的人不會憤懣到虐待她。

吳三桂和花木蘭畢竟都是帶過兵的人，雖然著急，可方寸不亂，吳三桂道：「小強，你打算怎麼辦？」

我抖摟著手道：「有辦法你就說吧，三哥，我現在已經沒主意了。」

吳三桂道：「首先我們要知道這事是誰幹的，包子店裡的夥計說是兩個中國人，那八成是雷老四的人，現在我們先不管那幫老外，主要任務就是救包子。」

他一句話就把問題撇開一半，使我能集中精神想包子的事。

我死死拉著吳三桂的手道：「然後呢，具體辦法？」

吳三桂把兩個拳頭擰來擰去道：「打吧！」

「打？」我詫異道：「還像上次那樣嗎？」

吳三桂道：「上次只是一個小小的教訓，這次打蛇要打七寸，不出手則已，一出手就要他死！」

我打個寒戰道：「什麼意思？」

「現在你學校裡能幫上忙的人有多少？」

我說：「梁山五十四條好漢加上花榮和方鎮江，那都是我一個頭磕在地上的哥哥。」

吳三桂道：「雷老四一共有多少地盤？」

「城裡的六間酒吧和夜總會咱們大半都去過了，郊區還有一家叫『大富貴』的，說起來那裡的人倒是最多。」

吳三桂皺眉道：「七個地方的話，現在的人有點少。」

何天竇插口道：「如果是打仗的話，你可以叫上方臘和他的四大天王，這點小忙他們總不會不幫的。」

李師師道：「還有那三百岳家軍你怎麼忘了？」

我搖頭道：「岳家軍紀律如鐵，要讓他們幫著我去掃蕩別人的買賣，恐怕他們會有所忌諱，尤其是那些人在他們看來都是『平民』。」

吳三桂搓手道：「把項老弟叫回來，我們幾個老搭檔算一組的話，其餘六個地方至少還需要百來人。」

我說：「先說說你的計畫吧。」

吳三桂冷冷道：「一個字，打，把雷老四所有場子都端了，不管能不能抓住他，總之最後要逼得他乖乖交出包子。」

我有點懷疑地說：「有那麼容易嗎？」

「所以我們出手一定要狠，要一次打得他再無還手之力，要一次打得他絕望，也再不敢有反抗之心。」

花木蘭道：「如果他狗急了跳牆，為難包子怎麼辦？」

吳三桂哼了一聲道：「一個錢就能買動的人，他有膽跟人拼個魚死網破嗎？上次我們那樣得罪了他，他在不知我們底細的情況下仍能隱忍，可見此人有些城府，又貪財，想必做事懂得權衡，他絕不會為了一幫外國人放棄了他辛辛苦苦打下來的基業。」

李師師沉著道：「你們不覺得你們忽略了最大的一個問題嗎——包子姐到底是不是那個雷老四綁的？」

這小妞果然心細如麻，其實上次的事就是一個誤會，不過是歪打正著，但上次如果李師師在場的話，我們未必會和雷老四大動干戈了，這也正是她的細膩之處。

我拿出電話，循著雷老四幾次聯繫過我的號碼打過去，雷老四冷笑著問：「想通了？」

我很直接地問他：「我老婆是不是你綁的？」

雷老四不自然地嗯了一聲，然後有些嘆氣又帶著點心有餘悸地說：「我就想不通，那女人有什麼好值得你……」

我打斷他道：「給我半天時間考慮，這段時間你最好不要為難我老婆。」

雷老四道：「呵呵，哪能呢，我們以後還要在一塊地皮上混，我可不想把事做絕，放心吧，弟妹是我叫人騙來的，沒動粗，現在在看電視呢——不過時間長了，就不知道她會不會多想了。」

我掛了電話，衝屋裡的人點點頭，吳三桂道：「現在，你去育才叫人，記住越多越好，我和木蘭路上再合計合計詳細計畫。」

李師師道：「我打電話把項大哥和劉大哥他們叫回來。」

何天竇道：「我去想辦法對付空空兒。」

一直不說話的荊軻這時終於說道：「……又有架打了。」

現在時刻是傍晚七點四十五分，我雖然跟雷老四說的是半天時間，可我和他心裡都明白，我們都不會等那麼久，尤其是我。

包子是一個傻女人，我以前朋友多，也曾打發沒見過面的朋友去接她出來玩什麼的，以前的她既沒錢又沒色，自然不會多想，所以要把她騙出來很容易，但是時間一晚，再笨的女人也會感到不妙，何況她的手機看來已經被收走了，以包子的性格，當場跟人翻臉的可能性很大，也就是說她現在很可能已經吃虧了。

事情十萬火急！我一路飛車趕奔育才，可是現在這個時間正是高峰期，我第一次體驗到了附著在我車上的保護功能，一路上撞壞了無數的臺階和小攤的邊角，吳三桂他們還是第一次見我這個樣子，但他們要負責部署一會的計畫，所以只是奇怪地看了我一眼，繼續研究戰略地圖去了。

李師師一手抓著扶手，一邊沉著地給項羽和劉邦打電話，我看得出二傻很興奮。

這會的育才還在一片燈火通明的熱鬧中，剛剛吃過晚飯的師生們都甩著膀子懶洋洋地在廣袤的校園裡閒逛，待在宿舍裡的好漢不足十人，這就造成了目前最大一個難題：怎麼把他們召集在一起？

好漢們在這個時代並沒有別的朋友，所以如果不是出遠門，他們身上根本不會帶著電話，他們大部分人在課餘時間仍和孩子們在一起，分佈極散。

我不得已動用了應急大喇叭，在這片遼闊的土地上，師生們平時都是各自為營，按著自己的課程和作息生活學習，除非有重大事件，否則不會用這個東西。

我喊：「所有教師速到舊校區大禮堂開會！」

李師師在旁邊小聲提醒道：「用不著所有人都來。」

我這才醒悟，「所有教師」其中包括了一多半的文職教員，於是我改口成：「所有武術教師速來舊校區大禮堂開會。」

這樣喊雖然還不怎麼對，但我沒別的辦法了，你總不能喊「梁山好漢和四大天王速來開會吧」？現在最主要的是把我要找的人召集起來，至於甄別問題只能等所有人到齊了再說。

頓時間，整個學校都鼓蕩著我的聲音：「速來來來……開開開會……」

讓我沒想到的是，最先到場的是徐得龍帶領下的三百戰士，他們人數雖多，但永遠像是一支訓練有素的部隊。

好漢們來得也不慢，他們已經從我焦急的聲音裡聞到了什麼不尋常的味道，而且我說的是舊校區，這本身就是一個信號，新校區建好以後，這裡幾乎都沒有再用過了。

大約十多分鐘後，大禮堂座無虛席，李師師已經小聲把事情的經過跟好漢們說了，這些傢伙一聽果然個個義憤填膺摩拳擦掌，我見人已經到了十之八九，有些尷尬地說：「那個……請以下被我點到名字的老師離場……呃，事情有些急，以後我會給大家解釋的——程豐收程老師，段天狼段老師以及二位的師兄弟和徒弟，離場，佟媛佟老師請離場……」

我一轉臉看見小六，哭笑不得道，「小六子，你也給我出去！」

小六往前站了一步道：「強哥，事情我們都聽說了，你就說怎麼辦吧，做飯是咱副業，打架踢人場子那才是咱本行啊！」

我愣了一下，果然，只見程豐收和段天狼他們都是面色凝重地看著我，顯然已經知道包子被挾持的事了，只是他們雖然半生習武，卻都是老實人，遇到這樣的事自然不如土匪們興奮，都想知道我下一步意欲何為。

我急道：「你們是怎麼知道的？」

小六道：「本來不知道，可剛才大家都在議論，我們又不是聾子，自然就知道包子姐出事了。」

這就是我忽略的最大的一個問題，我早該想到好漢們和這些人朝夕相處早已打成一片，別說無心避諱什麼，就算有心，這人多口雜之間少不了要被聽去幾句，再說好漢們一聽這種事早就炸了鍋，你難道能指望李逵和扈三娘這樣的大喇叭能和吳用林沖一樣低低商討嗎？

這真是越亂越出事，這當口又攪和進來這麼一幫。我擺了擺手道：「剛才被我點到名字的老師們請退席，這件事跟你們無關。」

佟媛氣哼哼地一指身邊的方鎮江以及眾好漢道：「那他們呢？我就奇怪了，我們拿一樣的工資，為什麼他們就比我們重要？」

程豐收和段天狼等人大概也早就發現了這個問題，一起看著我。

方鎮江悄悄拉了一把佟媛道：「讓你走你就走，我們能留下不是因為我們比你重要，相反，是因為我們命賤，你難道猜不出參與這件事的後果麼？」

佟媛衝我高聲道：「你先說說你打算怎麼辦吧？」

我一聽就知道今天不來狠的不行了，索性道：「我準備帶著人把雷老四的場子全砸了，直到他交出我老婆，各位，你們可都是老師，什麼為人師表就不扯了，今天晚上跟我走的人輕則失業，重則進局子，這就不用我說了吧？」

程段二人的同門們果然是一陣低嘩。

佟媛仍舊指著方鎮江道：「那他呢，為什麼你就放心帶著他？」

方鎮江臉色一沉，道：「少說幾句，我們還有正事要辦，不該你管的就別管。」這還是方鎮江第一次跟女朋友翻臉。

佟媛也乾脆道：「好，我不管你，你也別管我，這次我是非跟著去不可，我跟包子姐見面不多，可我們很投緣。」

我見她態度決絕，便說：「好，那剛才被我點到名的，除了佟老師以外，其他人……」

程豐收忽然站前一步，憨厚一笑道：「蕭領隊，其實我們就是幾個農民，哪配當什麼老師，我之所以叫你蕭領隊，是念著我們第一次見面那晚，那一晚真是滋味無窮，令人終生難忘啊！」說著還一副陶醉的表情。

我：「……」

程豐收繼續道：「我也說過，我們雖然是一幫井底之蛙，可也不敢忘了江湖道義，今天遇上這事，就算是陌生人我們也要打抱這個不平，何況還有這麼多意氣相投的同道中人，現在不說什麼老師校長，為了朋友，這個忙我們得幫，大不了再回去種地去。」

他這麼一說，同門們紛紛叫好應和。

現在「外人」裡就只剩下段天狼，段天豹和一干徒弟們都眼巴巴地等著他表態。

段天狼這人，功夫卓絕，又在武林大會中打出過「打遍天下無敵手」的旗號，但相處時間一長你就會發現，他其實是個謹小慎微的人，做人也跟他的功夫路數一樣，往往要比別人多想出幾步，也多小心幾分，他來育才是為了孜孜以求的振興段家拳法的夢，要他做這種會連累名聲且一定被開革出教師隊伍的事，那是千難萬難。

果然，段天狼半晌不說話，一張臉不帶任何表情，段天豹焦急地拉著他的袖子道：「哥，你說話啊。」

段天狼依舊面無表情道：「人家都走，光咱們留下有什麼意思？就算三千多學生都歸我管，他們學了你的本事，照樣戳你脊梁骨，這我還是懂的，師者是傳道授業解惑，傳道是最重要的——不過我還是覺得你們這樣做不好，暫時保留意見。」

段天狼的徒弟們愣了一下，忽然不約而同地歡呼起來。

我聽段天狼說過，這幫徒弟都是他費了好大力氣收服的地痞無賴，後來在他的嚴加管教之下這才有了人樣，現在這些傢伙學了一身好本事卻無用武之地，大概早就手癢了，一聽師父居然答應要「出兵」，一個個樂得直蹦高。

我看著下面滿坑滿谷的人，雖然事情緊急，但還是充滿了幸福感——一句話就有幾百人跟我去打架，這個兒時的夢想終於實現了！

吳用看出我有點激動，走到我身邊小聲說：「跟大家說幾句吧。」

我蹦上講臺，用深沉的聲音緩緩說：「我們從來不想挑起戰爭，但我們從來不畏懼戰爭，現在，戰鬥的時刻到了，敵人的矛頭已經抵在了我們的脖子上，打個嗝兒就能聞出他們晚上吃的什麼……」

剛到場的項羽道：「前幾句說的挺好，後面就有點噁心了。」

張順在下面衝我喊：「少廢話，上次的架我們就沒撈著打，趕緊安排任務吧，別這次也打不成。」

吳三桂道：「任務很簡單，就是把姓雷的地盤連根兒拔起，但是我們這次還有一個額外的任務就是抓住他，所以比起上次，我們需要更多的人手。」

吳三桂把地圖交到吳用手上：「吳軍師對梁山各位的狀況瞭解較深，所以這具體部署還是你來吧。」

吳用也不推辭，拿過地圖看了一會兒道：「既然這樣，我們就分成七組……」

方臘插口道：「你們包六個場子就行，剩下一個交給我和兄弟們。」

吳用道：「那我再給找幾個兄弟……」可是看了看下面所有的人，五十多條好漢分成六組，人手已經很緊張，段天狼道：「我那些不成器的徒弟們倒是可以跟著老王他們負責打個下手，至於我嘛，願聽吳老師的安排。」

吳用點頭道：「這樣再好不過，還要勞煩段兄親自一組人，夥同林教頭攻打『錢樂多』。」

段天狼知道這只是一種客氣說法，說到戰略眼光，他自然比不上林沖，說是讓他帶隊，一切還是要聽林沖安排，當下也不囉嗦，跟林沖站在了一起。

程豐收也是這樣，他們畢竟是客，所以大多被安排做個副手，這樣至少以後可以少擔責任，有了這兩撥人，七個組分派下來，平均每組有十幾個人。

吳用考慮周詳，都是幾個老成持重的人帶幾個猛將編為一組，分配妥當之後，吳用對吳三桂和項羽說：「吳老哥和霸王兄最好能居中策應，一旦有了包子的消息，我們就以迅雷之勢撲上去。」

項羽以為自己肯定得擔當起急先鋒，聽吳用這麼說，忙道：「還是吳軍師考慮周到，項某匹夫之勇，倒把這最重要的事情忽略了。」

此時此刻，一人之勇已經不再重要，有了這麼多強人，項羽倒也不稀罕再搶一個先鋒的角色了。

我見他身邊俏生生站著一個人，正是張冰，不禁奇道：「你也來了？」

張冰嫣然一笑道：「不要小瞧我哦，尋常人三五個不在話下。」

自從我結識張冰以來，實在覺得此刻的她最為可愛。

盧俊義站起來朗聲道：「好，咱們就此出發，這一戰，事關我們小強兄弟的終生幸福，望眾頭領謹慎處之，萬事須以大局為重，若因個人原因功敗垂成，定軍法從事！」

好漢們平時是土匪，戰時是軍人，聽盧俊義這麼說，一一凜遵。程段等人不禁暗自納罕。

吳用掏出手機看了下時間道：「現在是八點三十五分，給你們各組廿五分時間到位，九點等我統一號令一起動手，絕不可擅自行動！」

眾人答應一聲，轟隆轟隆都出發了。

在三百岳家軍席上，魏鐵柱和李靜水看著別人一一走出，都露出急切之色，這種事情他們要去做自然是輕車熟路，而且三百跟我關係不淺，如果是別的忙，他們兩個早就自己跑出來了，但這時卻還是軍令為大，不少戰士都往徐得龍身上看去，滿是期待和焦急。

徐得龍走到我近前，有點抱歉地說：「小強，按說在這個時候我們是理應幫忙的……」

我一擺手：「不用說了徐大哥，你的苦衷我能理解。」

我能看得出徐得龍也想幫忙，一個勁地抓耳撓腮，他忽然眼睛一亮道：「對了，我可以請示我們岳元帥！」

我詫異地「啊」了一聲，自從他在結婚宴上跟我說他們找到了岳飛，再問起來卻是諱莫如深，也看不出下一步有什麼行動。

徐得龍拿出電話撥了一個號碼，軍人做派乾脆俐落，三言兩語把情況說清楚，道：「下面，請元帥指示！」只聽電話裡說了幾句之後，徐得龍一個立正道：「是！」然後把電話遞給我，「元帥要跟你說話。」

我接過電話，小心翼翼地說：「首長好——」

那邊一個寬厚的聲音非常乾脆地說：「你這個忙，岳家軍不能幫！」

我沒有絲毫的失望，越加敬重道：「是，我明白。」

岳飛忽然用非常微妙的語調說：「可是——如果你有辦法讓別人不知道他們是岳家軍的話……」

大戰在即，我腦子何其靈光，哈哈笑道：「瞧您說的，現在哪裡可能有什麼岳家軍，我學校裡倒是有三百個功夫不錯的學生。」

岳飛壓低聲音說：「事關緊急，背嵬軍我可以借給你，但是你要保證自己幹的不是傷天害理的事情，如果事後被我發現你言不由衷，從此以後你就是我岳飛的敵人！」

「向宋徽宗他老人家保證！」

岳飛無奈地苦笑了一聲，道：「把電話給徐得龍。」

徐得龍接過電話以後聽了沒兩句，就也露出了那種微妙的笑意，最後又是啪的一個立正：「是，明白！」

他掛了電話，不看我，直接面向三百戰士道：「從現在起，你們被開革軍籍廿四小時，廿四小時之內，你們的身分是育才的學生，一切要聽校長蕭強安排。」

三百斬釘截鐵道：「是！」

徐得龍往三百中間一坐，道：「有什麼事，蕭校長就下達命令吧。」

我清清嗓子道：「全體起立！」

「嘩」的一聲，三百整齊地站了起來，毫不含糊，而且個個臉上再無笑意，完全是一副軍人聽從軍令的嚴肅表情。

我跟吳用和吳三桂簡單商量了一下後，又分出兩百一十人追加到各個行動小組去，這下人手單薄的問題終於解決了。剩下的九十個人留守，保衛學校兼準備應付突發事件。

這時，一個人急匆匆地跑進來，看了一眼源源不斷走出禮堂的戰士們，焦急地拉著我的手問：「蕭校長，你這是要幹什麼？」正是我們現在的副校長顏景生。

此時此景，我可以坦然面對任何人的質問，可顏景生不行，他跟老張一樣，全心撲在孩子們身上，現在我把所有師生派出去幫我打架去，面對顏景生，我理直氣壯不起來。

顏景生看著從身邊走過的殺氣騰騰的戰士，急道：「說呀，你到底讓他們幹什麼去？」看來他已經聽說什麼了。

我無言以對，索性說：「我讓他們幫我打架去了。」這事反正遲早是要曝光的。

顏景生大驚失色，隨手拉住一個身邊的小戰士道：「不許去！」

那小戰士恭恭敬敬擺脫了顏景生，抱拳道：「對不起顏老師，軍令在先，師命在後。」三百跟顏景生感情也很深，要是別人估計都沒這麼客氣。

顏景生頓足捶胸，忽然撒腿就往外跑，我一把拽住他道：「你幹什麼去？」

顏景生叫道：「我還能幹什麼去，報警啊，這對大家對你都有好處。」

我大聲道：「李靜水魏鐵柱聽令！」

二人同時道：「在！」

「我命令你們看好顏老師，不許他打電話，除此之外好吃好喝，不許有半點失禮。」

兩個人一左一右拽牢顏景生道：「得令！」

顏景生被兩個人架住以後，一個勁地衝我亮飛腳，大喊道：「姓蕭的，你瘋了？」

我失笑道：「顏老師，這件事完了以後我就辭職，到時候你就是育才的校長，這個活你幹確實要比我適合百倍。」

顏景生被按在凳子裡，衝著我大喊大叫，開始還試圖跟我說理，後來一看我無動於衷，索性開始破口大罵起來。

花木蘭本來一直在研究地圖，這時終於忍耐不住了，走到顏景生跟前給了他一個巴掌，道：「你喊什麼喊，你老婆要是被綁架了你不急啊？」

顏景生見打自己的是一個英姿颯爽的美女，不由得一愣，然後就閉了嘴。

李師師捂嘴笑道：「真是一物降一物。」

九點差五分的時候，各路人馬紛紛打來電話報告到位，最後一組打來電話的時候，吳用做出了一樣的回覆：「如果不出意外，九點準時動手！」

當時間定格在九點的時候，再沒電話打來，這說明大家都開始行動了，只有顏景生和二傻在一邊不停地唉聲嘆氣，二傻很為自己不能親自參加行動而鬱悶。

九點零四分的時候，負責掃雷老四一個酒吧的楊志打回電話來，吳用看了一眼來電顯示納悶道：「他這個時候來電話幹什麼？」接起來喊道：「你們那組是不是看錯時間了，別人已經開始行動了！什麼？行動已經結束了？沒有發現雷老四，好，你暫時控制住現場，先不要讓裡面的人跟外界聯繫。」

一分鐘後，另一組負責掃蕩酒吧的朱武他們也打來電話，行動同樣完美結束。

然後張清、董平他們組也都回報，不到十分鐘時間，雷老四的三家酒吧和一家夜總會都被掃蕩了。

吳三桂在地圖畫著圈圈說：「看來還是酒吧好對付一點，那幾家夜總會可能也快了。」

當林沖和張清兩個組也傳來報告的時候，吳用吩咐道：「現在，每一組人都挑出一個俘虜來給雷老四打電話求救。」

吳三桂笑道：「高啊，攻心戰術。」

我們在忙這些事情的時候，卻遲遲不見方臘他們組回話，吳用打電話過去一問，方臘笑道：「搞定了，本來早就擺平了，誰知道後來又有點小誤會。」

只聽電話那邊，老虎呲牙咧嘴地說：「強哥，怎麼打架也不招呼一聲，我聽說你掃蕩雷老四的場子，就帶著人去踢『大富貴』，誰想裡面早被你們育才的人占了，我那幫兄弟還跟你的人動了手，我也著實挨了兩下，要不是後來認出了婚宴上見過的幾位，我現在也躺下了。」

原來方臘他們是因為這個原因才收場的。

這時從林沖方面傳來消息，雷老四在得知自己所有的地盤被同時砸了以後又驚又怒，揚言要跟我在郊區決戰，我看看時間，也差不多是該警察出動的時候了，就讓各路人馬馬上撤回學校。

在這段時間裡，雷老四真沒閒著，他一句話就召集幾百個混混封街的盛況我不是沒見過，所以我就等著他，故意給他時間讓他找人，用吳三桂的話說，我們就是要一次打得他沒有還手之力。

結果第一路人馬回到學校的時候，我接到了一個電話，那人笑嘻嘻地說：「小強，郊區這邊哥哥幫你擺平了。」

我一時沒聽出他的聲音，疑惑道：「你是……」

「我是柳下蹠，我說你夠有本事的啊，短短時間裡，我地盤上就聚了一百多號人，還有個頭領模樣的要出錢跟我這兒買人，一打聽才知道是要對付你，當下我就把錢收了！」

我：「……」

柳下蹠笑道：「放心吧，人我已經替你趕跑了。」

我鬆了口氣道：「謝謝啦。」真想不到不到個把月時間，柳下蹠已經具備這種實力了，至於收了錢不辦事這種點子，不用問是秦檜幫他出的。

十點的時候，這事已經在全城轟動了，雷老四不單在黑道上是聞名的老大，在人們嘴裡也一直是有錢有勢的代表性人物，不到半個小時內就被横掃一空，這過程想不變傳說都難了。

雷老四發瘋一樣在召集手下，據說有一大幫當年跟他一起打天下的老混混迫於顏面都被他請了出來，現在正在向郊區集結，對此我們都很期待，結果等了好半天也沒動靜，二胖給我打電話來：「這幫人打我們前過，我一聽是去對付你的，就順手幫你打發了。」

這註定是個不尋常的夜晚，雷老四幾十年根基毀於一旦，人們街頭巷尾談論的都是這件事，本市的員警也幾乎全部出動，但是這筆帳只能算在雷老四的頭上。

好漢們人並不多，還都揣著教師證，三百進退間都是軍事化處理，警察自然抓不住他們，雷老四的人可就不一樣了，他所能召集起來的大多是對他盲目迷信的小痞子，還都紋著刺青，拿著小刀，警察不抓他們抓誰？

隨著行動進入尾聲，我也茫然起來，雷老四是被打垮了，可我要的不是這個，包子怎麼辦？這事還是沒個由頭去解決啊。

就在大家紛紛歸校的時候，方鎮江掐著一個人的脖子走進來大聲道：「小強，認識不認識這小子？」

我一看那人，歲數不大，脖子上戴著一條又粗又長的金鏈子，被方鎮江抓著，強作鎮定，身子卻一個勁的抖，正是雷老四的兒子雷鳴。

我大喜道：「怎麼抓住這小子的？」

方鎮江有點不好意思地說：「嘿嘿，是媛媛的功勞。」

我看了一眼佟媛，佟媛理著頭髮道：「我看這小子在一幫人的簇擁下跑，就知道他是一個重要人物，不過動手的粗活都是鎮江幹的。」

我笑道：「你神了啊。」

佟媛得意道：「別忘了，我可是專業的保鏢。」

雷鳴驚恐地看了我們一眼道：「你們想幹什麼？」

我蹲下身子看著他說：「還認識我嗎？」

雷鳴這會才敢正眼看我，大聲說：「你老婆不是叫包子嗎？」看來包子給他留下了深刻的印象。

我說：「對，你老爸綁架的那人就是我老婆。」

雷鳴迷茫道：「綁架？」他臉上緋紅一片，呼吸間帶著濃重的酒氣。

吳用在我耳邊道：「這小子應該是什麼都不知道。」

我拍著雷鳴的臉道：「你爹把我老婆弄哪去了？」

雷鳴依舊是一副半死不死的樣子，道：「……不知道。」

「你老子要對付我的事，你也不知道嗎？」

雷鳴撓頭道：「隱約聽說過，不關我事啊，你也見了，我不過是一個混吃等死的紈褲子弟，他們的事從不跟我說。」

我站起身道：「誰會審犯人，好好掏掏他的真話。」

顏景生在一邊道：「不許打人啊——」

吳三桂一腳把雷鳴踩倒喝問：「你老子人呢？」

雷鳴哇呀呀呻吟道：「不知道，我真不知道。」

吳三桂腳下用力，又問：「那包子呢？」

「……那就更不知道了。」雷鳴已經覺察到我們這幫人不同尋常，說話聲音都變了，我對他連用了幾個讀心術，發現他並沒有說謊。

這時姍姍來遲的劉邦已經瞭解了大致情況，跟我說：「交換吧，現在只能這樣了，時間耽誤得越長，包子就越危險。」

我說：「誰來跟雷老四談呢？」

「先等會兒。」劉邦說著走到雷鳴身邊坐下，像老朋友一樣摟著他的肩膀道：「你爸有幾個兒子？」

雷鳴戰戰兢兢道：「就我一個。」

「嗯，平時疼你嗎？」

「……還行。」

劉邦用詢問的口氣說：「你說拿你跟你爸換小強他老婆，你爸能答應嗎？」

雷鳴帶著哭腔道：「大哥，我真的什麼都不知道，更不明白你們為什麼抓我，我爸要是得罪了各位，我替他給你們道歉……」

劉邦嗤笑一聲道：「你現在最好希望你爸能痛快答應，要不我就把你剁成肉餡煮熟了給你爸送去。」說到這，劉邦壓低聲音在雷鳴耳朵上說：「——這事我幹過。」

小六在劉邦手上吃過虧，再次見面一味討好，在一旁道：「劉哥，我這就拿刀去。」

雷鳴感覺到劉邦不是說說而已，小六又這麼一搗亂，忍不住哇一聲哭了出來。

劉邦像大哥哥一樣拍著雷鳴的肩膀跟我說：「小強，給雷老闆打電話吧，先別說雷公子想家的事，聽聽他口氣。」

電話打了一陣才接通，看來跟雷老四通氣的人不少，當雷老四聽出我是誰以後，忽然用一種恍然的語調說：「今天晚上的事是你？」

我鬱悶道：「那你以為是誰？」

雷老四道：「我不是沒想過是你，可就是想不通你哪來這麼大的能力。」

我說：「雷老闆，咱們之間無怨無仇，我這麼幹實在是逼不得已，你現在把我老婆放了，你今天晚上所有的損失我全賠！如果你還有心理需要，我可以當眾提著點心去跟你道歉……」

要說今天晚上雷老四損失的錢那根本不是問題，就算再多十倍百倍他也吃得消，但所有人都明白，他要想在本地繼續風光已經毫無可能了，江湖上，雷老四這面旗算徹底被人摘了。

雷老四冷冷道：「你以為這麼幹我就會怕你了？」

我陪著笑道：「當然不會，我這不是被你逼得沒辦法了才幹出狗急跳牆的事嘛，您要念我癡心一片的份上，就把我老婆給放了吧。」

雷老四沉吟不語，劉邦看時機差不多了，在雷鳴後腦勺上一拍，雷鳴頓時哭叫道：「爸，爸快救我。」

雷老四失聲道：「雷鳴？你們把我兒子怎麼樣了？」

我說：「沒怎麼樣，基本上一根指頭都沒動，四哥，咱們打個商量吧，我把兒子還你，你把老婆還我，我老婆你見過，屬於『光纜無銅盜之無用』那種女人，說句不好聽的話，你想把她賣給誰誰都得跟你翻臉。你兒子現在在我學校裡，我們不會把他怎麼樣——只要你不把我逼急了，我這可是誠心誠意的。」

雷老四像被最後一根稻草壓倒的駱駝一樣頹然嘆氣道：「我栽了，你老婆確實是我的人帶出來的，也沒為難她，可是按約定，我很快就把她交給了兩個外國人，現在她在哪兒我也不知道了。」

我愕然變臉道：「那……」

雷老四搶著說：「你給我點時間，畢竟我找她要比你容易，那些外國人還拿我當自己人。」

我看了看錶說：「我希望十二點以前我老婆能回到家。」

雷老四：「……我盡力，請你別為難我兒子。」

「那是一定的。」

第三章

即刻救援

項羽伸手牢牢握住門把手，猛地一推。

門開的一瞬間我就清楚看見包子的手機放在桌子上，但是看不見她人。

我顧不上多看，緊張地張開雙手把想往前衝的眾人都攔在身後，

因為屋裡的另一個傢伙已經掏出槍來對著我們……

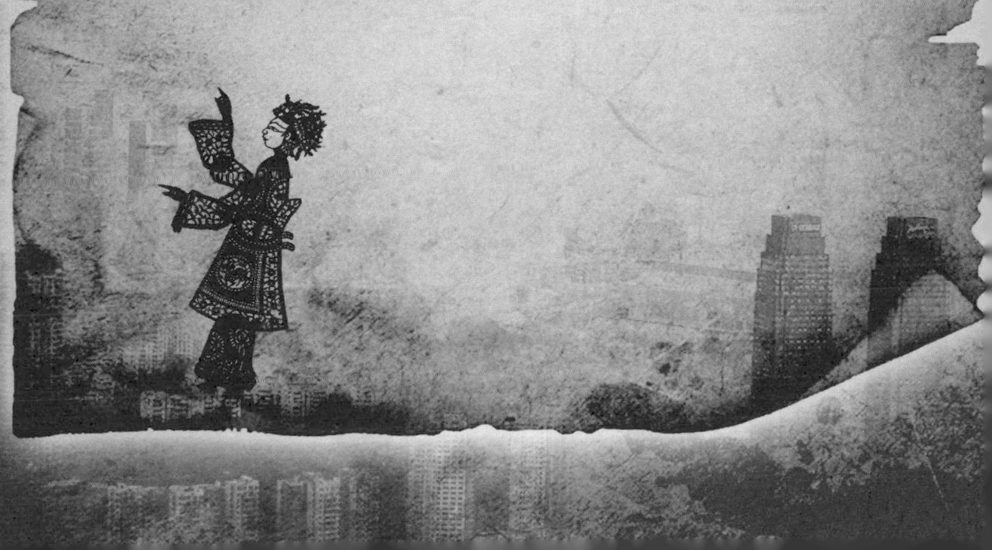

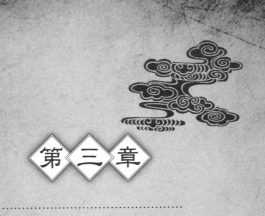

半小時後，雷老四打來電話：「你老婆和那兩個外國人在一家小招待所裡，可是我現在還要花時間找人手……」

我記下地址，道：「我們自己去，只要包子在那就沒你事了，以後我們兩清。」

「那我兒子……」

「等我老婆回家以後，自然會放你兒子。」

我收了線，跟吳用他們簡單商量了一下，吳用道：「幹這種事，人不宜多，要精兵猛將才行，我建議你帶著霸王兄他們幾個先行，然後讓時遷暗中幫忙，其他人隨後。」

最後，以前的五人組和吳三桂還有花木蘭是鐵了心要去，只好跟我一個車走，其餘人坐校車分批次尾隨。

臨行前，我鄭重地跟眾人說：「這次大家一定要小心，他們可能有槍！」

張清忿忿道：「我倒要看看是傳說中的槍快，還是我的石頭快。」

花榮道：「別傻了，當然是槍快，但是跟我的箭比就不一定了！」

當我們走到門口的時候，雷鳴眼含熱淚，發自肺腑地說：「你們一定要成功啊！」

雷老四告訴我的地方雖然偏，但並不難找，在路上，我凝神道：「你們商量一下一會兒該怎麼行動。」

項羽道：「直接衝進去。」

我忙道：「不行，他們有槍。」

二傻淡定地說：「我們好像不用怕死——」

項羽他們聽了這句話，都似笑非笑地彼此看看。這些人除了李師師以外，上輩子過的都是腦袋別在褲帶上的日子，把生死看得很淡，何況他們到我這後為期只有一年，現在算來更沒有幾天可活，早走晚走不過是個把月的時間，想不到這群亡命徒在打這個主意了已經。

吳三桂道：「那也不能作無謂犧牲，再說包子怎麼辦？所以還是得好好合計合計。」

李師師道：「一會兒我去叫門，他們應該不會對我有防備。」

花木蘭道：「還是我去，只要臉對了臉，就能先收拾他一個。」

李師師道：「不行，木蘭姐身上有一股軍人的氣質，只怕會引起他們的戒心。」

花木蘭擔心地扶著李師師的肩膀道：「你行不行？」

李師師微微一笑：「沒事。」

那地方周圍沒什麼生意，除了幾盞路燈孤零零地亮著以外沒什麼人，門口停著幾輛大車，應該是個大車店，如果沒有情報，十天半個月也很難找到這裡。

對方在三樓的一間房子裡，我一進去，店老闆見這麼多人，忙迎出來喜道：「幾位住店嗎？」

我把駕照捏在手裡在他眼前一晃，義正詞嚴道：「警察辦案，所有人待在原地別動。」

店老闆本來一條腿邁向我，聽我這麼一說就此不敢再動，一條腿支著地，身子在空中亂晃道：「是是，一定配合，用不用我幫著掐電？」

我把他的腿踢在地上，問：「三〇二號房是不是住了兩個外國人？」

店老闆疑惑道：「三〇二？記不清了，吃飯那時開的房，倆人戴著帽子和墨鏡，你這麼一說好像真挺像的。」

我嚴肅道：「是外國間諜，我們這次來就是抓他們的。」

店老闆一擊掌道：「媽的，老子最恨外國間諜了，活該我給他們送溫吞水和過期牛奶！」

我：「……有備用鑰匙嗎？」

「本來是有的，但那倆小子賊得很，都要去了，一人手裡拿著一把——警察同志，跟你交代個情況，三〇二的房門其實二〇二的鑰匙也能打開……」

吳三桂忍著笑道：「你這是黑店呀！」

店老闆連連擺手道：「不是不是，我也是無意中才發現的，要不是三〇三的兩把鑰匙都丟了，用那個也能開……」

我伸手道：「給我。」

店老闆愁眉苦臉地把鑰匙放到我手上，道：「您可千萬走對了啊，二〇二住著一對夫妻，這個時間應該是剛躺下還沒睡……」

我掂量著鑰匙道：「你這房間門上有沒有插銷和掛鏈什麼的？」

「都有，可是您放心，我敢保證都是壞的。」

我把手放在他肩膀上，實在不知道該說什麼了，最後拍了拍他道：「這事如果辦成了，我給你記功！」

我們躡手躡腳走上三樓，我掏出鑰匙輕輕來到三〇二門前，慢慢插進鎖孔，項羽他們緊緊貼在我身後，準備隨時衝進去。

可這一回店老闆的破鑰匙把我害慘了，剛插進去半截，生了鏽的鎖孔就發出咯登一下輕響，裡面的人異常警覺，頓時喝道：「什麼人？」聽口音怪怪的，應該是外國人沒錯。

我們一呆之際，聽裡面一個人快步走向門邊，李師師忽然把我們都推在兩旁，用手在門上輕輕敲了敲，膩聲道：「先生要服務嗎？」

這時那人已經走到了門口，趴在貓眼上往外看了一眼，只聽他用十分淫邪的聲調跟屋裡的另一個人道：「SO-HOT（很性感）！」然後嘿嘿淫笑著問：「多少錢？」

李師師對著貓眼搔首弄姿道：「那要你看嘍。」

只聽屋裡又蕩笑了幾聲，然後說：「小姐留個電話吧，今天有些不方便，改天我請你在五星級賓館見面，到時候……」

項羽一聽知道智取已經不行，從我後面慢慢繞到門側，伸手牢牢握住門把，猛地一推，門上的鎖喀吧一聲硬生生被他推斷，連同半個門框都被砸了個稀爛，軟塌塌地倒下來。

門裡那小子正眉開眼笑的，猝不及防間被門一拍，身子撞在牆上，項羽手上不停加力，這人便被擠在了門和牆之間，頓時話也說不出來，哇哇直叫，手刨腳蹬想要從懷裡掏槍，卻哪裡能動半分？

門開的一瞬間我就清楚看見包子的手機放在桌子上，但是看不見她人。我顧不上多看，緊張地張開雙手把想往前衝的眾人都攔在身後，因為屋裡的另一個傢伙已經掏出槍來對著我們……

這兩個老外就是我上次跟古德白見面時見過的那兩個，我把手來回亂擺道：「別開槍，別開槍，咱們還一起抽過假菸呢，你不記得我啦？」

這小子顯然比我們還緊張，他平端著槍，對項羽喝道：「放了我朋友。」

項羽抱著膀子靠在門上，悠閒地說：「先別管他，看好你自己吧。」被擠的門裡那位刨了半天，漸漸放棄了掙扎——也可能是沒氣了。

拿槍的老外把兩隻手都抓在槍上，半蹲著身子叫道：「你們不要過來！」

我環視了一下屋裡不見包子，也衝他喊道：「我老婆呢？」

老外把槍對準我，再次叫道：「別過來！」

花木蘭搶上一步站在我前面道：「你槍裡有幾顆子彈，夠不夠殺光我們的？你現在最好的選擇就是放下槍，要麼就開槍打我，這就要看你是想死還是想活了。」

吳三桂不悅道：「哪有讓女人身先士卒的，要打打我。」

花木蘭不爽道：「你們憑什麼總看不起女人，今天這子彈我還非擋不可。」

項羽一手按門，一手把兩人都扒拉到身後，對那個老外說：「如果你槍法不怎麼好，最好還是先打我。」

此時張冰猛地躥到項羽身前，毅然道：「別人我不管，你要敢傷我大王，我一定咬死你！」她身材不低，但站在項羽跟前就像一個玩具娃娃一般，語氣裡卻透出無盡的堅決。在這一刻，不管她以前做過什麼說過什麼，我們都完全諒解了她，這一切都是為了項羽，張冰的一片赤誠，那是人皆所見的。

劉邦遠遠的從我們身後探出頭來道：「既然大家都這麼積極，我就不湊熱鬧了，不過他要是真敢開槍，我一定把他大卸八塊給你們報仇。」

老外的槍口一會兒對準這個，一會兒對準那個，看我們一群人像搶職稱一樣看得暈頭轉向，大喝道：「都站著別動，你們休想在我跟前作戲，我不相信這世界上還有不怕死的人。」

冷眼旁觀的二傻忽然從一旁向那個老外走去，悠然道：「你們別爭了，應該我去。」我們都知道他這句話的意思，這些人裡他是第一個來的，所以剩下的時間也最短，從這個角度上講確實該他去。

老外的槍口和嗓音一起顫動著，嚎道：「別動，再往前我真開槍了！」看得出他情緒很激動，幾乎要瀕臨崩潰的地步，我死死拉住二傻，他雖然不怕死，可我能真的讓他就這麼去死嗎？

我一邊拽著二傻，一邊惶急道：「我老婆呢？」

老外聽而不聞，一個勁跺腳道：「離我遠點，我會開槍的！」

窗外，時遷已經貼在了玻璃上，正在用小刀一點一點地撥著插銷，我們一愣，老外也看出不對勁來了，但他又不知道哪不對勁，他面對著我們自然看不到時遷，可被擠在門裡那個卻看了個真真切切，無奈說不出話來，便又拼命掙扎起來，一邊唔唔地叫喚。

拿槍的老外禁不住地要扭脖子回頭，劉邦驀地大喊：「窗外有人！」

拿槍老外一聽這話，隨即擺正姿勢站好，冷笑道：「我一點也不欣賞你們東方人的幽默，總是那麼老套。」

我們一起點頭：「就是就是。」

就在這時，我們就見拿槍老外斜後方的一間屋子的門無聲地拉開一條小縫，然後漸開漸大，包子從裡面探出半個腦袋來，她看看我們，又看看拿槍老外，慢慢從那屋子裡走了出來。

她在一張桌子上拿起個水杯，又搖搖頭，放下換了一個暖瓶，還是覺得不順手，最後掂起一個方方正正的煙灰缸，這才點點頭，然後像個日本女人一樣小碎步挪到了拿槍老外的身後……

被擠在門裡的老外劇烈地掙扎想要示警，項羽微微一使勁便再沒了聲息。

這時包子就站在他身後，正在來回比劃距離，那煙灰缸在老外的頭前頭後緩緩移動，那老外毫無知覺，眼睛都不眨地盯著我們，窗外時遷見這情況，索性也不忙活了，坐在窗臺上往裡看著。

我換上一副微笑的表情跟拿槍老外說：「你就要倒楣了。」

老外此時還不忘為我們展示西方式的幽默，一聳肩膀道：「我怎麼沒感覺到？」

我笑瞇瞇地說：「你馬上就要倒楣了！」

這會我們所有人都樂呵呵地看著他，老外被我們打量得有點發毛，幾次想回頭卻又不敢，最後哼了一聲，道：「你們倒是都很有表演天分。」

我說：「我數一二三你就要倒楣了，一……二……」

「砰」的一聲，老外倒在已經算計他半天的菸灰缸下，槍也掉出老遠，包子邊抖摟手上的菸灰，邊在他臉上踩了兩腳，罵道：「當老娘是傻子啊，說什麼朋友聚會。」

我忙把她拉在一邊，埋怨道：「你怎麼不等我數完三呢？」

包子道：「你沒看電視嗎，一般數到三就肯定打不成了。」她剛說完這句話，忽然一捂嘴又衝進了剛才她出來的那間屋子，我打開門一瞧，原來是間簡陋的衛生間。

包子抱著馬桶乾嘔了幾下，卻什麼也沒吐出來，我過去拍著她的背說：「你怎麼了？」

李師師低笑道：「表嫂怕是有喜了。」

此言一出，眾人一起恍然，我驚喜地拉住包子的手說：「是不是真的？幾個月了？」

包子邊擦嘴邊說：「我也不知道。」

李師師道：「什麼時候開始有反應的？」

包子道：「剛剛喝了一杯牛奶，然後就開始了。」

我頓時想起這裡店老闆的話，仰天長嘆道：「過期牛奶害死人啊。」

這時時遷從窗戶鑽進來，指著地上的老外道：「這人怎麼辦？」

項羽按著門道：「這裡還有一個呢。」

我來到門後一看，只見那位被項羽扣了半天，已經人事不醒，被包子砸倒的那個也昏迷了，要知道包子使用板磚也是六級水準。

我把兩人的槍都遠遠踢開，說：「咱們快走，這裡交給警察處理。」

當我們離開招待所的時候，嘹亮的警笛劃破了寧靜。

在車上，我發現包子表情雖然鎮定，但身子有些發抖，我問她：「怕了？」

包子看了我們一眼，不好意思地點了點頭。

我說：「剛才砸人怎麼一點也沒見你手軟？帶你走的人怎麼跟你說的？」

包子道：「一開始是倆中國人，他們到我店裡，什麼都沒說，就說要我走一趟。」

我白了她一眼道：「你是不缺心眼啊，就跟他們走了？」

包子道：「不走行麼，都帶著槍呢，別人是沒看見，我卻看得清清楚楚，兩人在衣服裡衝我亮了半天，我要不走，包子店就要血流成河了。」

花木蘭笑道：「包子可真是個負責的老闆。」

我說：「然後呢？」

「然後他們就把我交給了那倆外國人，老外倒是對我挺好，說是等著你來跟我們聚會，可我又不是傻子，原以為要把我五花大綁等著你拿錢來贖呢，結果喝了杯壞牛奶不停上廁所，後來他們對我警惕性也不那麼高了，你們就來了。」

項羽笑道：「這麼說，我們剛才那麼對那倆老外倒是有點過了。」

現在看來這件事是這樣：古德白之所以委託雷老四綁架包子，是因為他明白在我們這個小地方兩個外國人太過顯眼，而且在沒最後有結果的情況下並不想跟我撕破臉，結果壞事就壞在雷老四那兩個沒玩過槍的土鱉手裡了，他們亮槍以後，包子當然明白這是怎麼回事了，於是有了戒心，但兩個老外卻什麼也不知道，還抱著那個美麗的謊言在誆包子，至於包子喝了壞牛奶不停上廁所以至於從身後偷襲得手，這都是運氣成分了。

不過包子在明白自己被挾持的情況下度過了漫長的六小時，確實也挺受罪的，項羽難得慈祥地拍了拍她頭頂道：「沒嚇壞吧？」

包子不自在地看了一眼張冰，道：「……還好。」她知道張冰很多心，而且醋勁上來可不得了，不過我們都知道，項羽這屬於祖宗式的關懷。

張冰笑道：「包子，這次完了有什麼感想啊？」

包子嘆道：「有錢人也不好當啊——」她忽然拉住我的手道：「對了，他們跟你要多少錢？」

我納悶道：「什麼多少錢？」

包子道：「他們綁我不就是為了跟你要錢嗎？還有，你們是怎麼找到我的？我還以為就算找也是警察先來，然後特種部隊秘密潛入……」

我們：「……」

包子繼續說：「為了綁我，又是槍又是炮的，還雇了倆老外，就算把咱們家那點錢都給他們夠成本嗎？」

我邊開車邊說：「以後慢慢跟你說。」

吳三桂愕然道：「你還不打算告訴她？」

包子奇道：「告訴我什麼？」

李師師道：「既然表哥還沒想好，就讓他再想想，或許……等我們走了再說是個不錯的選擇。」

包子滿頭霧水道：「你們說什麼呢，小楠你要去哪兒？」

李師師溫柔地握著包子的手道：「沒什麼表嫂，這件事不單是綁架那麼簡單，還有江湖恩怨在裡面，所以表哥不知道該怎麼跟你說。」

包子橫我一眼道：「那你直說不就完了？你把錢都賺了，自然有人眼紅你，我們旁邊那家餡餅店還找我們麻煩挑刺呢。」

我點頭道：「你能這麼理解就好。」

我們到家後，並沒有見到何天竇，他說是去對付空空兒，也不知道怎麼樣了。

那夜之後，雷老四果然一蹶不振，名下的場子都廉價賣了，可讓我想不到的是，買這些場子的人居然是柳下蹠，雷老四倒臺的當夜，他就帶著人又去各個場子掃了一回，從此本市老大易幟，成為王垃圾。

第二天，一輛破車停在我家門口，費三口微笑著跟我打招呼：「早啊，蕭校長。」

我披了件外衣，趿著鞋出來，瞇縫著眼睛說：「進來吧。」

「車裡說。」

我只好拿了包菸進了他的破車，說：「先談公事還是先談私事？」

老費道：「哦，還有區別？那就先談私事吧。」

我遞給他一根菸道：「你最近挺好的吧，什麼時候回來的？」

老費：「……」

我笑道：「這不就是私事嗎？」

費三口笑了一聲道：「還不錯，前幾天剛回來。」

我問：「那我們的贏同志也好吧？」

「他也不錯，在他的指揮下，挖掘工程……」

我把菸點上，換了一副表情道：「現在開始談公事吧——你今天來有什麼壞消息帶給我？」

費三口抽著菸道：「看來你已經意識到你昨天行為的嚴重性了。」

我雙手一攤，做出一個無辜的樣子。

費三口哼了一聲道：「還裝！我懶得跟你嚼舌頭，事情我已經壓下來了，要不你以為你會舒舒服服坐在這跟我瞎扯淡嗎？」

我忙道：「你們都瞭解到什麼情況了？」

費三口把一袋照片拍在我腿上道：「反正昨天晚上你動員上你全校職工幫你打架去，是吧？」

我打開袋子一看，最上面的一張照片，李逵瞪著牛蛋大的眼睛正在猛揍一個看場子的馬仔，周圍環境混亂，還能看到好幾個梁山上的面孔，下面一張是林冲帶著段天狼在「錢樂多」的照片……

我知道費三口是幹什麼的，他能有這樣的照片我一點也不稀奇，可難為他居然七個地方的照片都有，我把袋子摔在車座上忿忿道：「你們的人有時間拍這麼多照片，怎麼不拉架去？」

費三口道：「少廢話，我們又不是警察，你還有什麼說的？」

「都被你盯上了還能有什麼說的？辭職報告我已經寫好了，不過沒說打架的事，不知道政府能給我個臺階下不？」我這時才忽然反應過來，「你剛才說什麼，已經壓下去了？你怎麼說的？」

「還能怎麼說，定性為流氓鬥毆事件，幸虧雷老四也沒什麼口碑，只要你的職工別到處說去，這事就算過去了。」

我興奮道：「就這麼簡單？你為什麼幫我？」

費三口嘆氣道：「國家為了你這所學校花了多少錢你不是不知道，這事要處理起來，你們育才還能剩下什麼人？最主要的，據我們調查，已經瞭解了一些來龍去脈，雷老四是綁了你愛人；而且我們還瞭解到，他最近跟一個國際走私古董的組織有密切來往，不過他們為什麼又找到你，我們就百思不得其解了。」

我脫口道：「你怎麼知道？你們到底雇了多少攝影愛好者？對了，那倆老外怎麼樣了？」

「一個脾臟破裂，一個腦震盪，他們都是那個走私組織裡的成員，我們正在審問，你的情況是：擅用職權發動自己的職工幫你用報復的方式威脅了雷老四，而你們兩個素有嫌隙，這條線理順了，現在我們不明白的是，為什麼綁架你愛人的是雷老四，卻交給兩個外國人看押？」

「這還不簡單，因為他們有合作關係唄，所以他把人交給跟他狼狽為奸的老外。」

費三口道：「這樣解釋似乎說得過去，但我總覺得哪不對——總之，一切還是等那兩個老外開口吧。」

我心一吊，老外開口，把我供出去怎麼辦？幾件重量級古董是從我手裡流出去的……

費三口見我不說話，又道：「哦對了，出於習慣，我們查了一下嬴同志的背景，但奇怪的是，從國家電腦裡根本查不到關於他的任何資訊，育才的很多老師也是類似的情況，你對此的解釋是從山溝旮旯裡找到他們的……」

我忙道：「是的，這個問題我早就彙報過了。」

費三口無奈道：「既然你這麼說，我就權當是真的，但我要提醒你分清隱私和必要的瞭解，把該告訴我們的，和自己可以保留的甄別好。還有——不許再領著那些人打架去了！再有昨天這樣的情況你可以找我，我雖然不是警方，可你不都總結了麼，於公於私我都會幫你的。」

「一定一定。」

費三口最後看了我一眼，不知道為什麼嘆了口氣，開車離開了。

這天，我們一大幫人又圍坐在一起吃飯，成員包括：除秦始皇之外的五人組，吳三桂和花木蘭，還有張冰，曹小象因為要參加期末考試所以沒來。

自從我們搬到這裡以後，這樣的宴會是三天兩頭，有好幾次甚至還把好漢們都叫來一起吃，算是徹底過上了包子想要的生活，她的夢想就是每天有好多人在一起吃飯。

後來我跟她說，其實坐牢也能達到這個目的，包子默不作聲地想了很久，不知道是不是有實踐的想法，後悔得我直抽自己嘴巴子。

今天這個女人又喝多了，直眉瞪眼地舉著個杯跟我們說：「可惜胖子不在，還真看不出來他居然是專業考古的，你們說他那墳什麼時候才能刨完啊？」

劉邦小聲道：「我看刨完咱們也該走了。」他轉臉跟項羽說：「你當年就應該索性全給他毀了，咱們今天正好能坐在一起喝酒。」

我說：「聽費三口說，B縣的墓挖完以後，國家不打算繼續挖了，反正那東西擱在那個地方丟不了。」

吳三桂道：「我想起來了，那年從山海關撤兵，我也往地底下埋了不少金銀，要不我畫個圖，小強你去刨去？」

我忙道：「算了吧，你們就記住個人的東西走的時候帶全了，隨便留下一件都是禍害。」

我們正閒聊著，張冰新開一瓶酒給我們挨個倒上，說：「今天難得人齊，我敬大家一杯。」

從上次救包子以後，眾人對她態度已變，這時紛紛笑著舉杯。

張冰跟我們碰過杯後，深情款款地注視著項羽，眼裡像要滴出水來，輕輕喚了一聲：「大王……」

項羽微微一笑，想說什麼，卻又滯了一滯，終究是一語不發地仰頭喝光，我發現項羽跟張冰在一起經常處在這種慢半拍和不自然的狀態中，也不知道當年他們是不是這樣。

這時忽然聽外面有人用喇叭甕聲甕氣地說：「裡面的人聽著，你們已經被包圍了——蕭先生，我們只求財不要命，希望你們不要做無謂的抵抗！」

我愣了一下，失笑道：「現在的小偷這麼囂張了？」

吳三桂一拍桌子罵道：「媽的，主意打到老子頭上了！」可是他話雖說得豪爽，我們就見他站了一半頹然坐倒。

吳三桂變色道：「不好，著道了！酒菜裡被人做了手腳。」

按理說我們這些人久經變故，遇到這樣的事情早該有所行動了，現在卻無一例外地呆坐在原地，彼此一看臉色，均是苦笑，我這時才明白剛才不是腿軟，而是不知什麼時候中了人家的麻藥了，神智完全清醒，可就是手腳不聽使喚。

項羽滿臉通紅，渾身發抖，好像一肚子窩囊沒處發洩，張冰關切地看著他，吳三桂靜坐不動，看來是認栽了，劉邦東張西望，似乎還盼著有誰來救，除了睡過去的包子外，李師師和花木蘭兩個女人倒是很沉著。

只有二傻安之若素地用筷子夾了一片火腿放進嘴裡，然後又吸了一口酒，我們一起問他：「你沒中毒？」

二傻搖了搖頭道：「除了嘴和手，哪都動不了了。」

「那你還吃？」

二傻心無旁騖邊喝酒邊慢慢道：「反正已經這樣了，還有什麼可怕的——我還沒吃飽呢。」

這時還是劉邦反應最快，頂燈的開關就在他身旁的牆壁上，他搖搖晃晃地伸手一按，屋裡頓時一片漆黑。

外面的人不敢貿然闖入，操著喇叭喊：「蕭先生，請你不要做無謂的反抗，我們輕易不會傷害你們的。」

只聽張冰焦灼的聲音低低道：「怎麼辦？」

我說：「報警！」

張冰掏出電話看了一眼道：「沒信號，外面的人肯定帶了干擾器。」

李師師道：「用座機，誰離得最近？」

劉邦黯然道：「人家難道不知道剪電話線嗎？我看還是用最原始的辦法吧。」

我們一起問：「什麼辦法？」

劉邦道：「喊救命！」

「切——」我們齊鄙視了他一眼。

我們在商量辦法，對方可不給我們時間，一個腳步聲漸漸靠近，用試探的口氣道：「蕭先生，我可進來了啊，你最好別動。」

這人用不知什麼東西捅了半天把門捅開，一進門就按亮了手裡的手電筒，先在我們臉上晃了晃，又照了一下桌上的菜，笑道：「晚飯很豐盛啊。」說著按亮了電燈，一剎那我們也看清了他的臉，高鼻深目，是一個老外。

我頓時恍然，說道：「又是你們？」

進來的老外在屋子裡環視了一周，衝外面喊：「再進來一個人盯著他們，我去樓上看看。」

門外有人答應一聲，又進來一個老外，手裡拿著槍，我問後進來這個：「你們一共來了多少人？」

「四個。」

項羽哼了一聲道：「如果不是使用宵小手段，四個鼠輩都不用我親自動手。何至於如此耀武揚威？」

吳三桂也鬱悶道：「是呀，四個人，給我也懶得動手。」

荊軻看看花木蘭，倆人都不說話。

雖然萬分緊急，我還是忍不住叫道：「我靠，幸虧都喝了毒藥了，要不照這意思這四個人是不是都得我來？」那我還是寧願喝毒藥算了。

這會兒上樓的轉了下來，看了看我們道：「哪位是蕭先生？」

我說：「什麼事？」

頭一個老外道：「你大概也知道我們的來意了，說吧，東西都藏哪了？」

我搖頭道：「我說了你們能信嗎？」

老外掂著槍道：「哪位是蕭夫人？」

他看了看桌上的幾個女的，目光最後落在李師師身上，嘿嘿道：「如果我沒猜錯的話就是這位了，聽說蕭先生和夫人感情甚篤……」

我說：「你再猜。」

老外用槍指著李師師的頭道：「我沒工夫跟你廢話……」

我搶著道：「你也不用跟我廢話，更不用跟我玩人質那一套——櫃子的抽屜裡有顆珠子你拿去吧。」

老外聽我開頭幾句說的硬氣，沒想到最後一句卻轉了風，不禁愣了一愣，拉開抽屜把那顆珠子放在手裡端詳著。打量了一會兒道：「你是不是在騙我，這東西值錢嗎？」

這寶貝在光下只有一層淡淡的光暈，就這麼看確實不如玻璃球看上去那麼白熾耀眼，所以老外有點疑心。

李師師嗤笑一聲道：「連夜明珠都不認識，還敢幹這一行？」

老外臉一紅，隨手把珠子裝進兜裡，用槍指著我問：「還有呢？」

我攤手道：「那就是這家裡唯一值錢的東西了，你會把所有的東西都放在一起嗎？」

老外看了看手錶，冷笑道：「現在才晚上九點一刻，保安已經被我們放倒，而且很遺憾，這裡只有你一家住戶，看來我們有的是時間。」

他一揮手，招呼屋裡另外一個人和站在外面的那倆個道：「把所有能帶走的東西都帶走，老闆說了，蕭先生這裡任何一件不起眼的東西都有可能是絕世寶貝。」

我忍不住問道：「你們老闆是誰？」能說出這話來的，肯定對我有所瞭解。

那老外也不搭理我，他把槍別在褲帶上，首先一指放了寶珠的櫃子，對新進來的兩個人吩咐道：「這個，搬走！」

我叫道：「櫃子搬走，那把珠子放下行嗎？」

我想給他湊個買櫝還珠完整版，不過我那櫃子確實價格不菲，紅木的，花了我好幾千塊錢呢。

我探頭往外看了一眼，見外面停了兩輛大卡車和一輛轎車，不禁咋舌道：「你們是黑手黨還是搬家公司的啊？」

看來人家是有備而來，抱著寧願錯殺一萬，也不放過一個的決心來掃蕩我家的。

兩個老外吃力地搬起櫃子，一步一步挪了出去，一直看著我們的那個老外左右看看，指著一張桌子跟最先進來的那個說：「這個要搬嗎？」

我埋著頭說：「拜託，你見過還有鍵盤抽屜的古董桌嗎？」

那老外面有羞慚之色，喃喃道：「我再去別處看看。」

第一個老外把我們身前身後都檢查了一遍，沒發現什麼武器，便放心地四處溜達起來，還特意跑到廚房和一樓廁所搜羅了半天，再出來的時候，褲兜裡插了許多莫名其妙的小東西，從包子捨不得扔的削皮刀，到仿的象牙筷子，甚至還有一把曹小象用來當玩具的小算盤，都被他當古董珍重地收起來了。

這時另一個老外忽然滿臉興奮地跑來，叫道：「你猜我發現了什麼？」

我頓時緊張起來，下意識地用眼角往客廳牆壁上掛著的花木蘭的盔甲上掃了一眼。

這也是何天竇給我出的主意，現在看來頗有效果，它就一直光明正大地掛在那裡，幾個老外居然視而不見，這大概跟他們的生活習慣有關係，歐洲人不是經常在客廳角落裡擺一具騎士盔甲嗎？

兩個洋鬼子興沖沖跑進我的書房，不一會就費力地抬出一面書櫃來。

從還沒買這幢房子起，我就有一個夢想，那就是一定要有一間很酷的書房，擺古字畫，點蚊香，桌上要有硯臺和臭鼬毛做的筆。

這倒不完全是為了擺樣子，我是想我和包子的孩子一出生就有個學習氛圍，我把這個想法告訴幫我裝修的李雲以後，他一口答應了，李雲是宋朝人，做這一切自然不在話下，所以我那間書房絕對古色古香，而且這個書房被秦檜用過一段時間，所以有一種起居的味道，老外們一見之下如獲至寶——其實真的沒值錢的東西。

倆老外抬著那面死沉沉的書櫃來到客廳，歇一口氣，順便告訴剛把我那桌子搬上卡車的另外那倆：「書房裡的東西都搬走，一件都不能少。」

所以我們圍坐了一圈，眼睜睜的看著人家往外搬我們家的傢俱。我敢說這也是一種很特別的感受，項羽面有慍色，二傻還是一口一口地吃菜，其他人或側轉身子或回過頭，看老外們忙活，也不知道在想什麼。

「哎哎，慢點！別把牆給我碰了；裡頭的人放低；那個，是不是麻煩哪位到廚房把火關了，還熬著湯呢……」

我一邊滿嘴胡說八道，一邊觀察著這幾個人，發現他們最初還保持屋裡留兩個人，慢慢地已經放鬆了警惕，在搬出去三面書櫃以後，他們完全把我們當成了空氣。

等他們又一次集體脫離了我們的視線以後，我使勁衝劉邦一努嘴道：「邦子，邦子！」

「啊？」

「你離門最近，現在能不能站起來把它撞住？」

劉邦哭喪著臉道：「你就想出這麼個辦法來？」

我斷然道：「只要你把門關上，我就有辦法扭轉局面。」

「你確定？」

我使勁點頭。

劉邦也不再廢話，只見他哆哆嗦嗦地勉強站起來往門邊挨過去，眼瞅著等磨蹭過去黃花菜也涼了，索性直挺挺地往前一撲，用身體把門撞住了。

門外的老外一聽有動靜，一齊叫喊起來，跑到門邊喝道：「裡面的人把門開開，否則我們開槍了！」

他們喊了幾聲，終究不敢輕易開槍，其中一個拿出鐵絲開始捅鎖眼。

我當然沒閒著，劉邦把門撞上的那一刻，我飛快地從懷裡掏出兩片餅乾來，在項羽和荊輌面前分別擺了一塊，迅速說：「吃了這片餅乾，你們會恢復以前的力量，但是千萬記住，你們只有十分鐘時間！」

我給他們的，正是分別複製了他們本身力量的另外半塊子母餅乾，本來想留著以後逞英雄用呢，現在一切都說不得了。

這二人看著面前的餅乾愣著沒動，顯然我這種說法在常人看來是駭人聽聞的，我急道：「快點，沒時間了。」

項羽遲疑著拿起餅乾咬了一口，二傻則不管三七二十一，一把它拿起揉進嘴裡，他們吃下餅乾，沒用幾秒，項羽忽然猛地站了起來，眾人都是又驚又喜，隨著二傻也跳到了屋子中央，我鬆了口氣道：「記住，十分鐘。」

項羽哼了一聲道：「有十秒鐘就足夠了！」

吳三桂道：「那我們呢？」他看見我又裝起兩片餅乾，似乎也很想親自參戰。

「咱們就只能聽天由命了。」

倒不是我吝嗇，剩下的兩片餅乾，一片是複製了趙白臉的，另一片是空白的，趙白臉那身子骨，吃了他那片餅乾以後動作還不如現在麻利呢！

這會，老外已經快捅開門鎖了，項羽把趴在地上的劉邦提在座位上放好，摩拳擦掌地等著老外進來。

吳三桂道：「你們最好先埋伏起來，等他們四個都進來以後再動手——他們可是有槍！」

這也正是我讓劉邦關門的主要目的，如果不讓他們聚在一起再動手的話，很可能會給他們掏槍互助的機會。

項羽點點頭，往門後一站，二傻則蹲在門旁的牆角裡。

「喀噠」一聲，門被捅開了，頭前的老外站在門口看著我們，喝問：「誰把門關上了？」說著，看了一眼離門最近的劉邦。

劉邦張開手無辜道：「我動不了，八成是風吹的。」

老外見屋裡一切平靜，慢慢放開握槍的手走了進來，猛地發現我們桌上少了兩個人，立刻把手重新放在槍上，厲聲喝道：「那倆……」

站在他身後的項羽叉開手指籠住他的後腦勺，往牆上一按，老外乾脆俐落地倒在了地上。

第一個老外慘遭蹂躪之後，跟在他身後的那個傢伙並沒有立即反應過來，蹲在他腳邊的二傻抓住他腳後跟一拉，這位就躺在了門檻上，他只見一個男人定定地看著他，毛骨悚然，不等喊出聲來，二傻的拳頭已經砸在了他太陽穴上。

第三個老外更倒楣，他眼見頭前兩個同伴一個一閃就不見了，另一個莫名其妙地躺在地上，不知就裡地探頭進來，項羽不客氣地用門擠了他的腦袋——項羽最近總是幹這事。

二傻怕項羽佔便宜，連最後一個也不留給他，把手伸得長長的拉住最後一個人的腿，把他掀翻在地，這人這會已經明白過來了，嚇得忘了掏槍，躺在地上用兩手向空氣裡亂撓，二傻在這人腦袋上踩了幾腳把他踩昏。

四個老外被打昏，整個過程果然連十秒也不用。

劉邦判斷了一下形勢道：「大個兒去找繩子把他們捆結實，然後再給梁山那幫人打個電話，讓他們過來幾個，我們現在需要保護。」

項羽瞪了他一眼道：「現在誰能動得我項某分毫？」他揮舞了一下胳膊說：「我只覺此刻比平時氣力更足，小強，你給我吃的是什麼東西？」

我說：「羽哥先按邦子說的辦吧，咱們只有十分鐘時間，這些人要是十分鐘以後醒了，那可就麻煩了。」

我看了看手機，還是沒信號，說：「他們開來的車裡應該有遮罩器。」

項羽嘆氣道：「我去。」

只要把遮罩器拔開，往學校打個電話，我們就勝局已定。

項羽拉開門，向外面的車走去，剛邁出一隻腳去，一條黑影忽然快如閃電一般躥過來，「砰」的一聲在項羽胸口擊了一掌，把項羽魁偉的身子打得倒退了幾步。

項羽怒道：「誰？」

一個敦實的小光頭慢悠悠地踱進來：「我。」

我們齊道：「空空兒？」

據何天竇說，空空兒功夫很好，之前他也跟時遷有過對決，時遷輸得很慘，可見此人精通刺殺和輕功，不過他也有個致命的弱點，就是自尊心很強，說好聽點叫什麼「一擊不中遠走萬里」，當年聶隱娘和他對著幹，在他要刺殺的目標脖子上圍了一塊磨盤（也有說是玉），空空兒黑燈瞎火地在磨盤上刺了一刀，感覺到失手了，但是他不知道是有個娘們在憋著害他，還以為目標恰巧戴著頸椎矯正器，於是暫時躲了起來。

他本來想找機會殺個回馬槍，但聶隱娘知道空空兒就趴在梁上偷聽，於是就跟別人說：空空兒是她的崇拜對象，他很厲害，他像驕傲的老鷹一樣，一次不得手就絕不屑再來，這時候一定已經遠在千里之外了。

空空兒一聽有個漂亮的姑娘這樣評價自己，就真的出門搭了車直奔千里之外，還把收了過路費的條子保存著，以便以後見了聶隱娘用來證明自己真的如此偉岸，但聶隱娘卻像狡猾的狐狸一樣，一計得逞後便遠遁萬里，再也不屑於和空空兒見面了。那以後，空空兒果真再也沒見過那個騙了他一次的女人。

現在，這個渾身充滿了矛盾和哲學思想的傳奇禿子就站在我們面前，我不知道項羽這樣勇猛的武將和二傻這樣的半吊子殺手能不能搞定他。

空空兒冷冷地打量了一下地上的四個老外，對我說：「我不想殺人，你只要把東西給我。」

我奇道：「你要那些東西有什麼用？」

空空兒淡淡一笑：「賣錢。」

項羽怒喝一聲：「鼠輩！」斗大的拳頭掛著風聲向空空兒的面門砸去，空空兒側身閃開，往項羽腰眼上捅了一拳，項羽一擰身轉到他身後，又是一拳打來。空空兒沒料到項羽居然如此靈活，不禁頗為意外地「咦」一聲。

我喊道：「空空兒，一擊不中你還不快跑？」

空空兒輕飄飄地落在屋外的草坪上，衝項羽道：「你出來！」

我又叫道：「軻子，去幫忙！」

項羽大喝一聲：「不用！」說著，躥出去跟空空兒戰在一處。

我們一個個勉強站起，搖搖晃晃地來到外面，只見項羽怒髮衝冠，拳腳上夾著凌厲的風聲，發狂一樣往空空兒身上招呼著，空空兒不急不慌，像隻靈猴一般左躲右閃，時而高高躍起，項羽絲毫傷不得他。

這工夫二傻也沒閒著，他一時找不到繩子，便把四個老外都拖到門口併做一排，手裡拿著個小榔頭，那第四個老外受傷最輕，這時慢慢緩了過來，二傻便在他頭上一鑿，這人頓時又昏了過去，我們不禁都寒了一個。

這項羽戰空空兒，說起來有點不倫不類，項羽固然是史上空前絕後的猛將，但無奈空空兒是不會傻到跟他較力的，兩人自交手以來，他身子倒有三分之二是在空中，時而像老鷹一樣俯衝，時而又像蝴蝶一樣繚繞，別說硬碰，就是連身體接觸都沒一下，好在項羽勇武與招法精妙兼備，也沒有吃多大的虧，但終究像一頭雄師在和蚊子搏鬥，始終不得其所。

李師師慵懶地靠在門框上，回頭看了一眼屋裡的掛鐘，口氣忽然急切起來：「壞了，已經過去五分鐘了。」

我們只有十分鐘的時間，如果是平時，就算空空兒走位再詭異，有眾多高手在我們總不至於全軍覆沒，可是今天，照這樣打下去非全玩完不可。

李師師輕輕在荊軻背上推了一把道：「荊大哥，你去把他們車裡的遮罩器關掉。」

吳三桂道：「那也來不及了，就算梁山的神行太保也沒本事在五分鐘之內趕來。」

劉邦道：「現在顧不得了，遮罩一關掉，就給最近的警察局打電話求救。」

二傻聽完，好整以暇地在手微微抽搐了一下的一個老外頭上鑿了一錘，把榔頭遞在花木蘭手裡，站起身向老外們的車走去。

空空兒見二傻快要靠近車前，忽然抽身到他身後，在他背上拍了一掌，二傻大怒，回身就是一拳，空空兒高高跳起，卻沒躲開項羽的一拉，嘶啦一聲上衣被拉成燕尾服了，項羽見荊軻已經和對方交上了手，便垂手站在一旁。

劉邦嘆道：「都這個時候了還在充英雄，看來當年的教訓還是不深啊。」

張冰瞪了他一眼，急忙又往場上看去。

二傻這會正鼓足力氣與空空兒酣鬥，他既不會輕功，套路也不精妙，但是卻有一點，那就是不怕死，空空兒在他小腹上踹了一腳，二傻渾若不覺地同樣抽來一個嘴巴子，空空兒急忙一個後空翻閃開，臉上被二傻的掌風刮得隱隱生疼。

二傻揉著肚子，嘿嘿笑了兩聲。

空空兒從後腰上抽出兩把短劍，冷冷道：「那就別怪我下手無情了。」他的這兩把劍又窄又長，猛一看像兩根鐵絲，在月光下寒意森森，空空兒腳尖點地撲向二傻，二傻捏好拳頭，對敵人的短劍卻視而不見，反而迎了上去，我們都看出來他在打什麼主意，他是想用自己的胸膛接住空空兒的劍，然後再伺機給予對方重擊。

可是空空兒是何等靈敏，怎麼能讓他得逞？眼見空空兒的劍就要插上二傻的胸脯，項羽嘆了口氣，忽然從空空兒身後出手，生生地抓住他腳脖子把他拽了回來。

空空兒冷笑一聲道：「好，兩個一起來吧！」說著一個怪蟒翻身，一把短劍順勢削來，項羽只得放手，那邊二傻又衝了過來，項羽見狀便又站到了一邊。

劉邦罵道：「迂腐！」

吳三桂也高聲道：「項老弟，事非得已，先合力拿下他再說。」

項羽卻只微微一笑，並不動地方。

第四章

劍神蓋聶

空空兒竟被他盯得後退幾步，厲聲問：「你到底是誰？」

二傻哈哈一笑對空空兒道：「你打不過他，他是我的好朋友蓋聶。」

空空兒看著趙白臉，悚然道：

「你就是劍神蓋聶？荊軻刺秦王等的就是你？你最後為什麼沒去？」

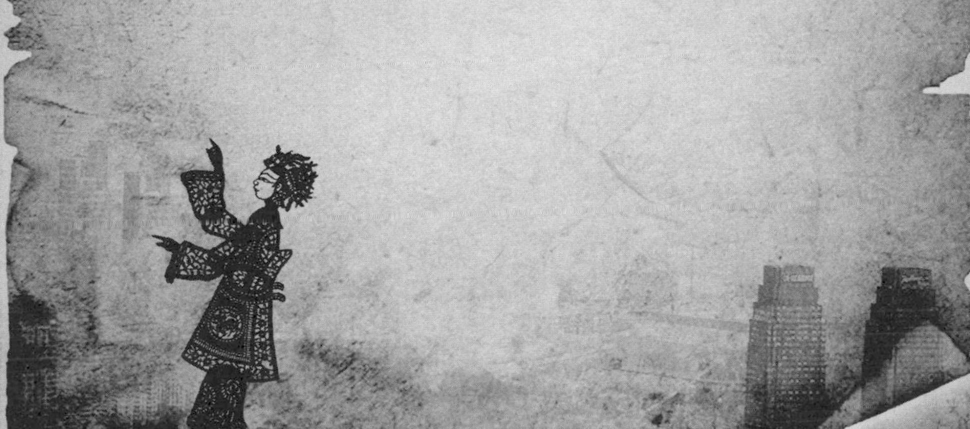

李師師再看一眼表，道：「我們還有兩分鐘不到的時間了。」

劉邦終於忍不住對張冰說：「你勸勸他吧，你開口比誰都管用，他就算顧及你的安危也會出手的。」

張冰看著項羽，滿臉癡迷道：「我就是喜歡大王這種坦蕩的胸襟和英雄氣概，我才不會拖他的後腿。」

劉邦怒道：「現在他要不出手，一會兒遲早得死在那個光頭手裡，你們每天親呀愛呀的，這會竟能坐視不管你家大王的死活，你這個娘們到底是不是虞姬？」

張冰臉色大變，激動道：「我當然是！」

李師師幽幽道：「其實項大哥早就不在乎什麼英雄的虛名，卻怕自己心愛的女人看輕了他，他現在當局者迷，還考慮不到一會兒的事情。」言下之意，還是希望張冰能夠向項羽呼救。

張冰臉色變了幾變，終究是沉默不語。

花木蘭忽道：「不好，這幾個老外看樣子快醒了。」

劉邦道：「你手裡不是有榔頭嗎？哪個快醒敲哪個，這點力氣你還有吧？」

花木蘭聞言，在一個腦袋晃了幾下的老外頭上敲了一記，那人立時不動了，被門擠了的那個老外本來在似醒非醒間，剛想用手摸一下傷口，聽見我們說話馬上不敢動了，但劉邦目光如炬，指著他不住喊：「敲這個敲這個……」

劉邦吃力地挪到她跟前，搶過榔頭，為了以防萬一，就像敲編鐘一樣在四個老外腦袋上挨個敲了起來……

這會兒跟空空兒動手的還是二傻，他幾次想跟敵人拼個兩敗俱傷但都失敗了，到後來漸漸失去了耐性，開始揮舞著胳膊胡亂打起來，空空兒瞅準一個空檔，把一根短劍深深刺進了二傻肩膀裡，他剛想拔出來，二傻卻一把攥住了肩上短劍的劍柄。

項羽這時再也站不住了，大手從天而降抓向空空兒的頭頂，空空兒顧不得拔劍一躍閃開。

項羽愧疚地看了一眼二傻，二傻已經疼得臉色慘白，卻仍舊笑嘻嘻的，對項羽說道：

「我沒事……」

「把他交給我吧。」說著話，項羽怒吼一聲衝向空空兒，空空兒失去一把短劍，行動間就頗為失靈，光憑著一把劍指指戳戳不成氣候。項羽拳大腳長，幾招便把他逼得退了一大截。

花木蘭興奮道：「好功夫！」

劉邦邊敲「編鐘」邊頹然道：「糟了，我們沒時間了。」

我看了一眼表，距項羽他們吃餅乾剛好十分鐘，果然，氣勢勇不可擋的楚霸王逐漸萎頓，本來那大拳頭掄出去像被機器頂出去一樣威猛，現在看去卻輕飄飄的發虛，一個兩米多的巨人漸行漸疲，觀之詭異。

項羽的最後一拳幾乎完全是在慣性下揮出去的，自己的身體也連帶被引了出去，空空兒閃到一旁，在他後背上輕輕一推，項羽便轟然倒地。

空空兒一愣，隨即恍然，笑道：「我看這下誰來救你們。」

他再扭頭看二傻，二傻也正好一屁股坐在地上，手上仍緊緊抓著劍柄。

與此同時，劉邦慘然道：「我們錯過了一個最好的機會——本來我們可以用老外帶來的槍的！」我們同時變色，我懊惱道：「你不早說！」

劉邦幽怨地看我一眼道：「我們這些人，對手槍這東西從沒見過，更別說用，所以腦子裡根本沒有這個概念，倒是你……你看了那麼多槍戰片為什麼想不到這個法子？」

空空兒禁不住地得意，仰天長笑道：「什麼古今第一刺客，什麼西楚霸王，全都扛不住我三拳兩腳，哈哈哈哈……」

他這個樣子我依稀覺得有點眼熟，馬上想起那天二胖和項羽決戰完也是這副德行，我心有餘悸道：「他八成要倒楣了。」

空空兒聽我那麼說，先警惕地往四周看了看，見一切如常，就還想再笑幾聲，這時一個聲音弱弱地問：「小荊是不是在這兒？」

空空兒猛地幾個空翻來到燈下，大聲喝問：「誰？」

我們只覺眼前一花，從暗處飄來一個人，這人臉白如紙，身形羸弱，眼中神色也有點渙散，一看便知神智不是太清醒。

我詫異道：「趙白臉？」

趙白臉看見了我，立刻歡喜無限道：「找到你就好了，小荊呢？」我無聲地指了指坐在地上的二傻，趙白臉扭頭一看，歡呼道：「找到你啦！」說著奔到二傻近前，就要拉他起來，二傻也笑呵呵地遞出手去，空空兒的劍還在他肩上扎著，加上迷藥復發，二傻的手半途中便跌落下去。

趙白臉一見之下，驚道：「誰把你傷成這樣？」

空空兒見來人不過是一個傻子，遂不再看他，對我說：「你把東西都放哪兒了，你瞞得了別人卻瞞不了我，除了霸王甲和荊軻劍，你手裡至少還有三百岳家軍的兵器，這些可都是上好的古董……」

趙白臉見空空兒手裡提著另一把短劍，定定地問道：「你為什麼刺小荊？」

空空兒不耐煩道：「想活命就滾到一邊去。」

趙白臉搔了搔頭道：「好熟悉的殺氣，我見過你。」

空空兒聽到這句話，意外地看著趙白臉：「你居然能感覺到我的殺氣？」隨即道：「我幾次跟蹤蕭強，都是被你發現了行蹤？」

他這麼一說我也想起來了，第一次還是我跟荊軻去見那幫招生的，回來的時候趙白臉大喊了一聲；第二次是我一個人回來，趙白臉正在掄大笤帚，也喊了一聲有殺氣，原來他那時就已經發現空空兒了。

趙白臉直勾勾看著空空兒，仍舊是那句話：「你為什麼刺小荊？」

空空兒竟被他盯得後退幾步，厲聲問：「你到底是誰？」

二傻哈哈一笑對空空兒道：「你打不過他，他是我的好朋友蓋聶。」

空空兒看著趙白臉，悚然道：「你就是劍神蓋聶？荊軻刺秦王等的就是你？你最後為什麼沒去？」

二傻傷心道：「等他知道我在等他，我已經死了。」

趙白臉迷茫道：「我也不知道我是誰——你為什麼刺小荊？」

空空兒抓狂道：「你能不能問點別的？」

趙白臉不好意思地撓了撓頭，隨即盯著空空兒道：「那——你為什麼刺小荊？」

我們絕倒……

空空兒腳步踉蹌，怒道：「刺已然刺了，你想怎樣？」

趙白臉四十五度仰望天空（跟二傻學的）想了一會兒，說：「你跪下來給小荊磕三個響頭請他原諒，好不好？」說著還徵求了一下二傻的意見，「你覺得怎樣？」

還不等二傻說話，忍無可忍的空空兒終於飛起，手裡的短劍舞起一團球形閃電向趙白臉刺去，眾人驚叫連聲，看趙白臉連走路都直打晃，怎麼可能躲過這雷霆一擊？

誰知趙白臉就是躲過去了——早在空空兒還沒動的時候，他就毫無徵兆地往旁邊走了兩步，空空兒像在配合他似的，一劍刺在了他剛才站過的空氣裡。

趙白臉很不高興地說：「你已經在向我挑戰了，好，那我就接受你的挑戰。」

空空兒說到底是個人物，他往一旁讓開，對趙白臉說：「你去選兵器吧。」

趙白臉環顧左右道：「我需要一把劍。」

花木蘭指了指客廳牆上自己那套盔甲旁的長劍道：「不嫌棄的話，就用我那把吧。」

趙白臉走進屋裡把它從牆上摘下來，捧著走到燈光下，拉出一截來，只見那劍鋒閃出幾點寒光，我不禁讚道：「好劍！」

我雖然不知道好不好，反正按慣例這一聲是必須稱讚的，再說花木蘭用的劍肯定差不了。

誰知趙白臉把劍抽出來以後，掂量了一下慢慢插在地上，手裡握著劍柄道：「劍太沉了，我用這個跟你打。」

空空兒屏息凝視，忽然平端起自己手裡的短劍道：「此劍名為凝空行，長一尺三寸，重一斤四兩，海底寒鐵所鑄，劍下七十三條亡魂，皆是名滿天下的劍客……」

趙白臉看了看手裡的劍鞘，緩緩說道：「這是劍鞘，挺長，木頭做的，不如你。」

我們：「……」

空空兒道：「我敬你是天下聞名的劍神，一會動起手來絕不容情。」

趙白臉忽道：「等一等。」

空空兒肅穆道：「怎麼，你的心還沒有平靜嗎？」

「不是，我要先尿一道。」

我們：「……」

趙白臉把劍鞘插在脖領子裡，繞到屋後去了，不一會就聽到嘩嘩的水聲，幾個女孩子面紅耳赤，好半天之後趙白臉整理著褲子轉了出來，對荊軻道：「小荊，把他的劍還給他。」

二傻咬牙把肩頭上的短劍拔出扔給空空兒，趙白臉把劍鞘拿在手中，道：「現在可以開始了。」

空空兒一擺手：「且慢！」

等了老半天已經失去耐性的我們齊喊：「你又怎麼了？」

空空兒不好意思道：「……我也尿一泡。」

……

空空兒也解決完後，把雙劍提在手裡走了出來，道：「這回可以開始了。」

只聽黑暗中一人大聲道：「慢著！」

我們所有人無比抓狂道：「又是誰啊——」

一個頭髮梳得一絲不亂的老頭從夜色裡走到我們近前，是何天竇。

他沒看我們，眼睛盯著空空兒道：「為什麼背叛我？」

空空兒見是自己的老主人，開始有些目光躲閃，隨即抬頭大聲道：「我想和你一樣有錢。」

何天竇一頓道：「你缺錢花嗎？」

空空兒激動道：「你沒聽清楚，我是說想和你一樣有錢——你和姓蕭的亂七八糟的事，我一點興趣也沒有，但眼見你把錢大把地花在莫名其妙的地方，我實在是看不下去了，我跟了你這麼多年，那些錢本來應該是我的！」

何天竇好像懵了一樣呆呆無語，半天才苦笑道：「真沒想到鼎鼎大名的空空兒會為了錢背叛我，枉我當了那麼多年神仙，居然連人基本的七情六欲都忘了。」

我插口道：「所以你還不如嬴哥活得明白，他剛來沒幾天的時候就明白了，這世界有錢才是神仙，呂布還不是為了錢才幫你？」

空空兒道：「這沒什麼奇怪，我本來就是賊嘛，我一出生便生活在孤兒院裡，太知道錢的重要性了，你不能指望我視金錢如糞土，為了你的偉大事業勇往直前不求回報……」

我鼓掌道：「說到我心坎裡去了。」

空空兒繼續道：「那幫老外想要的不過是幾件破銅爛鐵，他們又肯花大價錢，我們為什麼非跟他們作對呢？那些東西渴了不能喝餓了不能吃，就算再拿它們當寶貝，再過幾千年幾萬年還是難免化作塵土的宿命，何不現在把它們換了外匯呢？」

我目瞪口呆道：「真是近朱者赤，從黑手黨那都學會宏觀論了。」

何天竇惋惜道：「現在你已經活在欲望裡不可自拔，這些天為了救你，我已經研究出一種新藥……」

何天寶從口袋裡掏出一顆橄欖形的小藥丸托在手掌上，這藥丸形狀大小和能恢復前世記憶的藥丸一樣，只是通體豔紅，看去有幾分可畏。

何天寶托著它慢慢向空空兒走去，「這個藥裡也摻有少量的誘惑草，但藥性和藍藥是反的，也可以說是藍藥的解藥，你只要吃了它，就會遺忘掉你的前世以及你恢復前世記憶後所做的一切，換言之，你將再次成為一個普通人，不再是空空兒……」

空空兒竟有幾分畏懼地向後退去，喃喃道：「你別過來，我絕不吃那鬼東西，有現在這身本事，我就算幹別的也不難發財。」

何天寶道：「那你就更得吃了，我不能眼睜睜看著你走上邪路。你放心，等你忘掉這一切以後，我會安排好你以後的生活，你可以不用擔心吃穿，甚至在一般人眼裡你還是個小富翁……」

空空兒連連後退，厲聲道：「別再往前走了，否則我對你不客氣，別以為我不知道你們的秘密，就算是在任神仙，在人間也只能使用自保的法術，現在的你根本不是我的對手。」

何天寶嘆了口氣，對趙白臉抱拳道：「那麼一切就有勞蓋劍神了。」

空空兒對趙白臉道：「我只想拿了東西就走，你非要跟我為難嗎？」

趙白臉揑著劍柄道：「你傷了小荊就不行！」

我問何天寶：「這傻子到底是誰呀？」

何天寶道：「此人前生是舉世聞名的劍神，名叫蓋聶，和荊軻是莫逆之交，荊軻刺秦以前曾叫人給他送信，邀請他去幫忙，但太子丹面似寬厚心卻多疑，不停催促荊軻動身，荊軻只得臨時帶了趙國勇士秦舞陽去刺殺秦始皇，結果秦舞陽在秦廷上面如土色，荊軻只得一個人動手，最後功敗垂成，等蓋聶得了信兒，荊軻已經死了。」

我嘆道：「當年要是趙白臉和荊軻一起動手，那胖子豈不是很糟糕？對了，他沒吃你的藍藥，為什麼還記得自己是誰？」

何天竇搖頭道：「準確地說，他現在並不知道自己是誰，只是下意識地親近荊軻而已，強人念你也知道吧？一個人死後如果執念太強，就會和孟婆湯相抗，這樣的人，十個裡幾乎有九個半會在今生變成傻子，但是他們也是半通靈的人，會對前世的經歷和接觸過的人特別敏感。荊軻失敗後，蓋聶鬱鬱而終，死後仍然掙扎在對荊軻的愧疚中，強人念空前強大，於是就有了今天的趙傻子，他前生和人動手無數，所以這輩子對殺氣特別敏感。」

我說：「你確定他就是蓋聶？」

何天竇點頭道：「我算過，沒錯，只要知道一個人前世的生卒年或者現代人的出生年月，我就能算出那人投胎到哪或者一個人前世是誰。」

我恍然道：「四大天王什麼的都是你算出來再找到的？」

「沒錯。」

我一把拉住他，興奮難抑道：「那你給我算算我上輩子是誰？」

何天竇似笑非笑地看著我說：「相信我，你絕對不想要知道。」

我心一沉道：「難道我是賈似道、蔡京之類的亂臣賊子？」

何天竇道：「……比那個還慘點。」

我驚道：「慈禧、紂王、隋煬帝？」

「還慘……」

我扼腕長嘆：「是李蓮英？」

「還慘……」

我扯住何天竇的領子怒道：「放屁，還有比李蓮英慘的嗎？你別告訴我上輩子是你兒子！」

何天竇無語半晌最後道：「其實你上輩子誰也不是，按現在的話來說就是一個路人甲，所以我說你不用知道，名字無非張三李四，經歷不過吃喝拉撒，知道了有什麼用？」

我陰著臉道：「你這是寧要遺臭萬年也不要平平淡淡啊，什麼價值觀嘛！」

我們說話的時間，空空兒已經撲向了趙白臉，禿子舞動著雙劍，形似閃電，我們的心都跟著提了起來，趙白臉再是劍神，那畢竟是上輩子的事了，就算他上輩子是鋼鐵人，操縱著這樣羸弱的身體還能打怪獸嗎？而且空空兒的動作也太快了，達到了肉眼幾不可辨的程度。

伴著我們的擔心，趙白臉就像一朵慢慢綻放的花朵一樣展開了自己的身體，他一手拿著劍柄，緩緩地舉過頭頂，腰隨之放低，另一隻手像是要去地上撈起什麼東西一樣，間不容髮地，空空兒的雙劍就在趙白臉的右肋下、左肩上刺過，哧哧有聲，可巧趙白臉正在扮花，這兩下便都落了空。

趙白臉根本不看對手，他眼望天空，也不管空空兒在做什麼，只是自顧自地做著動作，只見他叉著腰，又像老頭老太太們做晨操一樣緩緩搖起脖子和腰來，這時空空兒的第一擊堪堪走空，他招式一換，平削向趙白臉的頭頂，而這會的趙白臉已經低下了腦袋，空空兒的劍擦著他的頭皮劃過，空空兒的劍在他頭頂上繞了幾圈，全被搖頭晃腦的趙白臉輕易地閃過了。

空空兒猛地跳出圈外，怒道：「你這是什麼功夫？」

趙白臉很自然道：「什麼功夫也不是，我就是不想讓你傷著我。」

空空兒暴叫一聲，再次衝了上去，這一回明顯要比上一次更快了。

趙白臉依舊是慢騰騰的，這回他像一隻軟體動物一樣緩緩蠕動起來，空空兒的雙劍化作千點萬條，在他蠕動過的空氣裡不斷刺過，只聽哧哧颼颼聲音不停，空空兒兩把劍的劍鋒不停貼著趙白臉的臉龐、兩肋、腰間穿插，卻絲毫傷不到趙白臉。

漸漸的我們瞧出了端倪，趙白臉的慢，是押在人的慣性的基礎上的，比如你想出拳打他鼻子，心念一動他卻已經開始低頭，他當然會想那我不打你鼻子了，改為半道打你肩膀，可是別說一般人，就算是高手，要想中途變招總會有一個停頓，等你拳頭削向他肩膀而且再也無法改變主意的時候，他則早就蹲低身子。快速變招這種小把戲，空空兒怎麼能不懂？但就是如此，還是連趙白臉的衣角都不能碰到。

趙白臉動作慢，可他思想快，他能預見到七八招以後甚至更多，不但你此刻想要怎麼對付他，他都能揣測到，甚至連你還沒想到的他都幫你想到了。

只見場上的趙白臉始終是不緊不慢地移動著自己的身體和步伐，而空空兒則瘋狂地揮舞著雙劍，看上去是一個極快，而一個極慢，可說不清到底是空空兒慢了一步還是趙白臉快了一步，兩人格鬥多時，竟連一次接觸也沒有，眾人不禁相顧駭然。

就在這工夫，拿在趙白臉手裡多時的劍柄終於第一次發動了進攻，「啪」的一聲，清清脆脆地扇在了空空兒臉上，呈現出一條清晰的印子，這正是在空空兒心煩意亂的空檔出手的一擊，乾淨俐落，沒有半分商量的餘地。

做完這一切後，趙白臉再次開始兀自地舞蹈，空空兒的劍也又開始了屢屢無功而返的厄運，速度居然在吃了趙白臉那一記劍柄之後慢了不少。

又鬥一會，空空兒忽然止住攻勢，把雙劍收在胸前，凝視著趙白臉，然後慢慢地遞出，吳三桂道：「壞了，這小子想以慢制慢。」

趙白臉渾不當回事地站在原地，就看著空空兒的雙劍緩緩遊過來，像兩條蓄勢待發的毒蛇，等它們近到與自己胸前不到一指距離的時候，趙白臉忽然動了一下，空空兒像受了感染似的，雙劍刺進了趙白臉剛才站著的空氣裡，他終究還是慢了一步！

空空兒這時終於明白自己取勝無望，長嘆一聲就要拔地而起，何天竇喊道：「蓋劍神，不能讓他跑了。」

空空兒身在半空，忽然發覺腳上一沉，就見趙白臉的劍柄不知何時已經壓在了他的腳面上，空空兒氣一泄，便重新落在了地上。

趙白臉淡淡道：「你還沒有跟小荊道歉，不能走。」

空空兒此時心膽俱寒，象徵性地還了幾下手，再次施展輕功想要逃之夭夭，無奈趙白臉的劍柄不是勾就是掛，他像一隻被吸住的螞蚱，再也蹦達不出趙白臉的手心了。

空空兒心一亂，動作更見疏漏，最後，趙白臉面無表情地在他後腦上敲了一下，空空兒便慢慢坐倒，雙劍撒手，再也沒有抵抗力了，他輕輕吹了一口氣道：「我輸了。」

劉邦叫道：「快給他吃藥。」

「不忙。」何天竇走到空空兒身前，問他：「那些老外把東西放哪了？」

空空兒抬頭看著何天竇不說話。

何天竇道：「你當然可以不告訴我，我不是在審問你，雖然最後這顆藥你還是得吃，但不管怎麼樣，我都會照顧你以後的生活的。」

空空兒嘆了一口氣，報出一個地址，說：「那地方只有幾個老外看著。」

「他們真正的老闆是誰？」

「不知道，一般都是古德白出面處理，我也見不到他們的老闆。」

何天竇又問：「我們的事，你跟他們說了多少？」

「什麼都沒說，我只想要錢而已。再說，有些事情不是你說了他就能接受的。」

何天竇點點頭，有點惋惜地看著空空兒，空空兒低頭道：「我知道你也在矛盾，但還是把那顆藥給我吧，如果你現在放了我，我可以確保不再背叛你，但是我的欲望已經膨脹了，這樣活著很痛苦。」

何天竇把手掌攤開露出那顆藥，道：「別擔心，只是失去一小段記憶而已，就像你第二天醒來以後不記得昨天做的夢一樣。」

空空兒衝何天竇微微施了一禮，然後對荊軻說：「荊兄，得罪莫怪。」最後轉向趙白臉道：「今天我輸得心服口服，來生如果有緣，但願我們能再切磋一次。」

空空兒從何天竇手裡拿起那顆紅藥，就要往嘴裡放去，劉邦忽然大聲道：「等等，我還有一個事情不明白，你的麻藥是怎麼下到我們飯裡的，這幾天家裡就沒斷過人，難道我們中間有內奸？」

空空兒聞言高深一笑，也不回答，張口吃下了紅藥。不一會就慢慢合上了眼睛，發出輕微的鼾聲。

劉邦手裡拿著小榔頭道：「這些老外怎麼辦？」

吳三桂道：「是啊，要依我全刨坑埋了就是了，可是看樣子小強沒怎麼殺過人，還是狠不下那個手。」

現在在我面前只有兩條路，一是殺了他們，一是把他們交給相關人員，反正不能把他們放了。我嘆了口氣給費三口打電話，這時遮罩器已經被何天竇拔掉了，費三口接起電話道：「一般你給我打電話不是驚喜就是驚嚇，說吧，這回是好事還是壞事？」

「哎，我也說不清是好事壞事了，可是我只能想到你一個人能幫我的忙，你多帶幾個人來吧。」

掛了電話以後，何天竇問我：「那幾件古董你打算怎麼辦？」

我知道他問的是在當鋪裡被空空兒偷去的那幾件，只得說：「也一併交給國安局辦吧，找人拿回來的話，最後還是得回到他們手上。」

沒多大工夫，費三口帶著人來了，我指著地上四個老外跟他說：「外國黑手黨，也不知道你有沒有興趣。」

費三口看著自己的組員從他們身上搜出槍來，皺眉道：「為什麼黑手黨會找上你？」

「這個以後慢慢跟你解釋吧，反正人你帶回去可以問，我也跑不了，目前還有一件事得你幫忙。」

費三口學著我那天的口氣開玩笑道：「公事還是私事？」

「公私都有，在這個地方，還有他們幾個人，有幾件東西需要你們拿回來，可我得事先聲明，東西一件也不能給你，有些是我借的，有些是屬於我私人物品。」

費三口認真道：「到底是什麼東西？就算你不給我們，我們也暫時不能還你，你知道我代表的不光是我自己。」

這時候的我是又倦又乏，麻藥勁雖然減弱了不少，可手腳還是軟軟的，我無精打采地說：「現在我實在沒辦法跟你說明白，東西在你手裡也行，但你要答應我儘量減少它的接觸範圍，最重要的是不能讓它們被那些考古專家們發現。」

出人意料的，費三口斷然道：「這個我不能保證，我們行動一旦成功，緊接著就會找各種專家來鑒定這些東西，這是規矩，也是我們的守則。」

我連連擺手道：「那這樣吧，東西你先保管，最多找幾個炸彈專家看看它們是不是炸彈就行了，至於其他的，我很快就給你解釋，好嗎？」

我見他還是滿臉猶豫的樣子，這也難怪，我這樣的要求已經太過分了，我把手放在他肩膀上小聲說，「想想吧，自從你認識我以來，有多少非理性的事情發生，可是哪一件都沒有給國家造成損失對不對？相反，你們還由此找到了秦王墓，拿了新加坡的榮譽。」

費三口盯著我的眼睛琢磨了半天，最後道：「好，但我只能給你廿四小時的時間，明天的現在如果你還沒聯繫我，它們一定已經在我們的會議室裡了。」

我咬了咬牙道：「好！不過……還得勞駕幾位把我的傢俱再搬回去。」

於是，費三口帶來的幾個國安外勤開始幫我往回搬家具。當外勤們從那些老外口袋裡翻出一大堆亂七八糟的零碎東西時，他們驚訝地叫道：「這些老外窮瘋了嗎？怎麼什麼都偷！」

那顆珍珠已經被機靈的李師師搶先收走了。

費三口他們走後，空空兒悠悠轉醒，他睜眼一看，奇道：「何叔，咱們這是在哪啊？」

何天竇慈祥地摸了摸他頭道：「這是咱們的新家。」說著掏出一串鑰匙遞給在他手裡，指了指我家對面的別墅說：「你去把那間屋子略微收拾一下，叔叔一會就回去。」

空空兒好奇地看了我們一眼，答應一聲走了。

何天竇等他走遠，嘆氣道：「這孩子十三歲就跟著我了，所以吃完紅藥以後他就恢復到了十三歲那年的記憶，好在他少年老成。但總之我是虧欠了他很多，只能儘量在別的地方彌補吧。」

這時我們都回到屋裡，包子還在趴著桌子睡覺，而且看樣子也中了麻藥，手腳都軟軟的，我給她披了一件衣服，納悶道：「我也在奇怪，到底是誰把麻藥放進我們飯裡的？」

李師師道：「而且空空兒臨走也不願意詳細說，這就大有蹊蹺。」

劉邦道：「我還是堅持我的觀點，我們中間肯定是有內奸。」

花木蘭在一邊幫二傻包紮傷口，二傻肩膀上血著實流了不少，項羽忽然一拳砸在桌上道：「此人可惡！」

張冰被嚇得一個激靈，何天竇淡淡道：「事已至此，我就把知道的都說了吧。」我們一起望向他，均感莫名其妙。

不料何天竇卻把目光轉向張冰，用跟空空兒說話時那種惋惜的口氣道：「姑娘，你這又是何必呢。」

張冰面色慘變，項羽奇道：「何先生這話是什麼意思？」

何天竇只是搖頭，一句話也不說了。

張冰在瞬間神情恢復了鎮定，忽然看著項羽，緩緩道：「大王，當年我在第一眼見到你時就愛上了你……」

在大庭廣眾之下，項羽微微有些不自在，但也沒有絲毫躲閃，看著張冰的眼睛柔聲道：「我也是。」

張冰臉色淒然，慢慢道：「你不是，你只隨便看了我一眼，便把一包錢丟了過來，說了聲『就是她了。』」

眾人都奇怪地「噫」了一聲，幾個男人曖昧地看著項羽，心想這楚霸王和虞姬相見原來是在某個特定的場合啊……

項羽茫然道：「不對啊，我……」

張冰打斷他道：「就因為你一句話，從此以後，我就像影子一樣跟在虞姬身後，直到後來，我真的完全成了她的影子。」

剎那間，我已隱隱覺得不對……

果然，項羽悚然說：「你……是小環？」

眾人似懂非懂，齊問：「小環是誰？」

張冰站起身衝我們微一斂衽道：「各位，對不起，你們的麻藥是我下的，就在剛才我敬你們的那杯酒裡，我……不是虞姬。」她轉向劉邦道：「劉大哥早就懷疑我了吧？」

劉邦摸著頭頂迷茫道：「是……可是我實在記不得誰是小環了。」

張冰苦笑道：「你當然記不得，事實上，誰又能知道我呢，我只不過是大王花錢買來侍候虞姬的丫鬟。」

我們頓時恍然。

張冰深情地看著早已經石化的項羽，款款道：「大王，我是真的好喜歡你，你騎在烏騅馬上，你面前的敵人被你殺得七零八落，你是一個孤獨的英雄，只有虞姬能稍解你的寂寞，可是你為什麼連正眼都不看我一下，小環也懂你，疼你。」

項羽嘴唇鐵青，一語不發，也不知道在想什麼。

張冰繼續道：「虞姬搶走了你所有的心，可我一點也不恨她，在我的幾次暗示下，她也有意勸說你納我為妾，你開始是裝傻聽不明白，最後竟然為了表示你的決心，給我一筆錢讓我回家。我真的好羨慕虞姬，一個女人做到了這一步，我還有什麼可抱怨的？」

這時何天竇終於說：「所以在奈何橋上，你一心癡纏，只想來世成為虞姬，於是投胎後的你模樣十足像她，甚至連一舉一動、一個細微處都是虞姬的影子；再甚者，就算不知道你前世是誰的情況下，你一見到項羽頓時心儀起來，不光是上輩子，連這輩子你都是從第一眼就愛上了他，是嗎？」

張冰默然不語，最後使勁點了點頭。

我愕然道：「你早就知道了？」

「是啊……」何天竇慨然道：「為了和你作對，我恢復了呂布跟項羽決鬥，可是他們第一次交手後，我就知道呂布根本不足以對抗項羽，為了完成諾言，我推算了虞姬的後世，發現她並沒有投胎到現代。讓我好奇的是，一個女孩子居然連項羽都能錯認成虞姬，那時候我的紅藥已經快研究成功，我一時心動，索性給張冰吃了藍藥，心想如果搞錯了還在掌握之內，但意外的事情發生了，她竟然就是虞姬，甚至還擁有那時的記憶，我雖然知道這其中有隱情，但直到今天才徹底明白事情的原委──張冰，為什麼根據你的出生年月都算不出你上輩子到底是誰？」

張冰微微一笑道：「上完高中那年，我為了考藝術院校，曾改過自己的戶口。」

我們：「……」

李師師道：「這件事既然你知道，那麼空空兒自然也心知肚明，他背叛你以後，就拿這個去要脅張冰，逼她就範，然後給我們酒裡下藥。」

我們一起看著張冰，她淒然道：「是，他說如果我不幫他這個忙，就揭穿我的身分，但他保證過，只拿東西不傷人命，我只有答應，大王──」

張冰注視著項羽道：「我知道現在說什麼你都不肯原諒我了，但是我做這一切都是為了能用虞姬的身分和你在一起，我知道你的時間不多了……」

劉邦道：「空空兒臨走也不願意說出張冰，是因為他知道張冰並沒有真正想害我們的心思，而且他也對張冰有愧。」

張冰看著劉邦道：「我應該感謝劉大哥……」

劉邦連忙擺手道：「你可再別說這種話了，虞姬又不是我殺的。」

張冰嫣然道：「不是這個，是你一句話點醒了我，剛才你說『你們每天親呀愛呀的，這關頭竟然無視你家大王的死活』，我也想過了，如果是真正的虞姬，剛才那個時刻一定會鼓動大王先奪取戰場上的主動再說，可我只是一味地迷戀大王的所謂氣概，這一次，虞姬雖不在，我卻又輸了一次，在真心擔憂大王這一點上，我不如她。」

花木蘭嘆道：「這就是愛和崇拜的區別呀，其實你又何嘗不擔心你家大王，只是關注角度不同罷了。」

張冰感激地看了花木蘭一眼，再也沒有往項羽那留戀半分，她跟何天竇道：「何先生，你那種紅色的藥還有嗎？」

何天竇有些失神地又掏出一顆紅藥放在桌上，張冰毅然拿在手裡，忽然轉頭對項羽喊道：「大王，不要太恨我！」

項羽猛地推開擋在身前的桌凳，一把拉住張冰，把她環在懷裡，輕聲道：「我怎麼能恨你呢——小環，謝謝你愛我。」

張冰終於在項羽懷裡淚如雨下，多年的委屈和憤懣終於在這一刻得到了徹底的發洩，她喃喃道：「有你這一句話就夠了，大王。」

項羽輕輕拍著她肩膀道：「這輩子和上輩子，我一共欠了你兩輩子，不管有緣無緣，來生一定奉還。」

張冰淡淡一笑，慢慢離開了項羽的懷抱，她捏著那顆藥，手一個勁的抖，忽然間，她開朗道：「其實我還是很幸運的，至少我得到過，謝謝你們，也對不起你們，跟小雨那丫頭說聲抱歉──我要走了，就像空空兒說的，用現在這顆心活下去太痛苦了。」隨即，張冰把藥丟進嘴裡，嫣然道：「我發現我比他要好多了，起碼我醒來以後不用回到十三歲。」

張冰最後幽了我們一默，就趴在包子身邊睡著了。

李師師早已泣不成聲，花木蘭也默默流下了眼淚，其他人無不感慨。

我也受了不小的震動，我抹著濕潤的眼睛說：「我想到一件很嚴重的事情，張冰醒來以後會不會大喊非禮──那藥應該讓她回家吃的。」

又過了一會兒，眾人的藥性消滅得差不多了，項羽抱起張冰跟我們說：「我把她送到學校去。」

我擔心道：「你現在能開車嗎？」

「沒事，就像你說的，總不能讓她醒來以為自己被非禮了。」項羽衝我們笑了笑說：「以後還要麻煩你們多照顧她，尤其是你，小強，如果她有什麼困難，你能幫得上的一定要盡力。」

歷經千辛萬苦找到的虞姬居然又是假的，我們都以為楚霸王已經瀕臨崩潰，至少也得鬱悶不已吧，但項羽的表情看上去竟有幾分輕鬆。

我忙答應道：「那肯定。」

項羽轉向何天竇道：「她醒來以後，真的就完全不記得我了嗎？」

何天竇點頭道：「是的，她最多只能記得你叫項宇，是個和她有過一段曖昧關係的小老闆，但是因為她已經徹底忘了自己的前世，所以她不會再喜歡你，很可能還會感到荒誕。」

項羽微笑道：「那樣最好。」

何天竇也覺察到項羽的不對勁，跟他說：「我已經查過了，虞姬她投生到了……」

項羽一擺手道：「別跟我說，我知道她在哪。」

何天竇奇道：「你怎麼會知道？」

項羽不再多說，抱著張冰走了出去。

李師師看著項羽背影道：「項大哥說話怪怪的。」

吳三桂道：「你們說他不會自殺吧？」

大家都把目光投向劉邦，要說瞭解項羽，只怕除了那位沒見過面的虞姬就要說是他了，劉邦摸著下巴道：「應該不會。」我們的心隨之踏實了……但是，劉邦緊接著又冒出一句，「也說不定。」

我們：「去死！」

這時包子悠悠轉醒，迷迷瞪瞪地看了我們一眼道：「今兒這酒勁真大，喝完手腳都是軟的。」她猛地發現了何天竇，笑道：「喲，你也來了？」

她雖不知道何天竇的身分，但作為鄰居是見過的。

何天竇跟她打了個招呼道：「那個，我也該走了，你們繼續吃飯吧。」

「別走呀，一起吃吧。」包子見老頭已經走到門口，只得送了出去，回來的時候撓著頭道：「我怎麼感覺怪怪的？小趙也來了啊？」

她無意間看了一眼牆上的時鐘，驚叫道：「不是吧，我已經睡了兩個小時了？你們一直吃到現在啊？」

看著滿臉莫名其妙的包子，我們深刻體會到「無知也是一種幸福」啊。這兩個小時裡發生的事情實在太多了。

包子邊收拾桌子邊說：「大個兒送張冰走了？」

我拉著她的手說：「這些明天再收拾，今天先睡覺，小趙和軻子一個屋睡。」

等我們安頓完，項羽還沒回來，花木蘭看了看錶說：「如果把人送到地方就往回走的話，項大哥現在應該差不多回來了。」

我也有點擔心，往項羽手機上打了一個電話，沙發角落裡突兀地響起來，項羽根本沒帶電話！

我們面面相覷，李師師小心道：「他……可能只是想一個人靜一靜。」

花木蘭小聲道：「我總有一種不好的預感……我覺得我再也見不到他了。」

我被他們說得一驚一乍道：「不至於吧？」

結果那天夜裡項羽真的沒回來，除了包子，我們大家都沒睡實。

第二天早上九點多的時候，我是被一個電話吵起來的，劉老六在那邊喊：「小強，快來酒吧，你有新客戶了。」

我一夜沒有睡好，打著長長的哈欠道：「這次是誰呀？」

劉老六興奮道：「好幾個呢，快來。」

「他們現在幹嘛呢？」

「在你這喝酒呢。」

我毫不在意地說：「哦，那就讓他們先喝著，過會我從學校裡直接找個車把他們拉回去不就完了嗎？」

劉老六嘿然道：「你敢跟這幾位拿架子？」

我含糊道：「沒有，我實在太睏了。」

「那我不管，以後的客戶你可以不用親自來，但這回可不行，還有——你這幾個月的工資想要不想要了？」

我一聽最後一句眼睛大亮，工資？幾個月？對呀，這眼看進二月了，劉老六是九月才開始給我發的工資，讀心術、子母餅乾、變臉口香糖、無敵防護車，這才領了四個月的工資。

我一骨碌爬起來穿戴好，車被項羽開走，我只能搭車去酒吧。

跟上回六位大神一樣，這回來的客戶也由劉老六陪著坐在舞臺旁邊的那張桌子上，加劉老六一共五個人，那四位都是男的，除了其中一個年長者穿了一件大裘、頭戴氈帽外，其他三人都已經改換了現代衣服，一個個丰神俊郎，顧盼自若。

我滿臉帶笑地朝他們一揮手，也不管有幾個搭理我的，先急匆匆地把劉老六拉在一邊，伸手道：「工資呢，是什麼？」

劉老六先衝四位假模假式地告了罪，小聲跟我說：「別老關心你的工資，先認識一下這幾個人。」說著，他把手指向其中一位國字臉的中年老帥哥，大聲道：「這位是唐太宗李世民。」

我象徵性地朝李世民點了點頭，還準備繼續跟劉老六糾纏工資的事，當我把腦袋轉向劉老六以後這才回過味來，吃驚地看著李世民道：「你是誰來著？」

李世民溫和一笑：「李世民。」

他旁邊一個滿眼精光的中年人抱拳道：「喲，原來是唐太宗李兄。」

李世民仍是笑得如沐春風一樣：「這位兄台只管叫我世民，至於唐太宗云云，都是前塵往事，不提了。」

那中年人淡淡一笑道：「好說，好說。」

說實話，我對這中年人的好奇已經超過了李世民，跟唐太宗稱兄道弟，還這麼順理成章，這起碼能說明兩個問題，第一，這人身分也不低，第二，八成不是唐朝人，否則見了本朝前王也不至於這麼大大咧咧。

沒等我跟世民兄多寒暄幾句，劉老六就指著李世民右側那個一直沒說過話的魁梧大漢道：「這位，是宋太祖趙匡胤。」

那大塊頭皮膚深黑，長手大腳，除了神情中有幾分不怒自威，誰也想不到這居然是一位開國的皇帝。

李世民另一側那個中年漢子又抱拳道：「喲，原來是趙兄。」

趙匡胤朝他微一點頭，然後寬厚地跟我笑了笑，那個中年漢子忽然指著李世民和趙匡胤道：「你們兩個……那……哎，算了，不說了。」

李世民奇道：「這位兄台，有事不妨直說。」

那漢子卻只是一個勁搖手，趙匡胤忽然沉聲道：「我知道他想說什麼。」他轉向李世民道：「李兄，我們打的雖是同一片天下，但相隔了百年，而且我的基業是來自後周柴氏，你遺漏在先，我拾遺在後，所以你也恨不著我。」

李世民看樣子原本是什麼也不知道，聽了這幾句話，天生睿智的他不由長嘆道：「這麼說，我的大唐盛世也不過是曇花一現罷了？」

他已經揣測出自己的國家就跟隋朝一樣最後破敗了。

這時，桌上那唯一的一個老頭忽然伸手拍了拍李世民的肩膀，用雄渾的嗓音安慰他說：「自古以來，沒有不打敗仗的勇士，翱翔天際的蒼鷹也總有老去的一天。」

這老頭也是一張方臉，膚色紅中透黑，最有特點的是他那雙眼睛，是細長的一條縫，我看了看他的打扮，又聽他說了一句生硬的漢語，靈機一動，不等劉老六介紹就脫口而出：「成吉思汗？」

成吉思汗呵呵一笑道：「想不到在沒有草原的地方還有人認識我。」

老頭說著，使勁拍了拍趙匡胤的背說：「老弟呀，就像你說的那樣，我們打的是同一片天下，可你也恨不著我，你的大宋朝到後來就像一匹得了病的瘦狼，被獐子啊野狗啊啃得要死了，我後來索性只好連獐子野狗一併殺了。」

趙匡胤聞弦歌而知雅意，臉上微微變色，最後問道：「到底誰滅了我的大宋？」

成吉思汗道：「先有遼和西夏，再有金，不過你放心，這些國家最後都在我們蒙古的鐵騎下灰飛煙滅了。」

趙匡胤沉著個臉一抱拳道：「如此多謝了。」

不得不說成吉思汗很懂說話藝術，明明是他帶兵橫殺豎砍，在他說來倒像刻意給趙匡胤報仇一樣，看來這位蒙古人的老祖宗可不是光會騎馬射箭而已。

這時我們的目光都不約而同地集中到了一直活躍的那中年漢子身上，奇怪的是，自從成吉思汗說完話以後，這人就嘿然無語了，成吉思汗緊挨著他，便問他道：「老弟，你高姓大名啊？」

這漢子不易察覺地往旁邊挪了挪了座位，乾笑著對成吉思汗道：「那個……鐵木真鐵老哥是吧？要說你還真有點能恨得著我，你孫子建的元朝讓我給推翻了。」

成吉思汗變色道：「我們蒙古人也有被人打敗的時候？」

第五章

超級VIP

李世民用別樣的眼神看趙匡胤，

而趙匡胤則有幾分猜忌地盯著成吉思汗，

我們的草原雄鷹打量朱元璋的目光也不怎麼友善，

我站在四位超級VIP面前，尷尬地咳嗽了一聲，說：

「那個……有句話說得好，皇帝輪流做……」

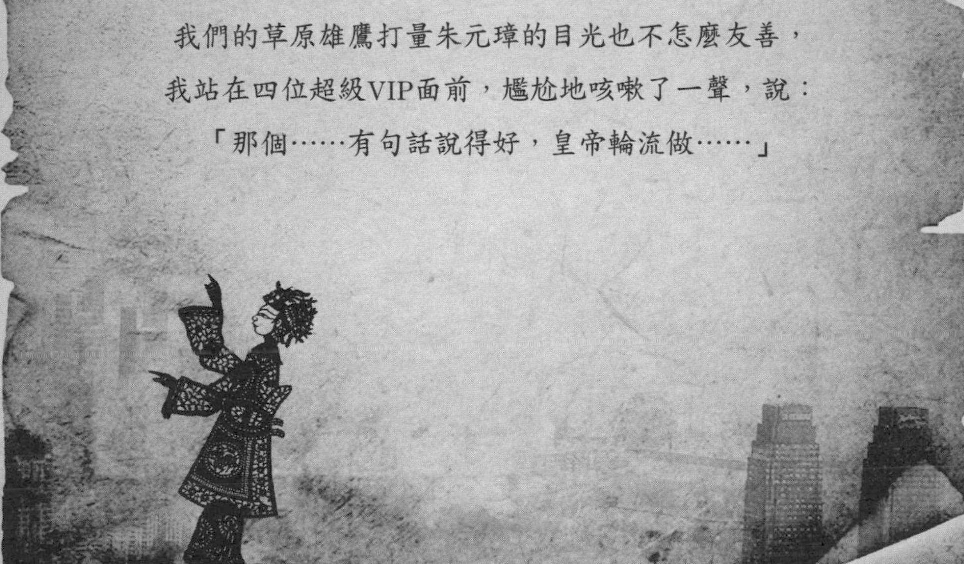

那漢子道：「你們蒙古人太欺負人了，不拿我們漢人當人看，一般人連名字都不讓起，一個孩子降生，父母的年紀加起來就是他的稱呼，比如一個孩子出生的時候，父親二十五，母親二十二，這家人要姓張的話，這孩子就叫張四七，像我，我就只能叫朱重八。」

我摸著下巴問他：「那這麼說，你爹媽生你那年合起來六十四歲？」

「是啊。」

我胡思亂想了一會，問那漢子道：「你姓朱？那朱元璋是你什麼人？」

漢子道：「我就是朱元璋，這名兒是後起的。」難怪……難怪敢跟李世民稱兄道弟呢！

我一時愣在當地：唐太宗李世民、宋太祖趙匡胤、一代天驕成吉思汗、明太祖朱元璋——唐宋元明四大朝代最有影響力的領袖或皇帝都到我這來了！

我扯住劉老六低聲喝問：「你給我這弄一大幫皇帝們是什麼意思？」我終於明白他早上為什麼說這幫人不能怠慢了。

劉老六笑嘻嘻地說：「這多熱鬧呀——快跟陛下們說幾句吧。」

我愕然地看看這四位，這四位也愕然地看著我，然後又互相打量起來。

是的，他們雖然已經在一起坐了半天，可是可以說剛才才真正彼此有了初步的瞭解，這些人是什麼身分？不是開國皇帝就是一代雄主，即使到了一個新場合也絕不會主動跟人打招呼：「你母親貴姓啊？」

現在，他們聽過彼此的介紹，李世民不免用別樣的眼神看趙匡胤，而趙匡胤則有幾分猜忌地盯著成吉思汗，我們的草原雄鷹更不用說，打量朱元璋的目光也不怎麼友善，這就是讓我最頭疼的，唐宋元明，這踩著肩膀下來的四位老大幾乎是倆倆為敵的。

我站在四位超級VIP面前，尷尬地咳嗽了一聲，說：「那個……皇上們……有句話說得好，皇帝輪流做一天到我家……」

所有人都用不善的眼神盯著我……

「……這句話說的就是，呃，既然選擇了皇帝這種職業，就要有遲早一天被拉下馬的覺悟，說句不好聽的話，各位的江山還不是靠拳腳打下來的？」

幾人面面相覷，神色稍緩。

我壯了壯膽子道：「借用幾位剛才說的，雖然是同一個天下，不過你們之間也沒有直接的矛盾，這跟我認識的倆當皇帝的朋友不一樣，姓嬴的氣兒還沒咽完，姓劉的就夥同一個姓項的把他家抄了……」

李世民笑道：「你說的是秦末漢初劉項之爭吧？」

我連忙點頭道：「對對——你們跟他們情況不一樣吧？其實要說這皇帝誰不想當呢？這怎麼說呢，只能說同一片土地同一個夢想吧。」

我說完這幾句話，幾位相互看看，都露出淡淡笑意，這也是我跟這些古人打交道總結出來的經驗，凡事只要把野心說成夢想，總能引起他們會心的笑。

劉老六指著我說：「還沒給各位正式介紹，這就是小強，這裡的主人，各位以後有什麼需要可以直接找他。」

李世民笑道：「小強口才很好啊，現在官居何職？」

至於這個就很不好回答了，要是在秦朝，我就是齊王和魏王，在漢初我是並肩王，可發問的人是唐太宗，我總不能拿著秦漢的官去糊弄唐朝的皇帝吧？所以我只好悻悻地說：「我布衣，嘿嘿，布衣……」

李世民驚訝道：「不應該呀，我看你才不在房玄齡之下。」

劉老六一擰我：「還不快謝謝皇上？」

我和李世民一起問道：「謝什麼？」

劉老六賊笑道：「皇上說你才不在房玄齡之下，那就是封了你宰相之職，君無戲言，所以要謝。」

想不到這老騙子還看了不少歷史肥皂劇，這些劇裡那些所謂的名臣宰相們專門跟在皇帝屁股後頭引得他們說錯話，然後就一個頭磕在地上大喊「謝主隆恩」以達到敲磚釘角的作用，所依仗的，就是這句「君無戲言」。

現在劉老六把我擠兌這份上了，對方又是皇帝，我總不能不給面子，於是隨便地端起一碗酒跟李世民碰了一下道：「那謝主隆恩，我乾了，你隨意。」

其他幾個皇帝大眼瞪小眼，估計哥幾個還沒見過這麼兒戲的冊封儀式。

李世民也知道這不過是個玩笑話，微微一笑，端起碗來喝了一口。就此，我的身分又有改變，成為唐貞觀年宰相。

劉老六道：「其實小強是咱們育才文武學校的校長，也是遠近聞名的人物。」

「校長？」趙匡胤疑惑道。

「其實就是個小民辦，後來國家給投錢才辦大的，還算私塾吧。」我說。

朱元璋恍然道：「那是國子監啊，那你豈不是太師？」

我輕車熟路端著酒道：「那就又謝主隆恩了——」

朱元璋失笑道：「這……好，那你就當我的太師吧。」

就此，一個嶄新的壞蛋誕生了，蕭太師——聽聽，光這名字就透著一股賣女求榮、無惡不作的意思，雖然這太師可能跟那太師不太一樣。

我偷眼另兩位，趙匡胤正襟而坐，一直聽說宋太祖也是流氓出身，這麼看來不太像，倒是朱元璋偶爾目光躲閃，頗有幾分劉邦的神韻。

成吉思汗笑道：「看來都有見面禮呀，我們蒙古人沒那麼多繁文縟節，我也不知道該封你什麼官，這樣吧小強，你每喝一碗酒，便相當於騎馬奔行一日的路程，這一天裡你所過的草原，包括裡面的人民和牛羊，我都劃給你當領地。」

哇！聽說成吉思汗的子孫後來打下的土地，騎馬繞行一年也走不完，卻不知道老鐵那會的領土有多大，不過聽他這口氣也夠喝個一二百碗的，要是換成啤酒，我還勉強能喝回兩個縣級市來，這白酒誰受得了啊，再說，只不過是一個玩笑，犯得著認真麼？所以我就象徵性地喝了一碗。

成吉思汗看看我，遺憾道：「可惜呀，你錯過了一個好機會，這一天的路程要是你運氣不好的話，連一個人都見不到，不過我給你記下。」

這會兒我們所有人的目光都集中在趙匡胤身上，不管是不是玩笑，反正人家那幾位都送了禮物了。

趙匡胤撓了撓頭道：「他們封你的都是文官吧？去我那當個將軍怎麼樣？」

我忙道：「好啊好啊。」

說實話，我對宰相啊太師啊什麼的根本沒有興趣，將軍就好聽多了，雖然不能印在名片上，不過以後接待各朝客戶的時候不也是個話頭嘛。

趙匡胤道：「朕就封你個安國公，總督天下兵馬。」說著舉起酒杯道：「來，喝了這杯酒，你就正式走馬上任了。」

我見朱元璋看著我倆嘿嘿壞笑，猛地反應過來：這不是要杯酒釋兵權嗎？

我捂著酒碗假裝踉蹌道：「皇上，我實在是不能再喝了。」跟他碰了這碗酒，不定什麼難聽話就來了，難不成我這安國公才當幾分鐘就得還回去，我傻啊？有這碗酒的量，我還不如去成吉思汗那換點地皮呢。

敲詐完四個老大，我把劉老六拉在一邊道：「快點，我的工資呢？」我倒也不是真用得著，就是很好奇這回又有什麼稀奇古怪的東西。

劉老六一指桌上那四位，小聲說：「他們就是你這幾個月的工資。」

我愣在當地好半天，隨即道：「別開玩笑，快點拿出來。」說著，在劉老六身上的各個口袋裡來回亂摸。

劉老六被我胳肢得嘿嘿直樂，一邊躲閃著我的騷擾，道：「別鬧，沒跟你開玩笑。」

當我摸出劉老六的口袋連餅乾口香糖這種小東西也沒裝後，不禁勃然道：「你說什麼？」

劉老六哄我說：「又是太師又是安國公，你還有什麼不滿意的？位極人臣這就是說你呢。」

也是，我實在是想不出歷史上還有誰比我酷了，跨著代的位極人臣啊，又是王又是公的，可這有用嗎？就算堯舜跑到我面前爭著要禪位給我，我真能撈著好處嗎？

我扯著劉老六道：「少廢話，位極人臣人家那是一人之下萬人之上，現在萬人之上我是沒見著，好好的校長當著，我突然就好些人之下了──你再不把工資給我，看我把你扔到同志酒吧去，讓你也嘗嘗好些人之下的滋味。」

不給工資也就算了，還要把我幹的活算成獎勵，這就像一個售票員，月末不給發工資不說，還得掏三十天的車票錢，太欺負人了！

劉老六撥拉著我的手，叫道：「你遲早會明白我的苦心的。」

我往地上吐了口唾沫道：「呸，再剝削老子，老子不幹了。」

劉老六嘿嘿笑道：「你現在恨我，以後有你叫便宜的時候——過幾天康熙就來，準備好接待工作。」

我納悶道：「為什麼不是努爾哈赤？」因為從來的這四位看，多是開國君主，李世民雖然不是太祖，但大唐的基業基本是他一手打拼下來的，成吉思汗更不用說，沒有這老頭也就沒忽必烈。

劉老六道：「難道你沒發現，我都是力爭把最好的給你？康熙時候的國力要強很多。」

「你個老王八，葫蘆裡到底賣的什麼藥？」

劉老六陰著臉憤然道：「你對你的上級越來越缺乏起碼的尊重了，我走啦！」

我拽著他道：「還錢！你欠老子好幾千了。」

劉老六頓時現出可憐巴巴的神色，陪笑道：「咱哥倆有什麼話不能好好說呢？大不了下次我給你多搭倆皇帝。」

我叫道：「狗屁！老子最不稀罕的就是皇帝！」桌上那四個老大立刻面色不善地向我看來。

劉老六央求道：「那這樣吧，等包子懷孕以後，我把四大美女給你送來。」

我想了想，斷然道：「不行！」

讓我們來數數四大美女吧，首先貂禪就不能勾搭，怎麼說那也是二胖上輩子的老婆，朋友妻不可戲；王昭君，從某種意義上說那也算是一個女英雄，為民族和平做出了貢獻；西施，這個最不行，聽說最後跟著當時的首富范蠡跑了，這樣的女人沒有名車別墅供著能老實跟你嗎？最後是楊玉環，也許比包子懷孕了還胖……

劉老六很可能對我用了讀心術，立刻改口道：「那給你送蘇妲己褒姒趙飛燕，那可都是勾人的小妖精，嘿嘿。」

這回我想都不想就揮手道：「那你走吧，錢不用還了。」

劉老六：「……」

老騙子走以後，我給王寅打了個電話，讓他開著校車來接我們，計程車坐不下不說，這樣顯得比較正式一點，哪有皇帝出門雇車的?!

我回到座位上跟陛下們聊了一會天，這幾位雖然都是皇帝級別，但基本都是白手起家的精英，現在又換了環境，所以也不拿架子，個個都很健談，李世民機敏大度，是個左撇子（真實歷史原形請參考正史），趙匡胤比較沉默，但往往一語中的。通過閒聊我才知道，老趙其實並非草根出身，他爹就是行伍中人，而且職權不小。

成吉思汗開朗豪爽，可也不是全無心機，倒像是個可以依靠的老大哥，只有朱元璋有點前言不搭後語，屁股在椅子上擰來擰去，一個勁看我，我關切道：「怎麼重八兄也有痔瘡嗎？」

朱元璋吞吞吐吐道：「那個，我問一下啊，我的大明朝到後來是不是一直維持下來了？」

原來是惦記著這個呢，在座的幾個人都是一代接一代，其他三人雖然知道自己的江山在子孫手裡丟了，心也踏實了，只有朱元璋初來乍到的，見沒人接他的話，還以為他的大明王朝是鐵筒萬年青呢。

為了不傷老朱的心，我委婉道：「過些日子來一個叫康熙的，這些事你問他，不過你要學那三位，可不許惱。」

朱元璋臉色變了變，最後長嘆道：「看來我的大明也沒保住，哎，為什麼就沒有萬年的基業呢？」

李世民笑道：「人們都叫咱們皇帝萬歲，這桌上的人加起來就是四萬歲，其實真要活那麼久，也不見得有什麼趣味。」

我補充道：「加我四萬九千歲——我還是漢朝的並肩王呢。」

然後這四個皇帝就開始東感慨西感慨，說當皇帝怎麼怎麼累，怎麼怎麼操心。

不一會王寅開著車來了，我給他一介紹，王寅只對成吉思汗點了點頭，看來他對皇帝也不感興趣，這也難怪，方臘他們那幫人上輩子都是造反成性的人，從這個角度上說，王寅跟趙匡胤還算有點小過節呢。

在車上，王寅跟我說：「項大哥昨天大半夜回學校了，然後把車放下騎上馬走了。」

我急忙問：「他說什麼沒有？」

「沒有，跟我們幾個借了點錢就走了，說是在車上給你留了條子。」王寅說著把車鑰匙給了我。

「他也沒說幹什麼去？」

「沒有。」

項羽昨天晚上送完張冰不回家，騎上兔子幹什麼去了？

李世民從後面拍了拍我背說：「項羽是西楚霸王那個項羽嗎？」

我說：「是，就那個。」

朱元璋感慨道：「至今思項羽，不肯過江東。當初我只說楚霸王心胸未免窄了些，一朝功敗何不東山再起，現在看，這倒未嘗不是一個明智之舉，人生苦短，都是幾十年壽數，到頭都是空。」

不愧是當過和尚，朱元璋再世為人，居然滿口哲學思辯。

李世民回味道：「至今思項羽，不肯過江東？這是誰寫的，倒有幾分氣概。」

王寅邊開車邊說：「李清照說的，這人還是個女的，前面還有兩句。」

李世民興致勃勃道：「哦，還有兩句是怎麼寫的？」

王寅：「……忘了。」

李世民用探詢的眼神看著我，我撓頭道：「嘿嘿，讓皇上失望了，您封的這宰相學問也不怎麼行。」

李世民嘆了口氣道：「一會到了以後，你給我找幾本書我自己看吧。」

我說：「不知皇上想看什麼方面的，自唐以後，新出的書可不少，還有一本書裡您是男二——就是僅次於男主角的人物。」

李世民頓時好奇起來：「哦，是哪一本書？」

「《西遊記》，講唐僧取經的，裡面經常提到您，唐僧不是您皇御弟嗎？」

「這唐僧是……」李世民納悶道。

王寅不愧每天在學校裡待的人，插口道：「就是玄奘。」

李世民恍然道：「呵呵，是那個和尚啊，他什麼時候成了我的皇御弟了？」

這個就沒法深究了，說話間到了學校，這個點兒上人也湊不齊，只好把能找來的客戶們叫到階梯教室開一個小型歡迎會。

不過這次終究都是VIP人物，在會場裡引起了不小的轟動，我宣布了兩條規矩，第一，可以找自己本朝或喜歡的皇帝簽名合影；第二，在某朝受了治的人不許拿開國皇帝出氣，這主要是針對好漢們說的，結果完全多餘，土匪們作為最早來的客戶們之一，完全懂得活著就是要享受的精髓，一個個超然得很。

讓我沒想到的是，三百岳家軍見了趙匡胤也很淡然，我原以為他們就算不大叩大拜，起碼得對開國太祖另眼相看，現在看來他們是真的只效忠岳飛一人，而三百效忠岳飛，正是因為岳飛效忠這個國家，這不是領導手段，是人格魅力。

例行的歡迎儀式過後，一幫藝術家園在李世民身前，倒不是獻媚，而是很多藝術層次的東西需要初唐這位皇帝從高屋建瓴的角度去解釋，李世民也就「至今思項羽」這句詩著重請教了張擇端，王羲之和兩位神醫誰也不認識，索性湊在一起閒聊起來。

好漢們雖然生在成吉思汗前，占了先來的便宜，知道這是位草原上英雄，也不顧有滅國之恨的嫌疑，拉著老頭喝酒去了。

趙匡胤和朱元璋自然也沒閒著，各自找到了投機的聊友，看得出倆人還是稍微有點不適應這種環境，見到好幾百號人，一個磕頭的都沒有，不過他們聽說秦始皇刨自己墓去了，劉邦在和一個賣假貨的做小買賣，這才心態平衡些。

我見暫時沒什麼事了，具體的生活自然由秀秀和眾人幫忙照顧，就照王寅說的去找我的車，我很好奇項羽給我留的什麼條子。

等我打開車門，果然見方向盤上放著一張折好的紙條，我打開一看，只見上面只有幾個大字：我去找虞姬了，她在我心裡。

剎那間，我就像被冷水澆頭一樣，找虞姬，去哪兒找？

我頓時想起了昨晚，何天竇本來是要告訴項羽虞姬投生的年代的，可是項羽阻止了他，還說自己知道，我還以為這裡面有什麼玄虛，現在想來，他根本是在恐懼何天竇說出來滅了他最後一絲希望，現在他騎著一匹馬，不知身在何處，還說虞姬在他心裡，這簡直是要去自殺啊！

他跟張冰相處得並不快樂，現實和理想的衝突讓他很矛盾，當張冰被揭穿以後，虞姬又成了那個他最愛而又求之不得的完美化身，霸王的心也隨之活了。

現在，我只能希望出走的項羽只是在鬱悶中想去散散心，或許他會回到以前的垓下去緬懷一番就回來，又或許，我從此再也見不到這位包子的祖宗了……

我心情極度鬱悶，這時才發現車子的擋風玻璃上被人抓了好幾個手印，我氣得跳腳大罵：「這是哪個壞孩子幹的？」

我正抓狂呢，只聽身後一個人凝神道：「這是黑手黨幹的，在你車上按黑手印，說明他們要對你下手了。」

我回頭一看，是費三口，他的話提醒了我，黑手黨好像是有這麼個習慣。我看了看費三口，問他：「你幹什麼來了？」

費三口微笑道：「你還沒給我解釋呢，東西都拿回來了。」

「抓到幾個人？」

「兩個，看守並不多，而且他們不知情，知道的還不如你幫我們抓到的那幾個人。」

我低著頭說：「去哪兒談，找個地方吧。」

費三口道：「就陪我四處走走吧，自從育才建好以後，我還是第一次來。」

「好……」

費三口看了我一眼道：「你好像有點緊張。」

我小心翼翼地問費三口：「那幫孫子們都說我什麼了？」

費三口道：「多的他們也不知道，他們只說從你手裡拿來的東西都很值錢，我們也很奇怪，幾件戲服，一把硬度一般的匕首有什麼價值？最值錢的還是那件純金打造的內甲，但是用肉眼看的話，也無非就是黃金成色好而已，我們不明白這些東西為什麼會引起國際著名的黑手黨的狂熱關注。」

我問：「黑手黨還有品牌呢？」

費三口道：「黑手黨也有不同類型，一般都是家族式的，他們從戰亂動盪的年代衍生，借機結交權貴政要，通過各種途徑維護自己的家族利益，幾輩人下來，他們已經發展成為龐大的勢力，自然也就蒙上了一層神秘和不尋常的黑色性質，電影《教父》中的考利昂家族就是這種情況。像這種黑手黨相對穩定，他們有自己的生意，而且很多國家的某些地區經濟增長主要靠這些人來支撐，他們的骨幹成員絕不會多，也不會做太過分的事。」

我插嘴道：「這屬於有廟的和尚，賣點香灰和送子觀音騙騙錢也就算了，不敢造反。」

費三口笑道：「差不多就是這意思，下面該說沒廟的和尚了，這種黑手黨或者說組織，是由幾個有錢的巨頭臨時拼湊起來的，他們靠著強大的力量搗賣軍火、毒品，有時候也會跟某些國家做臨時生意，貪圖的是巨額利潤，該花的錢絕不吝嗇，但到了回報的時候，講究以幾何倍數收回，他們的成員同樣不會太多，給他們幹活的人基本上都是高價聘請的雇傭軍，這些人可都是做事不擇手段的狠腳色。」

「那他們跟恐怖組織有什麼區別？」

「恐怖組織的錢只是為了達到目的的一種手段，他們的目的是通過極端行為引起世界的關注或達到某種政治目的，說好聽一點，他們是有自己信仰的人，而黑手黨就簡單多了，他們追求的就是暴利。」

我想了想，摸著腦袋道：「我得罪的好像是第二種黑手黨。」

「是的，我們拿到的東西裡確實有一件元朝的香爐和一件明朝的瓶子是算得上分量的古董，可是這些好像還不值得他們動這麼大的陣仗。我說過了，他們是國際上著名的黑手黨，主要是針對重量級古董下手，利潤不超過十億美金的話，他們是不會這麼做的。」

我忙問：「這麼說，那些東西你已經找人看過了？」

費三口道：「沒有，我所知道的都是被我們抓的人告訴我的，我答應過你的事情就要做到，現在該你履行諾言了。」

我嘆氣道：「哎，該怎麼跟你說呢。」

這時，從我們身後跑過一隊孩子，一個個身輕如燕，幾個年紀大一些的，還不停在樹頂躥上躥下，老費愣了愣神，道：「該怎麼說就怎麼說，我是幹什麼的你也知道，就算是見不得人的隱私，只要不犯法，我也能替你保守秘密。」

這會兒我們到了第一個演武廳，張清董平他們各領了一幫孩子在上課，不時叫幾個學生出來演習，那些孩子們年紀雖小，但一個個端凝沉穩，拳腳生風，費三口看得悠然神往，說：「以前只領略過梁山俱樂部裡時遷的風采，沒想到其他人也有真本事。」

我表情沉重道：「老費，我能信任你嗎？」

費三口奇怪地看了我一眼道：「這是什麼話？」

我說：「有一個天大的隱私，我想過了，也是時候告訴你了，可是我不知道這在你算不算隱私。」

費三口腦袋靈光，眼睛一眨，笑道：「我明白——我現在是以私人朋友身分跟你聊天的，只要不妨害國家安全，就算天大的秘密我都當沒聽過。」

我點了根菸道：「這事說出來你不信我也不怪你——還記得我們第一次見面是什麼時候嗎？」

老費呵呵笑道：「說起來這也是緣分，那一面可是令我印象深刻，你去火車站接梁山俱樂部，手裡還抓著個牌子，等那幫人一出來我就傻了，比電視劇裡頭的神似多了。」

我問道：「如果我告訴你那不是像，就是原班人馬你會怎麼辦？」

老費一時轉不過彎，納悶道：「原班人馬？一個劇組的？他們拍的是第幾版的水滸啊？」

我抓著頭髮道：「他們就是真的梁山好漢，那個長得像導演似的黑大個是李逵，上次幫你偷鼎那個，是時遷，還有吳用、盧俊義……」

費三口一個勁擺手道：「等會兒等會兒，慢點說，我智力才一三〇。」

我說：「那難怪你不信呢，你要跟我一樣只有七十五，八成早就信了。你想想，除了梁山好漢，當今世界哪個團體能包攬所有散打金牌？誰能跟蜘蛛人似的在八樓爬來爬去？」

費三口呆呆聽著，恍然道：「難怪，在新加坡比賽的時候，我就發現很多人言行不像現代人，我想起你說這些人是你從山溝裡找到的，可是哪有剛出山溝就有興趣組建俱樂部的？我一直在想這個問題，現在看來你這個解釋是最合理的——可我還是很難相信。」

我說：「可以理解，我當初也不信，現在就少一個能把你變成女人的老神棍了。」

這種事情光說不借助外力，確實很難讓人相信，這時我見一個人打我們眼前過，我大喊：「毛遂，毛遂！」

毛遂愕然望向這邊，見是我，笑著走過來說：「什麼事，蕭校長？」

我指指老費跟他說：「你不是說客嗎？關於你是誰、怎麼來的、只要你知道的都告訴他，務必讓他相信。」

毛遂禮貌地朝費三口一施禮道：「請跟我來。」

我跟老費說：「你跟他去吧，他要說服不了你，我再想辦法，現在我得擦我那車去了。」

我倒了盆水，從學校裡抓了兩個跟花榮學射箭的小壯丁，幾個人一起把車子擦得跟二手的似的（以前像八手的）。

沒用半小時，費三口在毛遂的陪同下出來了，費三口臉上還有點意猶未盡的興奮，毛遂則只是微微帶笑。

費三口握著我的手說：「我信了，都明白了。」

我質疑地看了毛遂一眼，小聲問費三口：「他沒威脅你吧？」我生怕毛遂談不攏，給費三口也來「血濺五步」那一套。

費三口笑：「沒有。」

「那他怎麼跟你說的？」我更好奇了。

「毛先生跟我舉了幾個例子，你的所有產業裡，都是育才的人幫你搞起來的，而這些人不求名不求利，這就足以說明他們是不屬於這個時代的人了。」

不得不說毛遂真有一套，他找了一個我想都沒想到的切入點，現在市面上的五星杜松、藥茶，那可都是日進斗金的項目，而它們的研發者和創始人都名不見經傳，這本是令人費解的事情，不知情的自然會猜想我花了多少錢才收購了秘方，可是費三口卻不難知道這些人都在我的學校裡安心地當他們的「老師」。可見毛遂很善於抓人的心理，以後可以試著讓他開一門心理學或推銷學的課，讓李世民他們開「企業管理」……

我說：「現在你應該明白那些人為什麼那麼拼命了吧？」

「大體上明白了，可那些東西到底……」

「那幾件戲服不是劉邦的皇袍就是李師師穿過的，那把刀子是荊軻用來刺秦王的，而那件黃金甲——是項羽的貼身鎧甲。」

老費倒吸了一口冷氣，忽然問：「那麼那位幫我們找到秦王墓的嬴同志……」

「那是秦始皇！」

老費顫抖著點了一根菸，喃喃道：「難怪啊。」

我說：「現在好在那些人只知道它們很值錢，但不知道為什麼值錢，否則只怕那些有廟的黑手黨也消停不了了。」

老費把剛抽了一口的菸踩滅，道：「你說的很對，到時候恐怕不光是黑手黨，各國政府也都得來分一杯羹，那這世界就要亂了！」

他快步走到自己車裡，把他昨天得來的那些東西一古腦捧出來，然後鄭重地交到我手上說：「這些東西你都拿回去吧，讓他們走的時候一件不少地帶走。」

我納悶道：「我還以為你會向我開口，要去送給國家呢。」

費三口道：「我是想這麼做，但是這些違背了客觀常理的東西一旦現世未必是好事，幾千年的古物嶄新如初，我說不上這有沒有研究價值，但不知情的人一定會被誤導，就算不引起別人的覬覦，我同樣不希望國家花大量的人力物力浪費在這上面。」

我笑道：「不愧是智力一三〇的人，想的就是長遠。」我從一堆東西裡拿出兩件說：「這個香爐和花瓶你拿回去交差吧，畢竟黑手黨不會無緣無故地來我們中國，你也好有個說辭。」

反正古爺也說了，這兩件東西不打算要了，再說他原本就要把所有古董都留給國家的。

費三口想了想點了點頭，

老費端著兩件古董，我拍了拍他肩膀，真摯地說：「那一切擦屁股的事情就全拜託你了。」

費三口：「……對了，剛才那個叫毛遂的，是不是自薦那個？」

「對，就是他。」

「你這學校裡還有些什麼人，都給我介紹一下。」

我遲疑地看了看他，費三口笑道：「放心吧，只是好奇而已，我保證一走出育才的校門全當沒聽過。」

我指了指正在擺弄小火爐的蘇武道：「那門房是蘇武蘇侯爺。」我又指了指迎面走過來的俞伯牙，「那是琴聖，和他一起的那老頭是茶聖陸羽，咱們市面上賣的藥茶就是他和華佗研製出來的。」

這時，一個短頭髮女子打我們眼前過，費三口興奮地說：「那個你接站的時候我見過，潘金蓮？」

我忙說：「噓，讓她聽見揍你，那是扈三娘。」

費三口臉紅道：「哦對了，忘了梁山上還有女將了，那她身邊那個女孩子是孫二娘吧？」

我說：「那是花榮他老婆，孫二娘在街上賣藝呢。」

老費無語半晌，最後道：「怎麼還有帶家眷的，照這樣下去，就不是我們找你麻煩而是移民局找你麻煩了。」

我笑道：「這是特殊情況，以後再慢慢跟你說吧。」

費三口期期艾艾道：「那個……我聽說王羲之也在你這兒呢，能不能讓他抽空輔導輔導我女兒的字，老師找我好幾次了，說孩子成績不錯，就是字太醜，要是不早矯正，有可能影響到以後的前途。」

我爽快道：「行啊，一小時一百。」

可憐天下父母心，機敏的特工這時候居然沒聽出我是在開玩笑，滿口答應道：「好說好說，能請到王老師這個級別的家教，一小時兩百也不貴呀。」

我笑道：「逗你玩呢，有空把女兒送來吧，順便學學女子防身術，不過我覺得字寫得醜的人最好還是等張旭來了以後學狂草。」

這時，一個小傢伙跑過來牽著我的手，奶聲奶氣叫道：「爸爸——」

我低頭一看原來是曹小象，於是把他抱起啃了兩口，衝費三口說：「看，我兒子，我們父子倆長得像不？」

老費參加過我和包子的婚禮，知道我們不可能有這麼大的兒子，笑著說：「不像，你兒子比你帥多了。」

我小聲道：「這是曹操的兒子，稱象那個，你女兒多大了，攀親家不？」

費三口：「……」

曹小象在我耳朵邊上說：「爸爸，你不是已經和厲天閏叔叔訂了親了嗎？」

我詫異道：「喲你個小鬼頭什麼也瞞不了你——嘿嘿，原來你喜歡厲家那小丫頭片子啊？」

曹小象一本正經道：「做人要講誠信！」

我敲了他小腦袋一下道：「屁，泡妞就要全面撒網，重點培養，你懂啥呀？」

費三口滿頭黑線道：「你這樣是不是把小孩子教壞呀？」

我把曹小象架在脖子上道：「要壞早壞了，他親爹是什麼主兒，你不會不知道吧？」

我把荊軻劍、項羽甲那一堆東西隨手往車裡一扔，費三口心疼道：「你輕點。」

接著我把小象也放在車後座，說：「走，跟爸爸回家吃火鍋。」

費三口道：「黑手黨已經給你下了警告，你最近萬事小心，我電話廿四小時開機，至於其他事情你就不用擔心了，就像你說的，擦屁股的事都交給我吧。」

我認真地看了看他說：「謝了，老費。」

一路無話，我回到清水家園的別墅區。

在樓下，我看到我家陽臺上站著兩個人，可能是修電話線的——昨晚電話線被那幫鬼子掐斷了，那兩個人見有人靠近，探頭探腦地往這邊張望，我把車停好，衝他們喊：「哥們，小心點！」

一個人笑咪咪地從房門裡走出來幫我打開車門，說：「蕭先生真是個好人，這時候還有心情關心別人呢。」

在他縮著的一隻手裡拿著一把手槍槍口正對著我，古德白！

在後座的曹小象聽來人的口氣以為是我的朋友，剛要禮貌地打招呼，我把手掌藏在背後衝他微微往下按了按，一邊假模假樣地笑道：「哈哈，原來是『嗝兒屁』老兄啊。」

古德白暗含威脅地把我逼出車外，用下巴朝房子點了點示意我進去。

進屋一看我就抓狂了，只見沙發上，包子、李師師和花木蘭垂頭喪氣地坐成一排，另一邊，二傻、劉邦、吳三桂也坐成一排，但雙手都被反銬著。

二傻肩膀上被空空兒刺過的傷口綳開了，屋頂上的吊燈歪歪垮垮地斜在一邊，地上全是碎玻璃渣，頂棚被鑽出一個螺旋式的小洞，看來二傻跟他們進行過搏鬥，而且對方也鳴槍示威過，趙白臉不在，是因為他一大早就走了，這個傻子向來都是來無蹤去無影的。

屋角，各站著一個拿槍的老外，加上樓頂負責瞭望的倆人和古德白，這回對方一共來了八個人。

我看了看狼狽的二傻他們，跺腳跟古德白說：「你們完了，中國歷史上最不該得罪的幾個人你算是得罪遍了。」

想想吧，劉邦、吳三桂、荊軻，這是多記仇的三個人啊！

古德白微笑著跟我說：「不得不說我們確實是犯了一個天大的錯誤，中國有句話叫強龍不壓地頭蛇，我就是被你這種外表所蒙蔽，不該把你當個小流氓。」

我不滿道：「你們昨天不是已經來過了嗎，怎麼沒完沒了，還按不按常理出牌呀？」

古德白冷丁惡狠狠道：「我們的東西呢？」

我茫然道：「什麼東西？」

「昨天我們放東西的地方被人清洗了。」

我攤手道：「我怎麼知道？你臉皮也夠厚的，明知那是我的東西還問的這麼理直氣壯。」

古德白無力道：「看來東方人真是不能信，一定是他出賣了我們，可是如果他真的想要錢的話，我想不出這個世界上還有誰能比我們出價更高。」

我知道他說的八成是空空兒，我踮起腳往對面的房子裡看了一眼，那裡一切平靜，窗簾也沒拉，顯然是沒人。

這時，一陣腳步從樓上走了下來，這個人邊摘手套邊說：「小強，不要再讓我為難了，有什麼是我沒找到的，就都說出來吧。」

我看了一眼這個人，頓時驚訝得張大了嘴，那個我在當當鋪經理時候的副經理老潘！

一時間我明白了很多事情，上次在賓館裡見古德白的時候，他們的那個所謂專家就是老潘！

對於他的職業素養，我從沒有懷疑過，我記得我第一次拿著荊軻那把匕首把玩時，老潘一眼就看出那是秦朝匕首的造型，當時之所以不敢確認，是因為那刀上沒有氧化，而且我沒有給他機會細看。

到後來空空兒找人鑑定那些東西的時候，很可能誤打誤撞找上了老潘——在我們這個小地方，做這一行而且有名的人並不多，而現在看來，老潘居然是這幫倒賣古董的黑手黨成員，於是，他們用錢誘惑了空空兒，而且老潘很可能當時就認出了這把嶄新的秦朝匕首，並想起了在哪見過……

老潘慢條斯理地脫著手套，繼續說：「我只找到了兩件東西，有沒有遺漏還得你這個主人提點。」

我這才發現花木蘭的盔甲和那顆寶珠已經被擺到了桌子上，老潘眼睛真夠毒的！看來不到萬不得已老潘並不願意現身，直到他們所有戰利品都被費三口抄了，這才不得不孤注一擲。

我用手一指桌上的水杯，老潘立刻惡狗撲食一樣撲向那杯子，又小心翼翼地把它護起來仔細看著，過了十幾秒才納悶地抬頭看著我：「這是什麼朝代的東西？」

我說：「什麼朝代的也不是——我就是渴了，想喝點水。」

老潘也不著惱，把水杯遞給我說：「小強，你是聰明人，多的話我不說了，其實如果不是昨天損失慘重，我是真不願意出來在這種場合下跟你見面；而且，我是真的很有誠意和你長期合作，那時候我還是老潘，我們還是朋友。」

我問：「長期合作是什麼意思？」

老潘道：「我們知道你手裡會有源源不斷的寶貝送來，只可惜你不願意以此發財，我們只好狠狠做它一筆就遠走高飛，以後就再也不回中國了，哎，我老婆和我女兒都不知道我是幹什麼的，以後也都見不上了……」

說到這，老潘一邊擦著濕潤的眼睛，一邊問古德白，「他的車搜了嗎？」

古德白不屑道：「一輛破車，上面沒人。」

老潘臉色一沉道：「我不是說了嗎，我們這位蕭經理身邊任何東西都有可能藏著寶貝，你就不想想他住得起兩百萬的別墅，為什麼還堅持開一輛破車？」

古德白聳聳肩膀表示不以為然，但老潘好像地位不低，古德白邊往外走邊說：「那我去搜搜好了。」

我的心刹那間提到了嗓子眼兒上，車裡不但有全部的寶貝，曹小象還在裡頭呢！

我掩飾著極大的恐慌，問老潘道：「你們好像對我的身家很瞭解？」

老潘微笑道：「我們有內線。」

這時古德白剛走到門口，只聽他的對講機裡傳來哧啦哧啦急促的呼叫聲：「不好，那輛車動起來了！」

古德白略一愣神，問道：「哪輛車？」

對講機：「目標開來的那輛破麵包！」

古德白聽說急忙拉開門衝了出去，我也往外看了一眼，見我的車歪歪斜斜像沒把手刹拉好那樣慢慢向社區門口滑去，下一刻，好像是有人在車裡踩了油門，車身猛地往前躥了一下，然後加速跑了起來。

古德白按住對講機大喊：「開槍！」

樓上頓時傳來兩聲槍響，古德白也以半蹲式在門口朝著車胎射擊，屋裡的人不管三七二十一，砸開玻璃一起衝已經越跑越遠的車開槍。

密集的子彈紛紛擊中我那輛破舊的麵包車的後窗和車胎上，沒想到的事情發生了：那些子彈打在車身上，不但沒有打碎玻璃打爆車胎，就連一點震動都沒有，只濺起幾點微弱的火花，車裡的人狠踩一腳油門，麵包車咆哮著衝出了老遠。

趁屋裡的人都背對著我們開槍的空檔，吳三桂和花木蘭突然同時站起來衝向離自己最近的敵人，只可惜吳三桂的雙手被反銬著，他只能用腳狠狠踢中一個人的屁股，花木蘭獨木難支，剛從後面扳住一個人的脖子，旁邊一支冷冰冰的槍口立刻抵在了她腦門上。

用槍頂住花木蘭那人一拳把吳三桂打倒在地，又取出一副手銬把花木蘭也銬了起來，就此，我們再也沒有任何戰鬥力了，剛才如果項羽要在的話一定能反擊成功，普通手銬只怕也銬不住他。可惜……

這時，麵包車飛快地跑出了社區門口，一眨眼就再也看不見了，古德白攔住一個想開車去追的手下，提著還在冒煙的手槍走回來，還不等他發火，老潘已經怒氣衝衝地問：「這是怎麼回事，你不是說車裡沒人嗎？」

古德白用槍對著我，氣哼哼地道：「蕭先生，我要你給我解釋。」

我翻了翻白眼道：「那車是你自己檢查的，有沒有人你比我清楚，而且就算有朋友和我一起，肯定也是坐副駕駛的。」

古德白喝道：「那你說這是怎麼回事？」

其實我也真不知道是怎麼回事，車裡確實有人，十歲的曹小象，在我給他做手勢的第一時間，這個機靈的小傢伙就一下鑽進了座位底下，而成年人是無論如何也不可能做到這一點的，所以古德白看了一眼後再不疑有他。

可是要說十歲的小傢伙能把車開走，打死我也不信，當初項羽確實教過他開車，可是眾所周知，開車可不是一次兩次就能學會的，就算曹小像是天才兒童，還有最致命的一點：他坐在駕駛座上，眼睛看不見窗外，腳搆不著油門……

面對古德白的槍口，我是抓耳撓腮地認真想了半天，這回可不完全是做戲了，我是真想不明白。

這時一直沉默的包子說話了：「我們這地方本來就不太平，那車門沒鎖，鑰匙都沒拔，賊進來他不偷你偷誰？」隨即轉臉問我：「強子，這到底是怎麼回事？」

老潘聽了包子的解釋，馬上點了點頭，他知道我們這樣的高檔社區容易招引賊的光顧，於是笑道：「那只能算小強倒楣了，不過弟妹，現在還不是你們兩口子聊天的時候。」

古德白打開對講機問樓上負責望風的人：「剛才你們看到有人靠近了嗎？」

對講機哧啦哧啦響了一會，裡面有個聲音囁嚅道：「……我們見目標已經進來了，就抽了根菸。」

「混蛋！」古德白放開對講機，幸災樂禍地對我說：「看來是真丟了，難為你那破車上還裝了防彈玻璃。」

我說：「這筆損失得算在你們頭上。」

古德白看了看被制服的花木蘭和吳三桂，得意地拍了拍那個老外的肩膀對我說：「這是我弟弟傑士邦，很機靈吧？」

傑士邦張開嘴，露出滿口殘暴的爛牙，嘿嘿笑了幾聲。

古德白看了看桌上的盔甲和那顆珍珠，跟老潘說：「你還能不能找到別的東西？」

老潘看看我，我使勁攤手：「真沒了。」

「這個容易！」傑士邦把槍頂在包子頭上，惡狠狠跟我說：「限你三秒內說出所有值錢的東西，否則我就把你的老婆和朋友一個個殺了。」他淫笑著看了看花木蘭道：「放心，我會最後一個殺你，而且在殺你之前會讓你快樂的，嘿嘿，你是我喜歡的那種類型。」

我面色慘變，以前不管是什麼危急情況都沒有這次十分之一悲慘，我那些對手無非是小混混、小無賴，最多就是個黑社會頭子，可現在，我眼前的敵人是黑手黨，這可不是開玩笑的。

包子叫道：「我們家存摺都在樓上，我給你們拿去。」

我盯著老潘，慢慢說：「真的沒有了，老潘。」

或許是最後一聲呼喚讓他感覺到了我的恐慌和誠意，老潘衝傑士邦擺了擺手說：「看來這裡是真的沒有了，古德白，你帶他去見老闆，老闆有辦法對付他，我們就在這裡等著，有他老婆和這些朋友在，我想小強不會衝動的，老闆一直說他是個重情義的人，不是嗎小強？」

古德白在我背後推了一把道：「那請吧，蕭先生。」他一招手，又叫上一個肌肉老外，押著我往外走。

包子跳起來叫道：「你們要把他帶到哪兒去——我們家銀行密碼他都記不全，你們連我一起帶上吧。」

傑士邦在她肩膀上按了一把，但馬上縮回手去，因為吳三桂和二傻他們都用殺人的眼神瞪著他。

劉邦大聲道：「放心吧小強，以我豐富的被劫持經驗，我覺得這一次我們不會有事。」

眾人：「……」

第六章

以毒攻毒

岳飛伸手把秦檜提起來，失笑道：「你跟我去幹什麼？」

秦檜道：「雖然我不知道你現在的工作是幹什麼的，但你如果要對付的是貪官的話，或許我能幫你。」

岳飛眼睛一亮：「以毒攻毒，這還真是個辦法。」

我們三個人出去以後，古德白上了一輛普桑，他自己開車，讓那個大塊頭看著我，古德白邊發動車邊笑著對我說：「蕭先生，為了表示我們的誠意，就不給你戴手銬了，但你最好不要試圖抵抗，你身邊的那個人是跆拳道黑帶三段，而且一拳有一百八十磅的重量。」

我忙朝大塊頭抱拳陪笑道：「失敬失敬。」

古德白道：「據我們所知，蕭先生也不簡單，是武林大會上的散打王是嗎？」

大塊頭把拳頭捏得咯吧響，斜眼打量我，用生疏的中國話道：「有時間，我，你，切磋。」

我憤懣難當，滿臉帶笑含糊地說：「好啊，切磋，切磋。媽的！」

古德白自然聽得懂我罵粗口，只是微微一笑，發動了車。

汽車盡揀小路走，不一會兒就到了跟上次挾持包子一樣的那種旅館。

古德白把車停好，說：「上去。」

這裡地處荒灘，又是白天，所以整個旅館幾乎空無一人，腳步聲落在樓道裡寂然迴響。

到了三樓，古德白在一間房門上輕輕敲了敲，然後往旁一讓：「蕭先生請進。」

這房間雖然破破舊舊，可居然還是兩室一廳，我進去的時候，一個人正坐在客廳的沙發裡抽菸，身前一團煙霧繚繞，我只看了他一眼立刻驚得跳了起來：「是你！」

「好幾號」當鋪的老闆老郝安安穩穩地坐在那裡，見了我一如往昔露出了親近的笑容：「小強。」

我回頭看了一眼垂手站立的古德白，驚道：「你是他們老闆？」

老郝笑道：「怎麼了，不可以嗎？」

我苦笑道：「國際著名黑手黨的老大是個中國人，真不知道是該自豪呢還是該覺得丟人。」

老郝悠然道：「這沒什麼稀奇的，這個世界有錢才是老大，我正好還有點錢，而且除了中國國籍，我還有三個國家的國籍。」

我說：「難怪你肯養著我，一來你不在乎那點錢，二來還需要個幌子掩飾，開當鋪當然是最好的藉口。」

老郝說：「其實還有一點，我是真的挺喜歡你這個年輕人的，要不是出了這件事，我願意養你一輩子，你辭職前，我還想給你漲工資來著。」

「別扯淡了，說說你想拿我怎麼辦吧？」

老郝忽然揮揮手說：「小古，你出去吧，看看那面情況怎麼樣了。」

古德白點頭道：「是，老爺子。」他走以後，那個大塊頭就接替他，站在我身後監視我。

我失笑道：「老爺子？那幫外國孫子還真讓你調教出來了，不過你這行頭不行啊。」說著，我拽了拽老郝一身皺巴巴的愛迪達。

老郝穿衣服有個毛病，那就是非名牌不穿，然後也不勤換，穿髒了直接扔掉，往往幾千塊的名牌穿在他身上，效果還不如二三十塊的地攤貨，但熟悉他的人都知道那可都是如假包換的真東西。

我說：「穿什麼運動服呀，像你這個身分，這個年齡，就該跟電視上的老壞蛋一樣，穿一身唐裝，手裡再端個紫砂壺，那多有派頭呀！」

老郝笑道：「賺錢太累，顧不得要派頭了。好了，說正事，項羽的黃金甲和荊軻的刀你給我弄哪去了？」

我大吃一驚，比初見老郝還要厲害。

老郝忽然衝一直緊閉的臥室門拍了拍手道：「秦老弟，出來吧。」

門一開，秦檜探出半個腦袋來，看了我一眼，陪笑道：「嘿嘿，小強……」

我一見頓時爆跳起來，一個箭步把他從門裡扯出來，邊拳打腳踢邊罵：「你個老漢奸，狗改不了吃屎啊，是你把老子出賣了？」

秦檜抱著頭滿屋子亂躥，一個勁慘叫，我追著他打了一會兒，老郝這才咳嗽一聲，大塊頭一伸手抓住我，把我按在沙發裡。

鼻青臉腫的秦檜小心翼翼地緊挨著老郝，坐我的對面，出了一口氣的我問他：「你是不是把什麼都說了？」

老郝接過話頭道：「是的，真是神奇的事情，我原本打算要和你長久合作的，你手裡有源源不斷的古董，我再幫你賣給感興趣的人和政府，想想吧，真是那樣的話，別說別墅遊艇，你甚至不難擁有自己的航空母艦。」

我往地上吐口唾沫道：「呸，你傻啊，現在秦朝的尿壺值錢，真要像你說的那麼辦，以後那尿壺就是尿壺了，那會兒商朝的青銅劍也就二十塊錢一把。」

老郝愣了愣道：「你說的對，看來還真的很有必要控制數量，那麼我們這第一次也是最後一次合作看來是明智之舉，至於我的條件嘛，因為我不太瞭解狀況，所以由秦老弟跟你談。」

秦檜躲躲閃閃地拿過紙筆，一邊防備我揍他一邊寫，只見他用漂亮的隸書寫道：

岳家軍隨行所帶古刀劍三百把、蘇武臭皮襖一件兼漢節一根、吳道子《天王送子圖》、柳公權《金剛經刻石》、張擇端《清明上河圖》、王羲之《蘭亭序》……

他每寫一個字，我就在旁邊罵一聲老漢奸，他作為我的客戶，而且又在育才住過那麼長一段時間，對我是知根搭底，基本上我手頭上有的，都被他清洗了。

當我看到《清明上河圖》和《蘭亭序》時再也忍不住了，怒喝道：「你這不是要老子命嗎，蘇武那身臭皮襖扒不扒得下來不說，這後幾樣東西如果再現世還不得世界大亂？再說有的已經在故宮裡了！」

老郝看著紙上出現這些名字，眼睛閃閃發光，把手朝我一按道：「你不要吵，是真跡永遠是真跡，大不了我花高價請人特殊處理，然後我就說故宮博物院裡的東西是贗品不就行了？到時候我手上的真跡那是天價，天價啊！」

我罵道：「怪不得你們能湊一起，倆賣國賊！」

老郝把那張紙拿起來看了半天，問我：「你有問題嗎？」

我說：「如果我不答應會怎麼樣？」

老郝嘿嘿冷笑：「大家都是聰明人，就不用我說了吧？」

看吧，但凡有人跟你說這句話的時候，那一定是主動權在人家手裡。

我拿過那張紙看了一眼，上面王吳閻柳的字畫、三百的兵器、甚至連扁鵲、華佗經手的藥方也在其內，可說是包羅萬象，凡是育才客戶身上能剝削的都列出來了。

秦檜奸笑道：「小強別怪我，受人之託忠人之事，我也是沒辦法。」

我說：「你不過是一年的時間，幹這些事情能得什麼好處？」

秦檜道：「時間不長，所以我才需要抓緊啊，聽說現在有錢連月亮都能上，我想試試。」

老郝看了看錶道：「小強，時間不多了，兩個小時之內能把東西湊齊嗎？」

「那不可能，你難道不知道光一幅《清明上河圖》就得畫一年嗎？」

秦檜哼了一聲道：「別以為我不知道，這些人剛來的時候就把自己生平最得意的作品都複製出來了，張擇端甚至還做了一幅現代版的《清明上河圖》，不過我們對那個沒興趣。」

我心中發狠，嘴上說：「好，給我電話，我讓他們把東西送來。」

秦檜道：「慢著，嘿嘿，據我所知，育才裡可是人才濟濟啊，不說別的，光岳飛那幫子弟兵就夠人頭疼的，我可不想被人翁中捉鱉，來送東西的人必須是不知情的，而且必須是不會功夫的。」

我無奈道：「那你說吧，讓誰來？」

秦檜跟老郝說：「先別讓他打電話，我想想。」他忽然道：「你有個副校長叫顏景生吧？就他！」

我心裡一涼，這本來是我最後一個通風報信的機會，如果我跟好漢們要這些東西，吳用他們肯定不會不想，然後說不定順勢就能把我救出去，可是要讓顏景生辦這些事情，這個書呆子八成會不聲不響地真給送來。

我攤手道：「他不知情，我怎麼跟他說？」

秦檜笑道：「你總有辦法的。」

老郝拿過那張紙在我眼前晃了晃道：「你都記住了吧？」說著，把那張紙燒了個乾淨。

這時秦檜眼睛一眨，忽然道：「我給你想了個辦法，你就說想在育才辦一個藝術展，用這個藉口讓他把東西收集全然後送來，記住，只許單線跟他聯繫，他是局外人，你那些客戶們見他來要這些東西，肯定以為你要搞什麼名堂，所以不會懷疑其他的。」

我盯著他，恨得牙根癢癢。

老郝拍了拍手大聲道：「小古，電話！」

古德白拿著一個手機走了進來，老郝把電話交給我，說：「按秦老弟說的，不許耍花招，你有兩個小時時間。」

我拿過電話，心想這電話打給任何人都會引起警覺，好漢、四大天王、秀秀……可是老漢奸把耳朵貼了上來，我只好撥通顏景生的號，顏景生果然是一如既往地在忙碌中接起電話：「喂，你好。」

我說：「我是蕭強。」這會不單老漢奸，連老郝和古德白都把頭探過來。

顏景生道：「蕭校長啊，有什麼事嗎？」

我儘量地試圖把語音裡的波動傳遞給他：「現在我這有個名單你聽好了，一會照上面說的把東西收全送來，地方我另外通知你……」

等我把秦檜開出來的東西都說完，顏景生很負責任地說：「你說的那些武器我有印象，一直都在倉庫裡放著，可是這個和張老師他們要《清明上河圖》《蘭亭序》什麼的是什麼意思？」

我裝作很不耐煩的樣子說：「你只管去要，不要多問。」

我本來是希望這樣的口氣引起他的好奇，沒想到這個書呆子依舊溫文爾雅地說：「好的，那我去辦了。」

我掛了電話之後，沒發現任何異樣的老郝終於輕鬆地長出了口氣，對古德白說：「你看著他，過一會兒再讓他打電話，然後按原計劃把東西送到地方，我去辦咱們晚上出境的事。」

老郝走後，古德白笑咪咪地跟我說：「你的那些東西最好能在一小時內湊齊，否則每拖延半個小時，我就殺掉你一個朋友，就算我不下令，我弟弟傑米也會這麼做的，雖然他是我親弟弟，但我不得不說，他很沒人性。」

我沉著臉不說話，現在主動權全在人家手裡，而且跟外界也聯繫不上，我只能希望他們拿了東西走人，至於其他事只能以後再說，畢竟人命最大；但我也深知這是一幫心狠手辣的角色，看樣子準備遠遁他鄉，拿了東西以後會不會再把我們趕盡殺絕，那便無法預測了。

就在這時，我聽見隔壁一個憤怒的女人聲音高聲叫道：「我早就說過了，你們逼我也沒用！」

我看了看古德白，納悶道：「你們黑手黨還幹逼良為娼的事？」

古德白笑道：「哦對了，差點忘了，隔壁也是你的一位老朋友，你可以去看看她，如果方便的話，替我們勸勸她。」

古德白朝大塊頭使了個眼色，黑帶三段便押著我來到了隔壁。

這裡同樣有兩個老外看守，看來今天老郝把所有的人都抽調過來了，屋中央，一個女人激動地走來走去，滿臉怒色，穿著一身名貴的套裝，正是陳可嬌。

她一扭頭，我們兩個目光相遇，不約而同詫異道：「是你？」然後幾乎是同時問：「你在這幹什麼？」

我苦笑道：「看來咱們處境差不多，你也是被抓來的？」

古德白慢悠悠地說：「兩位也想不到在這樣的場合見面吧？」

我忿忿地說：「你們抓她幹什麼，她家以前是有古董，但是後來都變賣了。」不知道為什麼，我就見不得女人受罪。

古德白道：「她家變賣古董的事我們都清楚，但說實話，我們對那些普通上了年代的瓶瓶罐罐並不感興趣，據我們所知，陳家有一個祖傳的玉觀音，是你們明朝的開國皇帝朱元璋所佩帶的吉祥物，朱元璋活的時候，這尊觀音一刻也沒離開過他，他死後就供在太廟裡，直到明朝滅亡。後來不知道怎麼輾轉到了陳家，這尊觀音可以說是整個明朝最尊貴的寶物，我們想要的，就是這個東西，而且我們並沒有打算要強取豪奪，可惜陳小姐連個價都不肯開。」

看來陳可嬌倒楣不是因為我，人家黑手黨早就瞄上她了，我心裡稍稍好受一點，跟陳可嬌說：「一個破觀音，就賣給他們唄，這都什麼時候了，你們家不是缺錢嗎，你就獅子大開口要個十億二十億的，你要真喜歡朱元璋的東西，隨便拿點什麼，我讓他揣兩天再給你不就完了？」

古德白拍手道：「看看，這就是旁觀者清啊，蕭先生要在自己的事上也有這覺悟，我們就好做多了。」

陳可嬌瞪我一眼，毅然道：「不行，別說玉觀音在我父親手裡，就算在我手裡我也不會賣，除非我們陳家人死絕了，否則這件寶貝絕不外落。」

我小聲道：「死心眼。」我一直以為陳可嬌惟利是圖，想不到也有執著的時候。

古德白冷冷道：「既然這樣，你們陳家人很快就會死絕的。」

我打了個寒戰。

古德白跟陳可嬌下通牒說：「在蕭先生的東西送來之前，你還有時間。」

我無辜道：「關我什麼事？」媽的，瞧瞧我跟陳可嬌的這緣分，今天註定要把以前她陰我的情全補回來啊。

陳可嬌不理古德白，盯著我冷冷道：「你到底跟他們什麼關係？」

「你看著啊——」說著我作勢往門口一躥，屋裡所有人都掏出槍來頂住我的腦袋，我走回來道：「看明白了吧？」

雖然是在危急時刻，陳可嬌還是被我逗得噗嗤一聲笑了出來。

古德白哼了一聲，說：「蕭先生，你的時間也不多了。」

我揮揮手道：「那讓我們單獨待會兒，死刑犯臨死還給吃頓飽飯呢。」

古德白看了看錶，吩咐大塊頭：「五分鐘以後帶他回來。」說著走了出去。

我讓陳可嬌坐下，坐在她身邊問：「最近生意怎麼樣？」

陳可嬌：「……」

我說：「看樣子如果順利的話，我們是都活不過今晚了。」

陳可嬌依舊無語。

我繼續說：「有一句話憋在我心裡很久了，一直想跟你說，卻又不敢，怕說出來我們連朋友都沒得做，今天反正是逼到這了，我索性就跟你說了吧。」

陳可嬌不自在道：「你……說吧。」

「那你能保證不生氣嗎？」

陳可嬌想了想，終於點了點頭。

我把雙手在胸前比劃著，囁嚅道：「你的這個……加胸墊了嗎？」

陳可嬌滿臉通紅，小聲罵道：「流氓！」

我看出她並沒有真生氣，這要在平時估計早就翻臉走人了，可是在這關頭，有個人坐在身邊扯淡也是個不錯的選擇，這也是我第一次見這個女強人露出小女人的姿態，當然，關於那個問題，其實我是真想知道答案。

陳可嬌忽然認真道：「蕭先生……」

我說：「叫強哥吧。」

陳可嬌俏臉一沉：「你可別得寸進尺啊！」

「……那就叫蕭先生吧，最近我一聽見這個稱呼就肉疼。」

陳可嬌微微一笑道：「我想了想，以前跟你合作都未必抱著好心，不過我真的沒有惡意，這一點還請你多擔待。」

我忙道：「可以理解，一個女人家背負著振興家業的擔子，不容易，再說你也就是占點小便宜，沒事。」

陳可嬌淡淡笑道：「其實你這個人也不算太壞，就是有點沒頭沒腦的。」

我剛想再說什麼，就聽隔壁屋古德白憤怒加震驚的聲音大喊：「你說什麼，你們是誰？」

大塊頭一把把我拽起來往隔壁就走，陳可嬌表情複雜地看著我，目光裡有依依不捨，也有一點關切。

我到了隔壁，進門就見古德白一手拿著電話，他看我進來，用怨毒的神色盯著我，只聽電話裡亂哄哄的，似乎有人在搶著說話，著實熱鬧。

下一刻，劉邦的聲音從裡面傳了出來：「喂，古德白是嗎？我們正找你呢，你的人已經全被我收拾趴下了……」

旁邊也不知是張清還是董平喊：「什麼叫都讓你收拾趴下了，明明是我們幹的。」

古德白大叫道：「別喊，派一個代表跟我說話！」

電話裡仍舊是亂哄哄的聲音：「別喊別喊，聽他說什麼。」好像梁山裡的人有不少都在現場。

最後劉邦硬是厚著臉皮霸著電話，說：「不管誰吧，反正你的人是一個不少都被我們抓住了。」

古德白道：「你讓他們跟我說話。」

劉邦跟好漢們說：「快，弄點聲音出來。」那邊可能是有人給老外們用了刑，頓時響起了咭哩哇啦的各種外語。

古德白穩定了一下情緒說：「說吧，你們想怎麼樣？」

劉邦道：「半小時內，我們要見到小強平安回來，每延遲十分鐘，我們就殺掉你一個手下，放心吧，你弟弟我會留到最後，並且死前會讓他感到很『快樂』的……。」

古德白聽得毛骨悚然，拿電話的手一個勁的抖，最後說：「你們讓我考慮考慮。」

劉邦道：「給你五分鐘時間，三十五分鐘後我們殺第一個人。你把電話給小強。」

古德白掏出槍對準我，把電話塞到我手裡：「你要敢暴露我們的地址一個字，我就殺了你。」

這會兒我已經不管他外強中乾的威脅了，慢悠悠地接過電話：「喂，我是蕭強啊，哪位？」

沒想到這次跟我說話的已經換成了包子，她用顫抖的聲音說：「強子，你還好吧？」

我怕她擔心，忙正經回答說：「我挺好。」

包子頓時嗚咽道：「你這麼說，肯定是他們打你了。」說著就聽那邊眾人勸架的聲音「行了行了，踢兩下行了，再打就死了」……估計是包子正用哪個倒楣的老外洩憤呢。

我抓狂道：「包子，我真沒事。」她在那虐待俘虜，就沒想她老公還在人家手裡呢。

包子破涕為笑道：「那我們等你回來。」

等我掛了電話，古德白臉色鐵青，問我：「這到底是怎麼回事？」

「你問我，我問誰啊？」

今天怪事真多，跟以往不同的是，這些怪事目前為止我也不知道是怎麼搞的，梁山好漢怎麼會知道我家裡有難？難道是突然串門碰上的？可是聽他們毫髮無傷的樣子，應該是準備充足的情況下突襲得手的，否則老外們荷槍實彈，哪那麼容易被放倒?!

不等古德白繼續問我，我看了看表說：「你最好按他們說的辦——雖然他們是我的朋友，但我不得不說，他們都沒什麼人性！」

古德白氣急敗壞地拿起電話把情況跟老郝彙報了一下，焦急地問：「我們是不是改變一下計畫？」

老郝想了一會兒道：「不行，一切按原計劃辦，我知道你是在擔心你弟弟，可是你認為你把小強放回去，他們真能放了你弟弟嗎？」

古德白急道：「我不是這個意思，我是說重新籌劃一個周密的計畫……」

老郝打斷他道：「不要說了，論鬥心眼，十個你也不是人家的對手，你知道那些人裡都有誰嗎？讓小強現在就給那個姓顏的副校長打電話，不管東西湊了多少，立刻送來！那個姓顏的不是他們的人，應該暫時還不會引起別人的注意，你放心，等我們離開中國，我會用錢敦促某些小國的政府要求引渡你弟弟他們，這個世界上，有錢就是萬能的。」

古德白把電話塞給我：「快，現在給姓顏的打電話。」

我別無選擇，只好撥通顏景生的電話問：「東西準備好了嗎？」

顏景生道：「好了，我叫人給你送去？」

古德白用槍一頂我腦袋，我只得道：「你自己來，我們的地址是……」古德白把早就準備好的紙條擺在我面前，我只好照著乖乖念。

顏景生聽完道：「好的，我現在就去。」

古德白等我打完電話忽然開始搜我的身，把我的手機和口袋裡亂七八糟的東西一古腦全擺在桌子上，急匆匆地對大塊頭說：「你看著他，留神他往外打電話，我出去一下。」說著就跑了出去。

這會兒屋裡只有秦檜、我和大塊頭，秦檜被我瞪得毛毛的，鑽到臥室裡去了，我就和大塊頭面對面坐著。

我看氣氛太尷尬了，就朝他笑笑：「黑帶三段，很厲害啊？」

大塊頭也不說話，拿起桌上的菸灰缸輕輕一掰就成了兩半，然後往桌上一扔，盯著我看。

我無聲地拍了幾下手：「很厲害——我能吃口香糖嗎？」

我指著桌上被古德白搜出來的那一堆東西說，大塊頭還是不說話，抓起口香糖丟了過來，我又陪著笑說：「你也吃吧，那餅乾味道很不錯的。」

我邊撕糖紙邊說：「我去跟我那朋友聊聊行嗎？」說著指指臥室門。我見他不說話，就自己站起來走了進去。

秦檜見我進來，驚恐地從床上坐起，我微笑著朝他按按手：「沒事，你坐。」然後就翻箱倒櫃地找了起來。

秦檜忍不住道：「你找什麼呢？」

我也不理他，繼續翻，怎麼一個趁手的傢伙都沒有呢？這破旅館——我無意中掀開床單，眼睛忽然直了，繼而只想仰天大笑，我想感謝天感謝地感謝聖母瑪利亞——一根床腿下面，赫然墊著一塊鮮紅的板磚！

我悄無聲息地把它取出來拿在手裡，一邊說：「老秦啊……」

秦檜第一次見我跟他和顏悅色地說話，把頭探過來問：「怎麼？」

我二話不說一磚就拍在他後腦上，秦檜也乾脆，哼了一聲就倒在地上暈了過去。

我快速換上他的外衣，同時把口香糖塞進嘴裡狂嚼起來，在感覺到甜味的一瞬間，我只覺臉上扭曲了一下，伸手一摸，下巴上的鬍子都和老漢奸如出一轍。

我把板磚揣在袖子裡，大模大樣地出了臥室往門外走去，大塊頭站起來道：「你去哪？」

「我出去走走，一會就回來。」

大塊頭顯然對秦檜也沒什麼好感，生硬道：「回來，你也不能走！」

我背著手來到他身後，假裝問：「你們這個跆拳道除了練拳練腳以外，練不練頭？」

大塊頭中文不是很好，反應了半天才說：「練的少，你問這幹什麼？」

「那就好辦了！」我大喝一聲，一板磚砸在大塊頭後腦勺上。

滿以為這一下能把他撂倒，沒想到這怪物只是晃了幾下立刻站穩，吼道：「你幹什麼？」

這一生氣，中文居然還流利了，可是他騙我——他肯定練過鐵頭功。

我稍一愣神，馬上躥回臥室並把門反鎖，然後麻利地把衣服再換給秦檜，同時吐掉嘴裡的糖，大塊頭在門外咆哮道：「你給我出來，為什麼打我？」

我抓住秦檜的肩膀使勁搖：「老秦，醒醒啊。」

秦檜揉著腦袋悠悠轉醒，道：「剛才是怎麼了？」

這時大塊頭已經一腳把門踹開了，他怒氣衝衝地往屋裡掃了一眼，見我無辜地托住下巴坐在床沿上，秦檜像在諷刺他一樣嘿嘿奸笑，頓時大怒欲狂，一把扯起老漢奸，左一個耳光右一個耳光，不要錢一樣抽起來，秦檜慘叫道：「救命，你為什麼打我？」

我在一邊看得都快笑出鼻涕來了。

可是失敗終究是失敗了，我現在已經別無選擇，只能等著命運來宣判了。

大塊頭又打了幾下秦檜，兩人都暈暈乎乎的，又加上語言不通，只能作罷，秦檜老小子也冤了一把，到最後都不知道老外為什麼揍他。

在這種壓抑的氣氛裡，我們又等了半個多小時，忽然從門口傳來敲門聲，一個聲音道：「蕭校長，你在嗎？」聽聲音正是顏景生。

我的心頓時提到了嗓子眼上，他這一來，我是生是死，馬上就會就會有結果了。

大塊頭把秦檜拉到門前，說：「你看看認識不認識？」

秦檜趴在貓眼上往外看了一眼說：「沒錯，是我說的那個人。」

門一開，顏景生兩手空空地站在外面，在他身後有兩個魁梧的漢子背著大麻袋，低著頭氣喘吁吁的。

秦檜警覺地問：「後面那倆人是誰？」

顏景生一扶眼鏡道：「哦，這是我雇來的師傅，你不知道那兩個麻袋有多重。」

秦檜對頭前那個漢子大聲道：「抬頭！」

那漢子一抬頭，不滿道：「看什麼看，快點讓我們進去。」

這人面似鍋底，額頭上全是抬頭紋，而且看面相就是一個老實巴拉的農民，穿一身工作服，確實是天橋上苦力的模樣，後面那個身材略高，同樣的裝扮。

秦檜打量了半天這才放三人進來，等最後一個人一進門我就樂了，此人身材高大，面若重棗，眉似臥蠶，三縷墨髯飄灑胸前，正是關羽！

二爺進來以後，把帽子往地上一扔，跟我笑道：「小強，最近挺好的吧？」

他這一說話，所有偽裝頂如是全部揭穿了，秦檜大叫道：「你是誰？」

大塊頭反應也不慢，立刻掏出槍來，跟著關羽一起來的那個黑臉大漢飛起一腳把他的槍踢走，兩個人在剎那之間互擊了一拳，關二爺朗聲道：「周倉退下。」

那黑臉農民往旁邊一讓，二爺擼了擼袖子走上前去，我叫道：「二哥小心，他是黑……」一句話沒說完，黑帶三段已經被二哥抓住肩膀按到二樓去了。

關羽拍了拍手道：「你說什麼？」

「……沒啥，你們怎麼會來的？」我見顏景生站在邊上絲毫沒有意外的表情，很是納悶。

關羽道：「人們說你出事了，育才裡就我臉生，於是我就來了。」

我看看顏景生：「你……」

顏景生微微一笑：「我都知道了。」

我腦袋一沉，想了想說：「現在不是說這些的時候，我們先出去再說。」

周倉踢了踢被二爺打暈的黑帶三段：「這人怎麼辦？」

我說：「這個自然有人來收拾他，周哥，麻煩你看住這個老小子！」我一指秦檜，老漢奸滿臉沮喪，但表情還算沉靜，這倒讓我頗為意外。

我剛走上走廊，就聽隔壁屋有響動，間或還有微弱的喘息聲，頓時反應過來陳可嬌還在他們手上呢，我感覺裡面動靜不對，飛起一腳踹在門上，結果小破旅館的門也太糙了點，腳插進去了，門卻沒開。二爺失笑，過來擰斷門鎖把門打開。

然後馬上看到了讓我怒不可遏的一幕：陳可嬌坐在一張凳子上，腦袋衝後仰起，一個老外在她身後扳著她胳膊叫她不能反抗，另一個老外用一根細繩子勒住她的脖子正在用力扼。

我邊吭哧吭哧地往外拔腳，邊怒喝道：「住手！」

但是我一邊蹦達著喊出來，氣勢上就小了許多，關二爺也是義憤填膺，大叫一聲就要往上衝，兩個老外早已經把槍口對準了我們，等他衝過去估計差不多也被射成篩子了，周倉見狀忙死死拉住關羽，並把自己的身體擋在他前面。

就在這僵持之時，突然匡啷一聲巨響，從窗外射進來一支長箭，窗前那老外本來是雙手持槍，這一箭嗖地一聲射穿了他的兩手，那箭便插在他雙臂間，這傢伙手槍落下，倒在地上哀號不止。

另一個老外駭然道：「有狙擊手！」他一縮身躲在牆角裡，依舊舉著槍瞄準我們。

這個工夫，緩過勁來的陳可嬌連滾帶爬跑向門口，我緊走幾步擋在她身前，莫名地覺得一陣陣心疼。

屋裡的老外舉著槍，大叫道：「讓開！」

我偷空往對面樓頂上看了一眼，只見花榮手持車把弓迎風而立，背負一把火筷子箭，很帥！我高舉雙手示意不會攻擊，老外貼著牆一步一步挪到走廊上，眼睛盯著我們，慢慢向後退去。

就見在他身後的樓道口閃出一個人影，這人身穿一件大黑皮襖，手裡端著一根大棍子，正是蘇武。

老外背對著他，他的目光一刻也不敢脫離我們，雙手舉槍往後退著，眼見離蘇武越來越近，就見蘇武把手裡的大棍無聲地掄了幾下，然後叉開腿，把棍子舉在頭邊，做了一個棒球手預備擊打的動作，滿臉期待之色。

老外退到離蘇武大約一米左右的地方，剛想回頭，蘇侯爺一記漂亮的安打鑿在他腦袋上，老外擰著麻花倒在地上，看樣子近十年二十年是醒不了了。

我們終於全部安全脫困，我攙著陳可嬌往樓下走去，一出樓門，就見一大群人笑咪咪地看著我。離我最近的，是包子和劉邦花木蘭他們，包子本想一下撲上來，可見我懷裡半抱的一個女人，不禁皺皺眉頭走了過來，陳可嬌臉一紅，急忙站在一邊。

我拉起包子的手問：「你們是怎麼出來的？」

包子往身後一指：「你這些哥們兒們把我們救出來的，他們一個個的，可真是好本事啊。」

我抓住林沖的手說：「哥哥，你們是怎麼知道我家出事的？」

這時，一個小傢伙抱著我的腿仰頭道：「爸爸，是我去報的信。」

低頭一看是曹小象，我一下把他抱起來啃了幾口道：「兒子，可擔心死我了，說說那車是怎麼回事，是不是剛好有個小偷上去了？」

曹小象不滿道：「什麼小偷呀，是我開走去育才報信的。」

「啊，不會吧？」我把他端在胸前看著：「你會開嗎？就你這小胳膊小腿兒的怎麼開車？」

曹小象自豪地道：「項伯伯教過我，當時你朝我做完手勢我就藏了起來，後來在車座底下找到很多東西……」

原來，曹小象在車座底下發現了費三口交給我的那些東西，他知道我遇到了危機，就用荊軻的匕首把秦始皇他們的衣服劃成布條，然後把匕首的刀鞘分別綁在兩隻腳上踩離合器和油門，把項羽的黃金甲折起來墊到屁股下面，最後靠著回憶那天項羽教他開車時的情景硬是把車開到了育才。

眾人雖然早就知道過程，這時聽曹小象又講一遍，還是忍不住紛紛誇這孩子聰明。

我回身找到關羽，拉著他的手道：「二哥，你是怎麼來的？」

關羽道：「今天我剛巧和周倉從他老家來看你，本來想叫你去接我們的，可火車站有直達育才的班車，我們就自己搭車過去，結果一下車就聽說你出事了，這位顏秀才正為找不到臉生的人犯愁呢，我就跟著來了。」

我握著顏景生的手笑道：「顏老師，辛苦你了，感覺怎麼樣？」

顏景生這時才長出了一口氣：「還好，還好……讓我冷靜冷靜。」我這才發現他手心裡全是汗。

吳用笑道：「顏老師也真不簡單，平時文文靜靜的，關鍵時刻真沉得住氣，小強和他兩次通話，他要有一點緊張非露餡不可，難得他不但沒掉鏈子，還能把那種沒事人一樣的心態模仿得絲絲入扣。」

他這麼一說，我這才猛地想起秦檜，我左右張望，急道：「秦檜那老小子呢？」

周倉變色道：「壞了，你讓我看住他，結果你一進屋救人，我全給忘了。」

盧俊義道：「這麼短的時間，要跑也跑不遠，咱們分兵幾路去追！」

只聽有人高聲道：「不必了。」

我們轉頭一看見是李靜水，在他手裡提著一個人，已經狼狽不堪血流滿面，正是秦檜。

我又驚又喜道：「你從哪逮住他的？」

李靜水把秦檜摜在地上，笑道：「也該他倒楣，我剛好遲來一步，就見有人把床單拴起來從三樓往下爬，可惜剛爬到二樓繩子就斷了，幸虧當時是我站在樓下。」

我奇道：「那他為什麼還會傷成這個樣子？哦，你打他了？」

「沒有，我不是說了麼，幸虧當時是我在樓下，要是咱們這裡的任何人就會把他接住了，我見是他，就沒管——」

我們：「……」

李靜水捏捏拳頭道：「對了，蕭大哥這麼一說，我才想起來我還沒揍你呢，狗賊！」說著就要撲上去。

我忙道：「別打別打，我先問問。」我蹲在秦檜面前，撓頭道：「我是真不明白，出賣別人是不是會上癮啊？」

秦檜慢慢坐起，擦了擦臉上的血嘆氣道：「你說對了，出賣別人是會上癮的。」

秦檜盤腿坐在地上說：「你那天帶著人橫掃雷老四的時候，就有老郝的人找上了我們，因為他們見雷老四根本就是隻紙老虎，所以想花大價錢再找一幫替他們幹活的人，可柳下跖是你的朋友，我知道他不會同意，就背地裡跟老郝見了面。再後來事情就簡單了，憑我的口才和老郝的實力，他很快就明白我說的都是真的，然後我就一直幫著他治害你。」

我茫然道：「可是……你為什麼要這麼做呀？」

秦檜鼻翼微微翕動，像一個老菸鬼足足地吸了一大口菸一樣說：「我不是說了麼，出賣人也是會上癮的，想想看，你明明站在這個陣營裡，卻又和那個陣營裡的人勾搭，這多刺激呀！在這個時候，可以說所有人都是你的朋友也都是你的敵人，而他們都對我很客氣，因為這個陣營裡的人不知道你出賣了他，那個陣營裡的人又有求於你，他心裡明明瞧不起你，還得裝出有求必應的樣子，這種感覺——太酷了！」

我們大家相顧愕然，再沒有誰有揍他的欲望了，我們實在是哭笑不得，不知道該憎惡他還是該可憐他，秦檜原來就是一個十足的心理變態啊！

秦檜道：「當然，當初我出賣大宋也有貪生怕死和貪財的原因，可這只是一小部分。」

吳三桂再也忍不住了，他越眾而出，一腳踹在秦檜身上，罵道：「你個老漢奸！」我們都寒了一個……

我忽然想起一件事，猛地抓住秦檜領子喊道：「對了，老郝呢？」

秦檜奸笑說：「你看，現在你也需要我再出賣他一次，你應該對我好點的。」

我幫他理理衣服，客氣地說：「老秦啊，你就告訴我們吧，老郝知道的太多了，他一旦跑出國去後患無窮，我需要你的幫助啊。」

秦檜陶醉地點了點頭：「嗯嗯，就是這感覺——那我告訴你吧，他現在就在你以前的當鋪裡等著古德白他們帶著東西去和他會合，但是這裡出了意外他應該已經發覺了，你們跑得快的話還能抓住他。」

這老漢奸果然又把自己的主子出賣了。

戴宗打上甲馬道：「我先去，你們隨後來。」說罷一溜煙跑沒影了，張清他們幾個急忙也趕了過去。

眾人你看看我我看看你，一時都不知道該拿秦檜怎麼辦，我問李靜水：「你打算怎麼辦，對了，你們徐校尉呢？」

按理說，我出了這樣的事，三百應該一起來幫忙才對啊，我這時才發現三百只來了李靜水一個人。

李靜水憤憤地看著秦檜道：「今天真不湊巧，我們岳元帥要來看你，徐校尉他們都去迎接他了。」

我詫異道：「你們岳元帥要來？」

就在這時，幾輛大巴停在我們面前，第一個從車上跳下來的，正是徐得龍，隨後是三百岳家軍，眾人知道岳飛就要登場，不由得一起肅穆。

不等三百把儀仗擺齊，一個五十歲上下的老者從一輛車上走了下來，三百立即一起立正，目光裡全是敬意。

這老頭稍微有點發福，穿一身休閒服，目光清澈堅定，笑著跟大家揮手，問：「哪位是小強？」

我忙迎上去，先敬個軍禮，然後鏗鏘道：「嗨岳元帥！」

岳飛果然名不虛傳，儘管臉上面帶笑容，仍然帶著一股凜然正氣，李靜水先給岳飛敬了一禮，然後不聲不響地閃在一邊，露出了地上的秦檜。

岳飛意外道：「是你？」

秦檜跟哭似的：「岳……元帥。」

一向軍紀嚴明的岳家軍終於忍不住鼓噪起來：「元帥，殺了他！」

岳飛一擺手，半蹲在秦檜身前：「你也來了？」

秦檜苦笑道：「什麼話也別說了，是凌遲還是什麼的你看著辦吧，你要給我來一刀痛快的，我感激你一輩子。」

岳飛正色道：「秦檜，你賣國求榮、誣陷忠良、讒言惑上，罪罪當死。」他忽然朝周圍大聲道：「可是各位，你們說我該殺他嗎？」

眾人齊聲道：「該殺！」就連花木蘭、關羽這樣不知道秦檜是誰的人也跟著點頭。

殺你！」

岳飛看著秦檜道：「你本來已經時日無多，現在我殺你，反倒讓你心理開脫，我不殺你！」

不少人叫起來：「對對，把他留給我們，每天砍他幾刀，打他幾拳，好過一下把他殺了。」

秦檜面色慘然，萎頓在地。

岳飛跟秦檜說：「我現在的身分是某地級市的紀檢委書記。」

我小聲道：「媽呀，那您那地方的官可太難當了。」

岳飛擺擺手道：「如果我殺你，就會給我清白的歷史增添污點，除非我能回到前世，而且由皇上下令，否則岳飛寧願再以死明志！」

我們都品出點味來了，岳飛這是想透過官方途徑為自己平冤昭雪，說白話點，就是在哪跌倒在哪爬起來，可是……有這個可能嗎？

這時人群裡忽然有人大喊一聲：「不知道我下令管不管用？」說著一條大漢走了出來，我一看就知道熱鬧了，這人是宋太祖趙匡胤！

趙匡胤一表明身分，岳飛剎那間有些失神，要按前世的身分，那絕對是應該九叩八拜，最後岳飛還是顧及到自己現在的書記職位，無措地上前跟趙匡胤握了握手。

老趙也不挑禮，他看了看秦檜道：「你們的事我剛才都聽人大致說了，這小子著實可惡，該殺！現在我以大宋皇帝身分正式下詔，岳飛忠貞報國，官復原職，秦檜背國讒上，斬立決，滅九族。」

黑大個戎馬出身，幾句話說得乾淨俐落，說完就面無表情地站回到了人群裡。

岳飛好像有點茫然，先是衝趙匡胤抱了抱拳，暫態豁然開朗，笑道：「其實我死後不久，就有另一位宋朝皇帝給我平了反，就算不是這樣，人們心裡自有評斷，我又何必這麼在乎什麼虛名呢，呵呵，是我狹隘了。」

岳飛終於解脫，像看陌生人一樣看著秦檜，說：「最後問你一個問題，當年我們私人間並沒有什麼恩怨，你就算揣摩皇帝的意思要害我，大不了罷官回鄉也就算了，最多再派人暗中監視，可你為什麼一定要置我於死地呢？」

秦檜乾笑幾聲道：「這就跟欠人錢一樣，欠的少了或許還想著還，如果越欠越多積累起來，你總有一天會巴不得債主死了算了。前幾次害你也就罷了，到後來竟不由自主地無比恨你，那是因為我沒法再見你了，所以非得你死不可。」

岳飛呵呵一笑道：「我明白了，你不是沒良心，是良心長歪了。好了，我不恨你，不過有很多歷史學家說了，歷史總得有你這樣的人，所謂不破不立，要沒你這樣的蛀蟲，宋金之間很可能都會傾全國之力死戰，那對整個人類進程沒有好處；不過，就做人而言，你很糟糕很失敗。」

岳飛說完這些大聲道：「三百背嵬軍聽令，在這個世界沒有秦檜這個人，你們以後見了面前這個人完全不認識，明白了嗎？」

三百一字一句回答：「明白了！」

「以後這個世界也沒有岳飛，我就是你們眼裡的陌生人，明白了嗎？」

這一回，三百沒有一人回答。

岳飛淡然一笑說：「希望大家也不要為難他，今天這麼多英雄豪傑都在，我是真想好好和大家聚一聚，可是公務在身，只能先走一步，有時間你們去我那兒，不過醜話可說在前面，我工資不高，大家去了只能吃麵條。」

人們都笑了起來。

岳飛跟我握了握手道：「還是那八個字，『潔身自好，正氣凜然』。」

我像對暗號一樣順口回道：「鞠躬盡瘁，死而後已。」

岳飛一笑，跟大家揮手道：「都別送，我搭車去車站。」

秦檜忽然一把抱住岳飛的腿叫道：「我跟你走。」

我們都是又氣又笑，紛紛喝道：「放手！」

岳飛伸手把秦檜提起來——岳元帥還是一副好身手，失笑道：「你跟我去幹什麼？」

秦檜看看我們，眼珠子骨碌骨碌直轉，道：「雖然我不知道你現在的工作是幹什麼的，但你如果要對付的是貪官的話，或許我能幫你。」

岳飛眼睛一亮：「以毒攻毒，這還真是個辦法。」

秦檜急忙道：「論打仗我不行，論懲治貪官你不行……」

朱元璋在人群裡插口道：「幹這個我也很有一套的！」

岳飛想了想，隨即乾脆道：「那走吧。」

我上前跟岳飛小聲說：「元帥，小心這小子出賣你。」

秦檜道：「不會不會，到那以後，我先跟貪官打成一片，到時候出賣他們。」

我瞪了他一眼，在他胸口上打了不輕不重的一拳：「下輩子爭取做個好人！」

秦檜道：「彼此彼此。」

就這樣，在我們的目送下，岳飛和秦檜這一對生死冤家慢慢消失在遠處。

第七章

回歸信號

劉老六自言自語道：

「不是還沒到時間嗎，為什麼我會收到荊軻的回歸信號？」

他看了一眼二傻的傷口，想問我們什麼，但看看我們的臉色，

急忙閉了嘴，掐指一算，眼望著天道：

「原來他是這麼死的，可嘆。」

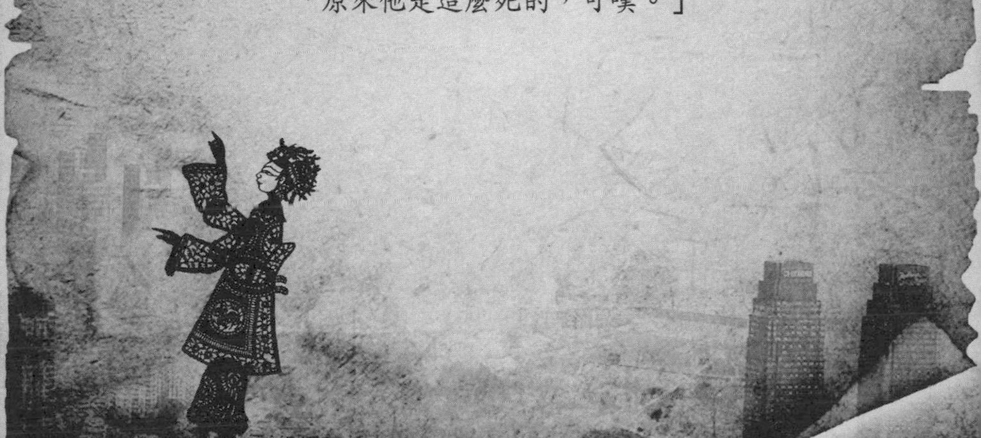

我有點理解岳飛，我要是他也不殺秦檜，那樣真的是便宜他了，有一種仇恨不是死亡就能消除的，岳飛永遠都不會原諒秦檜，也永遠不會殺他，這是最殘忍也最寬宏的懲罰。

我來到徐得龍跟前，說：「現在謎團也解開了，我和何天竇打仗的時候，你說你們兩不相幫，是因為你們需要他的記憶恢復藥，而且茫茫人海，你們更需要他幫你們算出岳元帥這輩子的生辰對吧？你們欠何天竇一個情。」

徐得龍一笑道：「也不全是，不過現在沒什麼區別了。」

事情告一段落，陳可嬌從後面輕輕拍了拍我，小聲說：「我跟你說幾句話就走。」

我扭頭看包子，包子難得開通地說：「去吧，患難之交嘛。」隨即在我耳邊咬牙，「可以抱一下，不許親！」

我和陳可嬌來到路邊，她這時已經完全恢復了平時的姿態，淡淡地跟我說：「你們的事我都看見了，不怎麼明白，也不想多問，我只是想正式地謝謝你救了我——還有以前幫過我的。」

我正不知說什麼好，陳可嬌忽然一低頭從懷裡拉出一條項鍊，它的墜子上，掛著一尊晶瑩的觀音，陳可嬌很難得的頑皮一笑，「其實這尊玉觀音一直戴在我身上。」

我接過來看了幾眼，詫異道：「你不是想送給我吧？」

陳可嬌一把搶過去：「想得美，就是給你看看。」

我瞄了一眼朱元璋，囑咐她：「趕緊收起來吧，別讓原主看見。」

這時何天竇忽然不知從哪冒出來，他裝作不經意地跟我擦身而過，低聲跟我說了一句話：「我算過了，陳可嬌就是你上輩子愛上的那個妖精。」

我目瞪口呆，難怪，難怪從我第一次見她就感覺有點熟悉，難怪我老不自覺地想要幫她，難怪見她受到傷害我會那麼心疼，原來我上輩子欠她的。

天意弄人啊！窮小子和富家女的前世姻緣，這輩子要不是當了預備役神仙，我們還不定怎麼纏綿悱惻呢，這簡直就是又一本純愛小說啊！

陳可嬌見我發呆，問道：「你怎麼了？」

我忙道：「沒什麼，有個老騙子跟我說咱倆上輩子有一段孽緣，還有，你上輩子是個妖精，你想信就信，不信就當我放了個屁。」

陳可嬌茫然無語，樣子有點失神，我繼續說：「不過已經到了這輩子了，我們就當朋友吧！」

陳可嬌呆了一會，忽然粲然一笑：「我就信一回吧，我同意你說的當朋友那一條。」

我看看她，張開雙臂說：「我還有一個擁抱名額，咱們把它用了吧。」

陳可嬌笑著跟我抱了一下，轉身離去。

我依舊保持著張開手的姿勢，轉向包子：「來，給大爺抱一個。」

包子歡笑著撲進我懷裡，問：「她是誰呀？」她沒見過陳可嬌。

我抱著她，琢磨了一下說：「初戀。」

前塵往事過往雲煙，既然都是上輩子的事了，再經何天竇一說破，我也頓時豁然，我還是愛包子。

劉邦拉著一串被揍得七零八落的外國俘虜問我：「這群人活埋還是燒了？」

好幾個皇帝一起喊：「埋了埋了，埋了省事。」看來凡事都有祖師爺，這幫傢伙好的不學，專跟秦始皇學埋人。

最後我決定還是交給國家處理，至於老郝——他已經被戴宗他們抓住了，我特意把他交給了費三口。

這一天下來，我整個人要散架一樣，天大的事明天再說，今天得好好睡它一天。

就在大夥將散未散的時候，一輛摩托車飛快地從遠處衝過來，車上的人戴著頭盔，在離我們十米遠的時候突然掏出一把手槍，他似乎早有預謀，將槍口牢牢對準劉邦，等我們警覺的時候已經一切都晚了……

槍響的一瞬間，蘇武一膀子架開了劉邦，我們眼看著子彈鑽進他的胸口，殺手一愣神，歐鵬花榮和龐萬春已經紛紛出手，但這傢伙居然咬著牙躥過前面的路口跑掉了。

我看了一眼他的背影，認出那是古德白。

我們一起圍住蘇武，劉邦也顧不上蘇武身上那股惡臭，抱著蘇武的肩膀大喊：「你怎麼樣，挺住啊！」

事實上，蘇武並有沒倒下，甚至連腰都沒彎一下，等幾個岳家軍戰士手忙腳亂地想要把蘇武弄上車去醫院的時候，蘇侯爺這才反應過來，他揮了揮手中的棍子，中氣十足地說：

「我沒事！」

我們以為他這是迴光返照，當大家小心地把他衣服翻開要找傷口的時候，一顆彈頭掉在地上，原來子彈射在蘇侯爺的皮襖上被擋住了，只鑽進去一點點，連第二層都沒穿透。

到家以後，我看到的是一片狼籍，這有古德白他們禍害的，也有好漢們的功勞，包子一屁股癱坐在沙發裡，發威道：「行了，現在誰給我說說這到底是怎麼回事，我要完整版的！」

吳三桂正色道：「我乃吳三桂，是……」

我把他推開，摟著包子，悠悠道：「你和陳圓圓的事以後再說，現在，我要給包子講講她祖宗的事……」

「你是說，大個兒是從幾千年前來的？」

「包子啊，這不是重點，我是說大個兒……呃，項羽是你祖宗，項羽，知道嗎？就是西楚霸王。」

經歷了這麼多事，已經由不得包子不信，她聽完我的話，托著下巴問：「那我爸該叫他什麼？」

我說：「把你爺爺拿出來也得喊祖宗，你們這不是簡單的四代同堂三代同堂那麼簡單。」

「那大……他呢？」

我說：「羽哥現在不知道到哪兒去了，我就是讓你明白明白。」

包子斜眼看我：「我要是叫祖宗的話，你也不能叫哥了吧？」

我嘆道：「這就是結婚的不幸，一般人結了婚也就多個七大姑八大姨，我倒好，多了個祖宗！哎，我就叫哥吧，這也算跟你們娘家人走得近吧。」

包子小心道：「那……我得管張冰叫什麼？」

「張冰那是個誤會，可是歷史上跟張冰長得一樣的那個人，你也得叫祖宗，不過這事以後再扯，現在該說軻子他們了。」

包子扭頭道：「對了，軻子是誰？」

二傻嘿嘿一笑：「我是荊軻。」

包子撓頭道：「對了，你跟我說過，那你真是……刺殺秦始皇那個荊軻？」

二傻點頭。

包子悚然道：「我記得胖子跟我說他叫嬴政——那他不是……」

我點頭道：「是啊，胖子是秦始皇，放心吧，軻子已經不打算再殺他了。」

包子看看李師師，沉著臉道：「小楠，該你了，老實交代吧。」

李師師歉然一笑：「表嫂，對不起，不該瞞你那麼長時間……」

包子忽然道：「等等，我猜出來了，你就是你電影裡演的那個人，李師師！」

李師師不自然道：「猜對了，表嫂，我……出身不怎麼乾淨。」

包子走過去拉住她的手道：「別說這種話，電影裡演的都是真的吧？你也是沒辦法，你是個好姑娘。」

李師師眼裡淚光瑩然，慢慢靠在包子肩膀上。

包子指點著花木蘭說：「嘿，表姐先別說自己是誰，我猜猜，花木麗——再加上你說的因為父親參軍，你應該是花木蘭！」

花木蘭微笑道：「呵呵，包子真聰明。」

包子好像玩猜人玩上了癮，揮舞著手道：「都別說啊，讓我一個一個猜，到劉季了，呀，這個不好猜。」

劉邦自信滿滿道：「初，朕母見一龍盤桓於上，乃孕，遂有朕，我還有個名字叫劉邦，哈哈，知道我是誰了吧？」

包子一拍大腿：「知道了，你有兩個結拜兄弟，一個叫關羽一個叫張飛，你們是桃園三結義！」

我們：「……」

劉邦哀嘆一聲，罵道：「劉備這臭小子，搶我風頭，要見了他，非打這孫子兩巴掌！」

我小聲提醒包子說：「劉邦是劉備的祖宗，鴻門宴那個。」

劉邦嘆道：「桃園三結義就桃園三結義吧，她真要知道我是誰以後，我跟她祖宗的恩怨不是一時半會能說得清的。」

吳三桂在一邊急得連連跺腳，這會猛地湊過來道：「包子，你不用猜了，我跟你說，我就是引清兵入關的吳三桂。」

吳三桂這麼急於表白身分是因為屋裡這些人不是皇帝就是豪傑，而吳三桂就不一樣了，老頭很敏感，生怕別人瞧不起他，所以急著想知道包子對「吳三桂」這個名字的反應。

誰知包子茫然道：「吳三桂？你別說化名，說真名。」

吳三桂抓狂道：「我這就是真名。」

我提醒道：「你知道陳圓圓嗎？」

包子臉上迷霧漸開：「哦，就那個大美女呀？」

我一指吳三桂道：「這就是陳圓圓的老公。」

包子跟吳三桂握手：「幸會幸會，哈哈，娶個漂亮老婆感覺好吧？」

吳三桂還想再說什麼，我一拍他肩膀道：「行了，這麼介紹就挺好，你引清兵入關關包子什麼事，你覺得她會在乎這個嗎？」

包子左看看右瞄瞄，忽然靠在沙發裡幸福地說：「跟我在一個屋簷下的都是名人呀！」

吳三桂耿耿於懷道：「別算我。」

包子跟我說：「胖子挖墳什麼時候能回來，還有大個兒，他到底去哪了？」

我摟著她的腰說：「今晚先睡覺吧，你忘了你老公剛從龍潭虎穴裡出來。」

包子邊上樓邊說：「一會上床你再給我講講今天那幫人都是些誰？」

我回頭跟大家招呼道：「你們也都睡吧，明天我找人修玻璃。」

當晚，我並沒有如願能早早睡覺，包子纏著我講到後半夜，包子不斷驚嘆道：「梁山五十四條好漢耶！」「原來三兒就是扈三娘啊？」「你說今天那個紅臉兒就是關二爺，他怎麼沒拿刀？」……

後來我講著講著就睡著了。

第二天我一睜眼，已經是中午了，包子並不愛睡懶覺，但我破天荒地見她還躺在我身邊，瞪著眼睛一眨不眨地看著我，我毛毛地道：「你看我幹什麼？」

包子靜靜地說：「昨天我做了個夢。」

「夢見什麼了？」

「我夢見你跟我說大個兒是我祖宗，胖子是秦始皇，還有一大堆亂七八糟的，什麼梁山好漢啊，好幾個皇帝啊什麼的。」

我先是愕然，既而失笑：「這夢可真夠離奇的，能寫本小說了。」

包子小心翼翼地說：「其實不是夢，對吧？」

我嘆了口氣，只能點頭。

包子立刻興沖沖地穿好衣服跑出臥室，我大喊：「你幹什麼去？」

包子的聲音在走廊裡迴蕩：「我去跟表姐好好聊聊當年打仗的事。」

包子跑出去以後，我嘆了口氣，該告訴她的都告訴她了，除了一點：那就是這些人只能在這兒待一年，到了那一天，我實在不知道該怎麼跟包子說了。

隨後的幾天，我們經常跟贏胖子通話，我也動用了我所能動用的一切力量來找項羽的下落，原本形影不離的五人組少了兩個人總感覺不對勁。

至於育才裡的其他人，大致還是老樣子，好漢們除了給孩子們上課，就是利用業餘時間瘋狂地玩，而且顏景生還通過調換宿舍的辦法，把我的那些客戶們集中地換到一起，以後萬一有個什麼狀況也不至於太混亂。

今天就是除夕夜，育才的校園裡處處張燈結綵，準備要過年了。

育才裡絕大多數客戶的日子基本上都過了一多半了。以最先來的二傻為例，他已經在這兒待了十個多月。所以關於這個年怎麼過，我找很多人商量過，一致的結論是：怎麼熱鬧怎麼過，連一向低調的顏景生也是這麼認為，他說的一句話給我印象很深，他說這是那群人在這裡過的第一個年，卻是這輩子最後一個年，所以一定要隆重。

一大早，我就帶著包子和李師師劉邦他們來到育才，校園裡到處掛著大紅燈籠，張貼著春聯。

徐得龍領著一隊戰士在校園裡巡邏，主要是怕引起火災，今天三百也都全部到齊，有些家大業大的戰士還把財產全部捐給了育才，嚴格說，他們算是學校的股東了。

其他人如段天狼、程豐收、四大天王和方臘等，也都決定在學校過年，所以現在就是圍爐地點的問題了。地方小了肯定不行，在食堂的話太沒氣氛，大禮堂又太過嚴肅，最後還是成吉思汗提議，不如就在草地上開篝火晚會。

他這想法一提出來就引起了大家的興趣，很多人立刻著手張羅烤架和柴火去了，於是我把地方定在舊校區草坪上，在前頭搭了一個十米見方的大舞臺，從老鄉們手裡買了五十隻羊預備著，酒一車一車從杜興的作坊裡拉過來，幫著忙活的還有宋清和小六子他們。

新年是中國人最重要的一個節日，很多人都送來禮物，陳可嬌送來……一個花瓶。古爺給育才上上下下的職員每人都封了一個大紅包，這只是明面上的，實際上給我的那些客戶們還準備了豐厚的禮物。

自從老爺子知道實情以後，經常來育才閒逛，別看老頭在一般人面前氣派十足，但想法還是很傳統，總覺得在這些人跟前自己是小輩，簡直有點溜鬚拍馬的意思。

金少炎則更乾脆，不管是員工還是學生，給每人發的是真槍實彈的票子！

等一過傍晚七點，人們開始慢慢聚集起來，不用半個小時，幾十個烤架就都圍滿了人，好漢們、三百、寫字的畫畫的、大夫們都到了。還有那幾位皇帝，李世民他們藉口朱元璋最年輕，早早就把他擠兌出去，占了一個離舞臺最近的烤架。

我看看羊肉和酒都到位了，時間也正好，就示意今晚的主持秀秀可以開始了。

秀秀盯著底下看了一眼，低聲問我：「一會兒名字什麼的該怎麼說啊？」

我跟秀秀說：「沒事，該怎麼說怎麼說吧。」

秀秀拉上另一個主持毛遂上了舞臺，毛遂眼望前方，精神飽滿，朗聲道：

「朋友們，值此新春佳節，廣大的育才同仁歡聚一堂……」

秀秀有點緊張，畢竟下面全是歷代名流，一時情急說起了英文：「ladys and gentleman……」

我叫道：「不用雙語主持，咱這晚會不打算在全國轉播。」

秀秀臉一紅，不過也放鬆了很多。

這時毛遂說到「我們這些人裡，有……」秀秀急忙一拉他，毛遂會意，趕緊轉折道：

「下面，有請蕭校長給大家講話。」

我哭喪著臉站起來道：「怎麼又講話啊？」

眾人都笑：「說兩句說兩句。」

我攤手道：「我說什麼你們才能覺得痛快呢，在座的各位裡大部分也不指望漲工資……反正今天是個好日子——沒有不知道過年的吧？」

眾人笑：「沒有。」

我邊坐下邊說：「那行，那就過年吧。」

本來還想讓顏景生說幾句呢，結果這小子被徐得龍他們拉到下面吃烤羊腿去了。我再左右一踅摸，包子也坐到最近的人堆裡喝酒吃肉去了，一邊回頭看我，嘿嘿壞笑。

我踹了一腳桌子，忿忿道：「這是他媽誰出的主意，把老子一個人晾起來了。」我轉臉討好地跟李世民他們那一攤的人說：「陛下們，要不你們過來這兒坐？這是領導席。」

李世民笑道：「不去，那烤不上火。」我不管三七二十一，一屁股擠在他們中間。

張清在下面喊：「有節目的趕緊上吧。」

毛遂接著說：「那麼下面就請上第一個節目：大合唱，《好漢歌》，表演者，梁山眾好漢。」

好漢們扯開破鑼嗓子：「大河向東流哇——」

底下眾人絕倒，太難聽了！

這時毛遂看了一眼節目表道：「現在，我們來點精彩節目吧。」

我湊到顏景生跟前小聲問：「你沒請跳脫衣舞的吧？」

好漢們頓時不樂意了，大聲抗議：「合著我們剛才那是暖場時間啊？」

毛遂退在一邊，秀秀報幕道：「下面請欣賞小品《賣拐》，表演者，荊軻、李師師、劉邦。」

臺下頓時掌聲雷動，二傻和李師師走上臺，坐在一張長椅上，劉邦騎著一輛破自行車晃晃悠悠從倆人面前路過，二傻坐在椅子上，面帶微笑神色安詳，劉邦都快騎到臺下去了，二傻也不說話。劉邦用腳支住地，忍不住催道：「喂，該你說詞了！」看的人頓時愕然。

二傻忽然指著劉邦道：「腦袋大脖子粗，不是皇帝就伙夫。」

李世民噗嗤一聲笑了出來，看看另外三，巧的是，這三位還真都符合腦袋大脖子粗這一條。下面的人們早就笑倒成一片，李師師也被二傻搞得忘了詞，趴在他肩膀上一個勁笑。

整個表演就在他前言不搭後語的情形下完成，人們笑得前仰後合，劉邦說了幾次詞都被攪和回去，氣得鼻眼歪斜，最後就要騎著自行車下去，眾人一起喊：「把車留下！」

二傻：「要啥自行車啊？」

劉邦氣道：「就這句臺詞你說對了。」……

接著是三百表演的街舞，其實就是把一般的武術動作美化了一下，不過三百人一起做地板旋轉動作，那場面還是很震撼人的，完全可以拿到奧運開幕式上去，包子也如願以償地看到了把腦袋支在地上轉圈圈的盛況。

這個節目完了，我忽然接到一個電話，遠在咸陽挖掘現場的秦始皇要給我們視頻拜年，李師師不一會接通了秦始皇的視頻，就見他身後是一個大型會場，身邊的人行色匆匆，看來過年也不得閒。我們本來希望胖子能回來過年的，但是秦陵二號工程正進展到最關鍵的時候，秦始皇終究是沒能回來。

嬴胖子面帶微笑，衝我們招手道：「人不少捏，新年快樂。」

包子劉邦和李師師都過來跟他打招呼，一個頭戴安全帽的工程師走到秦始皇跟前說：「嬴工，三號牆牆體已經露出來了。」

秦始皇看了我們一眼說：「餓（我）過幾天就回氣（去）。」

這時候，正是篝火正旺酒肉飄香的時候，毛遂已經被好漢們拽住灌了一通，這會和秀秀再次走上臺來，一手拿著根羊腿，一手拿著麥克風，他把羊腿支在嘴上說：「下面請欣賞瑤琴獨奏，《朋友》，由俞伯牙為大家表演。」說完往臺下走的時候，把另一隻手的麥克風啃了兩口。

大家失笑之餘都奇怪：不是不讓幹老本行麼，怎麼俞伯牙還彈琴？

臺上這會已經擺好了琴桌，琴旁邊插著一個麥克風，只見俞伯牙款款走上來，衝眾人施了一禮，然後坐在琴前，熟悉的韻律響起，俞伯牙忽然湊到麥克風前吼唱了起來：「朋友啊，你可曾想起了我，如果你正享受幸福，請你忘記我……」

俞伯牙唱完一曲要下去，李白起身道：「老俞啊，把你當年那首《高山流水》也給我們彈一遍吧。」顏真卿柳公權他們頓時紛紛應和，鍾子期一死，這曲已成絕唱。

俞伯牙抱歉道：「知音難覓，我已經立誓不再彈此曲。」

李白道：「你怎麼知道在座的人裡沒有你的知音？」

俞伯牙想了想，遂坐下道：「那我今天就破例一次。」他手往琴上一放還沒等彈，琴弦就斷了好幾根，俞伯牙駭然道：「有沒有搞錯，知音這麼多？」

這會毛遂已經把半個麥克風啃出電線來了，還說：「這腿筋真多呀！」

秀秀只好一個人上臺，道：「下面一個節目，可能不少人都看過了，但是我還是要隆重介紹一下這兩位演員，有請關羽和周倉！」

二爺的場誰敢不捧？頓時一片掌聲。

二爺和周倉走上臺，兩人也不多說，二爺左邊周倉右邊，二爺說：「相聲講究說學逗唱。」

周倉：「誒。」

二爺：「這說就不容易。」

周倉：「哦？」……

原來兩人說起相聲來了！

等二爺說到「他那個脾氣管什麼朝代啊」所有人都樂不可支起來：《關公戰秦瓊》啊！這二爺也不知道是怎麼聽說這段子的。

二爺他們下去，秀秀帶笑上臺，跟觀眾們說：「表演這個節目的演員說，謹以此段相聲向還沒見過面的秦瓊秦叔寶致敬，有機會的話，希望真的能相互學習。」

李世民忙站起朝關羽點點頭，表示領情。

秀秀繼續報幕：「下面請聽四人合唱《我真的還想再活五百年》，表演者：李世民、趙匡胤、鐵木真、朱元璋。」

眾人：「呃……」這不是搗亂嗎，李世民再活五百年還有趙匡胤嗎?!

後面的節目有好有差，不過大家又不是為看表演，這其實就是一個朋友聚會，眾人不停笑鬧勸酒，包子興奮得不行，一沒留神把她身邊的人都放倒了，她靠在我肩膀上，慨然道：「以後要是天天能這樣該多好啊。」

後面最精彩的節目名叫《神筆馬良》，是由閻立本、張擇端和吳道子合作一幅畫，畫中人面貌兇惡，手持兩把大斧，正是梁山好漢黑旋風李逵，然後王羲之他們分別題字。

那畫和字固然是惟妙惟肖，挺拔俊秀，不過下面很多人並不精於此道，看了一會也就沒什麼興趣了，想不到忽然間，先是那些字化成蝴蝶飛走，緊接著是李逵一聲斷喝破紙而出，這一下可讓我們嚇了一大跳，愣了一會後都大力鼓掌。

其實這個只要事前把紙上刻好印兒就成，難得的是最後的那個爆點，比起大衛魔術來也絲毫不差。

劉邦的小姘鳳鳳也來了，還登臺唱了一首《女子當自強》，唱得雖然一般，可大家為了捧花木蘭的場，還是賣力地拍手。

當時鐘敲過十二下，頓時炮聲大作，直映得半邊天都是紅彤彤的，大家不管彼此熟不熟，都互道祝福，熱鬧了好一陣之後，這才漸漸恢復秩序。

那天我們一直鬧到太陽照常升起。

十二點敲鐘那會，我心中期盼有項羽的電話，結果遲遲未來。這個年最讓我揪心的事就是沒等到他的電話。不知道在這個萬家團圓的日子他在哪裡，甚至不知道他……是死是活。

整個正月過得很快，歡樂的日子就是這樣，我的客戶們每天都在胡吃海塞中度過，只有扁鵲和華佗，兩人穿著白袍，沒日沒夜地待在實驗室裡，除了必要的吃睡，足不出戶，他們在研究一種抗癌的中藥，但從兩人表情上看，進度緩慢。

混吃等死的日子轉眼就過，等孩子們再次全面復課的時候已經是春暖花開了，我的心情也一天一天沉重起來：五人組的日子不多了。

這段時間，包子每天纏著這個磨著那個要他們給她講故事，而我最怕的那一天還是來了：去年的今天，二傻在劉老六的帶領下來到我的當鋪，也就是說，十二點以前他就要離開我們了。

早就掐著日子的李師師和劉邦從昨天開始就沉默不語，花木蘭和吳三桂跟二傻日久情生，也都神傷不已。

這天早上，荊軻像以往一樣起來，從他臉上看不出任何表情，傻子就這點好，好像任何事都影響不了他的心情，二傻還樂呵呵地跟我說：「我想坐著車四處轉轉。」

「你想去哪？」

「隨便。」

李師師黯然道：「我跟你們一起去。」

我奇怪地說：「你不陪金少炎了？」

金少炎這段時間確實有大部分時間在陪著李師師——只是大部分時間而已，我一直以為他會抽出一切時間黏在李師師身邊，但是沒有，他是抽出一切時間在處理公司的事務，連吃飯和睡覺的時間都是精打細算出來的，我不知道他這麼做是什麼意思，但是李師師於他絕不是一個可有可無的女人，兩個人之間有點說不清道不明的神秘。

李師師勉強笑道：「一天的時間總還是有的，少炎今天飛到上海去了。」

二傻看看劉邦和花木蘭他們，說：「好了，你們不要去，就我們三個。」

我拍拍劉邦肩膀說：「你好好陪陪鳳鳳，她其實是個好女人。」

劉邦笑得很難看：「那還用你說！可是……」

二傻轉身走向車子：「快點吧，就這樣了。」

包子對這一切並不知情，她一早去育才了。

二傻坐在我旁邊，我緩緩發動車，在繁華的路上慢慢開著。

我問二傻：「為什麼不去看看小趙？」

二傻以他經典的四十五度角仰視天空，說了一句莫名其妙的話：「他知道。」然後看著前方說道：「前面往左。」

往左就出了三環，在每一個路口他都很隨意地讓我拐彎，傻子今天有點高深。

沒過一會兒我們就走在一條荒徑上，二傻沒再說話，悠閒地看著路邊的風景，我也不知道他到底要去什麼地方，只能這樣開著。

我忽然想，傻子不會是要我帶著他亡命天涯躲避劉老六吧？之所以帶上李師師，是因為她的日子也快到了？說實話，我倒真願意這樣。真的，為了二傻，為了五人組，只要我能做的我都願意！

這時，我發現一輛車跟在我們後面，剛才沒注意，現在到了土路上格外顯眼，它應該是跟了我們一段時間了，它開始有意無意地別我的車頭。

我把車停在路邊，那車果然也停了。我剛要下去，二傻忽然一攔我：「我去。」不等我說話，他就打開車門走了出去。

從前面那輛車裡出來一個頭戴棒球帽的高個兒，快步走向駕駛座上的我，忽然從懷裡掏出一把槍來……

是古德白！這小子沒死！

當古德白看到擋在他面前的二傻時，眉頭皺了皺，毫不猶豫地朝他開了一槍，二傻的身子微微顫了顫，他背對著我，我看不清子彈擊中了他什麼地方，但是他還是一拳打在古德白的臉上，古德白則衝二傻補了一槍。

從二傻背心的位置射出一股血，就噴在我前面的玻璃上，子彈穿透了他的身體，二傻搖了搖，轟然倒地。

這一刻，我喊不出來，也叫不出來，就好像身在夢魘中……

古德白手裡拿著加了消音器的手槍，默默地走到我前面，他的眼裡全是怨毒，我面無表情地看著他。

他無聲地開火了，一槍，兩槍，三槍……子彈在玻璃上激起的火花在我們之間飛濺，古德白開著槍，直到子彈全部打光，他的眼裡才出現一絲疑惑，手指仍然機械地扣著扳機。

子彈射光後，他好像也失去了理智，除了不停扣動扳機外，整個人就一動不動地站著，我伸手提起我的板磚包，打開車門走了出去，然後一磚把他拍倒，再然後一磚，兩磚，三磚，直到古德白的頭頂被我打成一團絮狀物，回過神來的李師師才驚叫著跑出來拉住了我。

我跑到二傻身邊把他抱在懷裡，發現他居然還睜著眼，除了手腳無力外，表情還很輕鬆，一點也不像中了槍的人，我大喊大叫著把他抱進車裡，不停呼喚著他的名字：「軻子，挺住，我們這就去醫院！」

李師師喊道：「他有話說！」

我連滾帶爬來到後面，抱起他的頭把耳朵支在他嘴上，二傻眼裡漸漸失去神采，喃喃道：「我……本來就要走了，我想回育才。」

我抹著眼淚跑上駕駛座，把油門踩到底往育才飛趕，剛走沒一會，就聽到李師師停止了抽噎，用平靜的聲音說：「表哥，荊大哥走了……」

我使勁按住方向盤，擺手示意她不要說話，然後把車開到了育才。

育才裡還是一如既往地平靜和祥和，充滿了孩子的笑聲和朗朗的讀書聲，我開著車衝進舊校區，從車上把二傻抱出來，跑進一間大教室，李師師邊跑邊叫：「安道全呢，扁鵲呢，華神醫呢？」

眾人見到渾身血淋淋的二傻一起圍了上來，不斷有人問出什麼事了，三位醫生很快就趕來，他們都是見過無數生死的人，一看就知道人已經沒有搶救的必要，但還是圍著二傻的屍體不肯離開，我把他們趕在一邊，靜靜說：「你們讓他也安靜一會吧。」

李師師哭著把經過跟大家都說了，吳用嘆息著說：「作為一個刺客，他可能已經發現古德白的蹤跡了，所以才故意把他引出來，然後和他拼個同歸於盡。」

這時教室的門猛然被人撞開，包子跌跌撞撞地衝進來，急聲道：「軻子怎麼了？」當她看到放在桌上的二傻時，頓時就急了，撲在他跟前大聲道：「這到底是怎麼了，為什麼還不送醫院？」

見沒人理她，包子瘋了一樣拉住她身邊每一個人問：「這到底是怎麼了？」

扈三娘摟住包子的肩膀道：「不要太難過了，本來他也是會在今天走的，我們……跟他一樣。」

李師師擦著眼淚拉住包子的手說：「是啊表嫂，我也要走了……就在後天。」

包子愣了一下，死死抓著李師師的手大聲問：「你們去哪？」

李師師黯然搖頭。

包子衝到我跟前，拉住我的手拼命搖著：「什麼叫他們要走了？他們要去哪？」見我不說話，包子開始更大力地搖我，「你說話呀——」

我粗暴地把她推開，狂叫：「不要再問老子了！他們每人只有一年的命！」

包子呆了好半天，忽然就像個丟了玩具的孩子一樣坐在地上大哭起來，她邊哭邊執拗地瞪著我，好像是我只給了大家一年的命似的。

門開了一條縫，劉老六不緊不慢地走進來，自言自語道：「不是還沒到時間嗎，為什麼我會收到荊軻的回歸信號？」

他看了一眼二傻的傷口，想問我們什麼，但看看我們的臉色，急忙閉了嘴，掐指一算，眼望著天道：「原來他是這麼死的，可嘆。」

我一把拉住劉老六的胳膊叫道：「還有沒有辦法通融，只要軻子不死，要我幹什麼都行！再說我不是神仙嗎，幾百年的壽命還是有的吧，我給這裡每個人分個三十年二十年也行啊！」

劉老六甩開我的手，嘆道：「你以為這是什麼，天道輪迴，這是神仙都得遵守的法則，我也願意違規幫你，但是我真的沒有那個力量——我要帶他走了。」

劉老六說著張開手掌，一道淡淡的光便從他手掌裡散出來罩住二傻的屍體，二傻在這道光芒中漸漸變模糊，最後慢慢憑空消失。

我傷感道：「最後說幾句話都不行麼？」

劉老六道：「死了就是死了，沒辦法。再說，你們就這麼看不開麼？一年之後，這裡所有人都走了，再過個三十年五十年，普通人又何嘗沒這一天？」

眾人都若有所悟，李世民面色死灰道：「想不到一年之間兩次看透生死，現在就算白給個皇帝我也不做了。」

劉老六瞟了他一眼道：「是真的才好！」

劉老六走後，不知過了多長時間，屋裡的人開始緩過神來，正如李世民所說，他們全都是經歷過生死的人，要看得開的多。

我攙起地上的包子，還沒等說什麼，包子忽然緊緊抱住李師師，央求道：「小楠，你不要走！」

李師師淡笑道：「劉仙人不是說了麼，誰都有這一天，倒是嬴大哥……明天就該他了。」

眾人都是悚然一驚，秦始皇還在秦陵的挖掘現場呢，如果不抓緊時間，就意味著我們連他最後一面也見不上了。

這時我的電話響了起來，我接起一聽，裡面一個聲音笑呵呵地說：「小強，絲餓（是我）。」

我叫道：「嬴哥！」

眾人立刻圍了上來，這時劉邦從門外闖進來，一把搶過電話大聲道：「胖子，就剩一天時間了，你要不回來跟我們見一面，就太說不過去了吧？要是這樣，下輩子朋友都沒得做！」

看得出劉邦很激動，第一次說出這樣動情的話來。

秦始皇呵呵笑道：「包（不要）扯了嗷，你搶了餓（我）滴天哈（下）餓都抹油社撒

（沒有說啥）麼。」

劉邦臉色大變，踉蹌了兩步道：「你……都知道了？」

「早都知道咧，你以為餓絲掛皮捏？」

劉邦：「我……」

「好咧好咧，包社這些咧，看樣子餓絲回不氣（去）咧，給大家帶好。」

我急道：「嬴哥你真不回來了？」

「哎，剩最後些兒活，不能爛為（尾），歪（那）你讓掛皮給餓社兩句。」

我知道秦始皇嘴裡的掛皮是指荊軻，我一時無措，喃喃道：「軻子……他已經走了。」

電話那邊久久沒有聲音，我忙問了一聲，秦始皇淡然道：「哦……餓摸四（沒事），呵，餓還欠他三敗（百）塊錢捏……」

李師師再也忍不住了，哭了一聲喊道：「嬴大哥！」

秦始皇勉強笑道：「呵，掛（傻）女子，問包子好，好咧，不社咧。」

電話斷了，等我們再打過去已經沒人接了，看來嬴胖子一方面懷念二傻，一方面感傷自己，只想安靜地做完最後一點工作然後離開，也許這樣也好。

過了難熬的這又一天，我們平靜地在異地送別了秦始皇。

接下來就該李師師了。包子這兩天一刻不離地跟著李師師，吃飯、睡覺、甚至是上廁所，生怕李師師忽然就不見了，吳三桂和花木蘭也都沉浸在悲傷中，整天不說一句話，家裡氣氛非常壓抑。

讓我奇怪的是，金少炎居然在這個時候不出現了，我不知道他是不是在害怕什麼。分別的日子還是到了，包子已經學會比較平靜地面對這一切，這天她擺上一桌酒菜，五人組裡只剩下孤零零的劉邦相送，我們坐在一起，默默無語，但這畢竟好過讓李師師一個人靜悄悄地走。

這時門鈴大響，門外的人似乎是怕我們聽不見，又使勁敲著門，我打開門一看，金少炎風塵僕僕地站在那裡，他比以前瘦了很多。

李師師站起來，微微笑道：「我以為你不來送我了呢。」她掩飾得很好，好像真的沒有激動一樣，但從她離座而起的速度就能感覺到她的期盼了。

金少炎一步跨到李師師跟前，抓著她的肩膀，狂熱而急切地說：「師師，我已經做好一切安排，以後什麼都不用我擔心了，你帶我走吧——」

金少炎雙目通紅，衣衫凌亂，這跟我第一次見到的那個永遠波瀾不驚的風流紈褲還是一個人嗎？

金少炎掏出一把鋒利的匕首頂在自己脖子上，解脫似的說：「我們一起走！」

如此猝不及防，我們都被嚇了一跳，但是以我們跟他的距離，想要救他已經來不及了。

這時李師師也不敢有任何大動作，我敢肯定她只要有絲毫試圖阻止的行為，金少炎就會搶先動手，李師師極力裝做平靜的樣子，一隻手搭在金少炎肩上，柔聲道：「別傻了，你死了，你父母怎麼辦，你想過你的奶奶嗎？」

金少炎一滯，隨即馬上道：「我都做好安排，他們有生之年不會知道我的事。」

李師師口氣轉硬，失望道：「金少炎，不要做懦夫，讓我瞧不起你。」

金少炎絲毫不為所動，淡笑道：「師師，你不用激我了。」

李師師終於黯然神傷道：「我是個自私的女人，說真的，如果你跟我一起走我們就能在一起的話，我實在不知道有沒有勇氣阻止你，可是少炎——你這樣死掉解決不了任何問題，我們還是無法在一起。」

金少炎的眼淚在眼眶裡打轉，身子也劇烈顫抖起來，李師師溫柔地摸著他的臉龐，下了很大決心毅然道：「好好想我一年，然後把我忘了！」

她接過金少炎手裡的刀扔在一邊，就那麼靠進他的懷裡，然後慢慢的消失了，在最後幾秒，李師師衝我們回眸一笑：「謝謝你們，認識你們真好。」

包子和金少炎一邊一個放聲大哭。

五人組來的時候是前後腳，走的時候當然也不能例外，項羽和劉邦是同一天來的，說實話我有點感激這個同一天，再這麼一個一個鈍刀子拉肉，人真的會瘋掉。

到了日子，劉邦倒是滿開心，一早就吹著口哨上樓下樓，還跟我們說：「老子想過了，下輩子還弄個皇帝當，什麼看破生死，狗屁！」說著唱了起來，「心若在，夢就在，大不了從頭再來——」

我們正悲傷著呢，他這一嗓子狼嚎把我們氣得七竅生煙，頓時數件杯盞飛到，但總算是悲戚稍減，我問他：「誒，一直沒問你，你怎麼跟鳳鳳說的？」

劉邦道：「老子說又看上別的女人了，讓她滾蛋。」末了還是忍不住黯然道：「讓她恨我總比要死要活強。」

這一點我很佩服劉邦，無毒不丈夫，做事乾脆決絕，比起那種淒淒哀哀的分別，這確實是一個好辦法。

劉邦道：「對了小強，以後買名牌千萬去專賣店，外面全是我鼓搗出來的假貨——不過要有大買賣別忘了照顧鳳鳳。」

我笑道：「行了，狗日的！」

這時電話突然響起，我一看是個陌生號碼，剛打算關掉，劉邦悠悠道：「接吧，八成是我那冤家還沒死。」

我心一動，急忙接起，項羽疲憊的聲音傳了過來：「小強，是不是以為我死了，呵呵。」

我心口一酸，罵道：「羽哥？你個混蛋！」我真的以為項羽跑到哪個懸崖邊上殉情去了。

項羽笑了兩聲道：「敢跟你祖宗這麼說話——師師他們都走了嗎？」

「嗯……你現在在哪？」

「……我也不知道，好像是牧區邊上，我已經去過垓下了，小強，這段時間我很幸福，真的，其實我不該一直把找阿虞掛在嘴上，我發現，只要你用心想一個人，就和她在一起沒什麼分別。」

劉邦搶過電話道：「別扯淡了，你怎麼不當詩人去？」

項羽笑道：「劉小三兒，你還欠老子兩條命呢。」

「更扯了，你殺了老子幾萬人，老子也殺了你幾萬人，為什麼只說兩條，就你和虞姬的命值錢是吧？你這樣不行啊，打仗再猛，搶天下永遠是輸，下輩子咱倆再鬥鬥？」

項羽笑：「再鬥鬥！」

包子接過電話，遲疑道：「那個……我該怎麼稱呼您來著？」

項羽大笑起來：「乖，還叫大個兒吧。」

吳三桂道：「項老弟，保重了。」

項羽傷感道：「也沒什麼保重不保重了，我感覺最對不起的就是小黑了，好像真的有預感一樣，牠已經好幾天不吃東西了。」

花木蘭哽咽道：「項大哥……」

項羽正色道：「花丫頭啊，我跟你說，別看推演兵法我老輸，但真打起來你未必行，我帶五百人照樣破你五千兵馬。」

花木蘭梨花帶雨道：「你就吹吧！」

項羽嘆了口氣道：「可惜沒機會給你示範了。」

劉邦喊道：「別廢話了，走吧。」

我們一抬頭，他已經慢慢消失了，隨即，項羽那邊也沒了聲音……

五人組走後，家裡驟然冷清了很多，幸好還有花木蘭跟吳三桂陪著包子，但是她已經不大敢去育才了，包子是見不得訣別的那種人。

但我不一樣，每一個客戶要走，我必須到場。接下來到日子的就是好漢們了。

這天好漢們吃過晚飯，就在舊校區的院裡聚齊，一個個神態輕鬆，像是一支要去旅行的旅行團。

這也是人多的好處，至少他們走得不寂寞，前來相送的當然少不了花榮和方鎮江，別的客戶也來了不少，湊在一起說說笑笑的，好像真的是在等導遊一樣。

徐得龍開始並沒注意到，後來才發現點不對勁，問我說：「他們這是要幹什麼去？」

張清遠遠地說：「徐校尉啊，我們要走了。」

徐得龍詫異道：「你們……不是比我們還後到嗎？」

吳用拉著徐得龍的手笑道：「對不住啊徐校尉，在陰間我們看似沒爭過你們，其實還是比你們先來，你們跟小強見面那天，我們都已經在海南玩了十幾天了。」

徐得龍先是愕然，繼而跺腳腳：「我非找劉老六算帳去不可！」

盧俊義道：「對岳家軍我們是很佩服的，可是老哥哥也要給你們一句建議，做人嘛，要懂得變通。當然了，認真也有認真的好處，現在不就體現出來了麼？」

徐得龍勉強一笑：「這未必是什麼好處，我們倒寧願走在各位前面，好過見這分別的場面。」

林沖拍了拍他肩膀，溫言道：「嚴格的說，咱們都是軍人，這生生死死的見得還少嗎？現在總算兄弟們都在一起，走也走得安心。」

董平端著一杯黑水來到我跟前給我，我說：「我不愛喝咖啡。」

董平氣道：「這是我養的魚！你幫我好好照看著。」

我只好接過來，喃喃道：「也不知道牠們會不會絕食追隨你而去。」

好漢們三三倆倆地湊在一起，表面上看去雖然是若無其事，但誰都明白這只不過是強顏歡笑罷了。

轉世武松一個勁說：「應該我結了婚你們再走的……」

秀秀依偎在花榮身上，淚光瑩然，一句話也說不出來。

第八章

前世因果

「每個人每個朝代都是因果關係，

現在，人界軸倒了以後，所有的朝代都是平行的了，

沒有因果關係之後，就意味著你只要阻止重大歷史事件發生改變就行，

至於這些事件中的連接點和相關人物你可以忽視。」

這時，五條身影快速地穿過人群來到近前，是方臘帶著四大天王趕到了。

方臘抓著盧俊義的手說：「我和兄弟們矛盾了半天，最後還是決定來送送你們。」

盧俊義握著方臘的手良久無語，最後欲言又止地說：「方老弟，呵呵……」

方臘道：「就像你說的那樣，下輩子我們再做敵人吧。」這句話一語雙關，下輩子再做敵人，那是豪傑之間的約定，更重要的意思是：這輩子我們做過朋友。

盧俊義笑道：「其實做兄弟也行啊。」

方臘豪爽道：「對，不做敵人就做兄弟，反正還得一起折騰！」

厲天閏問張清：「老張，還恨我嗎？」

張清忿忿道：「恨，怎麼不恨，老子恨不得把你一起帶走算了，可又可憐你女兒，最主要的老子得讓你活著繼續受你老婆的管——一天五塊錢零花，哈哈哈哈。」

厲天閏瞪了一眼張清，罵道：「現在換老子恨你了！」

兩人忽然同時狠狠抱住對方，互道珍重，一笑泯恩仇。

這時正是傍晚時分，還在舊校區住的程豐收他們吃過飯都待在自己屋子裡，誰也沒有注意到我們這幫人，吳用扶扶眼鏡，往樓上亮燈的宿舍看了一眼，嘆氣道：

「還真想跟老程老段他們打個招呼，這些日子下來，他們跟自家兄弟也沒什麼分別，小強，我看你還是找個機會跟他們實話說了吧，注意循序漸進就行了，他們以後都得留在育才幹，你的事情只怕瞞不過他們。」

我點點頭道：「哥哥們保重吧，別為我的事操心了。」

好漢們紛紛轉向我，忽然都不說話了。

盧俊義回頭跟大夥說：「咱們這次總算還是沒白來，多收了一個兄弟，小強記住，你是我們梁山第一百零九條好漢……」

我接口道：「忘不了，天煞孤星嘛。就是還沒個綽號，」

朱貴笑道：「小強功夫稀鬆，可是到哪都吃不了虧，我看就叫『打不死』吧。」

眾人轟然道：「好名字！」

我無語，你們一個個的不是叫黑旋風入雲龍就是小李廣小溫侯，怎麼我的名號卻只能讓人聯想到某種討厭的蟲子呢！

這會兒時間已經差不多了，好漢們呼朋喚友地把分散在各個角落裡的同伴喊過來站在一起，安道全依依不捨地作別扁鵲和華佗，來到眾人中間。

我見大家都面帶惻然，大聲說：「咱們青山不改綠水長流，日後江湖相見……」我說到這裡縮了縮脖子，「我怎麼感覺好像少了點什麼呢？」

扈三娘一個箭步衝出來，把我腦袋夾在她胳肢窩裡用拳頭擰我頭皮，我委屈道：「每回都不讓人說完……」

好漢們大笑，慢慢的消失在我們視線中。

沒過幾天，徐得龍他們該走了，凌晨一點的時候，戰士們從各自的宿舍慢慢走出，在校園裡集合，他們背上背著捆成四方的行囊，那裡面裝的是他們來時的兵衣和皮甲，手裡帶著各自的武器，這也是我特意囑咐的，這些東西我可不敢再留下來了。

三百人戀戀不捨地在學校裡看著，還真有點老兵退伍前的意思，凌晨一點半，徐得龍開始整隊，隊伍集結完後，徐得龍大聲道：

「戰士們，這一生我們光榮地成為了岳飛元帥的背嵬軍，作為軍人，我們勇敢、無畏，曾經戰無不克攻無不勝，是整個岳家軍的軍魂和旗幟，我們擁有著無上的榮譽——」

他話鋒一轉道：「但是作為普通人，你們都是我的弟弟，我更願意你們來世投在和平年代，擁有自己的生活。」

我詫異地看著他，我以為他會說什麼「願意生生世世追隨岳元帥」的話呢。

徐得龍看了我一眼小聲道：「這也是岳元帥的意思。」

看看，我就說嘛！

「現在——」徐得龍大聲道：「全體，解散！」

這最後一道命令一下，三百居然沒有一個人像平時那樣散開，不約而同地挺直了身子，像三百桿標槍一樣插在地上。

徐得龍朝他們輕輕一笑道：「解散吧，相互說說話，或許下輩子我們還能再見。」

李靜水和魏鐵柱猶豫了一下，這才一起來到我面前，說：「蕭大哥，真捨不得你呀。」

在所有的客戶裡，只有這些小戰士一直管我叫蕭大哥，這種特別的情誼不是外人能夠理解的，我笑道：「我也捨不得你們呀。」

魏鐵柱道：「那你跟我們一起走吧？」

李靜水狠狠鑿他一個腦殼：「說什麼呢！」

在一片笑聲中，三百一起跟我揮手告別。

土匪和岳家軍走後不久，李白也到了日子，老頭抓緊最後一點時間喝了個痛快，醉醺醺地盤腿坐在地上衝我們揮手作別，這位詩仙到育才一年間報銷了我一噸酒，算算這該是多少首詩了?!

李世民上前道：「在這我就叫你一聲太白兄吧，世民給你個建議，下輩子選個實用的專業，把寫詩當成業餘愛好，保你不管在哪都得到重用。」

來送李白的文豪聽了李世民的話，紛紛喊：「別胡給建議，出個詩仙容易嗎？」

李白醉眼朦朧，苦惱道：「陛下這話也不錯，該寫的詩都已經讓我給寫完了，哎……」他一聲長嘆之後，好像忽然福至心靈，眼睛一亮，張口誦道：「噫吁嚱！」

大家知道他這是來了靈感了，都情不自禁地上前幾步，更是把耳朵豎得老高。但是李白剛想往下念就離開了我們，給我們留下的最後的作品就是「噫吁嚱」三個字，這不得不說是中國詩歌史上最慘重的損失。

這天，我正一個人靠在沙發裡抽菸，經歷了這麼多場分別，並不能像傳說中的那樣變得麻木起來，相反，心在嘩嘩流血——我總感覺他們並沒有離開我，一閉上眼，彷彿就看見秦始皇抱著他的遊戲機，二傻把收音機捂在耳朵上，李師師像小妹妹一樣依賴著哥哥們，而項羽則落寞地一個人走著，對誰都愛理不理，然後他們一起看著在門口曬太陽的我放聲大笑……

我正沉浸在傷感的情緒裡，忽然聽到有人敲門，我心一動，一個箭步躥到門口，猛地打開。門外，劉老六和何天竇並排站在我面前，頓時詫異道：「你們兩個什麼時候搞到一起了？」

何天竇和劉老六怎麼會一起出現在我面前？這兩個人，或說這兩個神，他們好像應該不共戴天才對呀。

劉老六表情凝重地走進屋裡，拿起桌上的菸盒抽出根菸叼在嘴上，何天竇坐在他對面，也是一語不發。

我坐在沙發上，翹著二郎腿道：「說吧，你們倆是怎麼勾兌到一塊的？」

兩人相互看了一眼，何天竇衝劉老六微微點了點頭，表示先由自己來說。

何天竇正色道：「我們倆的關係不是最重要的，雖然時間不多了，但我還是得把前因後果跟你說明白。小強，你知道我是誰麼？」

我說：「我只知道你當過神仙。」

何天竇忽然問了我一個很奇怪的問題，「在認識我們之前，你相信這個世界有神仙嗎？」

我乾脆地說：「不信。」

何天竇道：「不信就對了，從某種意義上說，這個世界確實沒有神仙，也不應該有神仙。」

「什麼意思？」

「在你們眼裡，神好像是高高在上可以主宰一切的，其實不是，天庭和人間就像兩個國家，必要的聯繫會有一點，但本質上還是各過各的，不管什麼目的，神仙下凡這本身就是一件很犯忌諱的事情。」

我呆呆道：「這又是為什麼？」

劉老六插口道：「你想過沒有，如果神仙可以隨便下凡，固然有些神是抱著伸張正義、鋤強扶弱的目的來的，可也免不了有那一味貪圖享受的，在人間他們完全可以翻手為雲，覆手為雨，他們要想當皇帝那簡直太容易不過，而且這還是真正的萬世帝業，就算他們殘暴無道也沒有人能反抗得了──當然，我們神仙大多素質很高，不會做出這種事情，但保不準……」

何天竇接口道：「劉老六的意思是：要想讓神仙不下凡，光靠自覺是不行的，所以天庭給通向人間的入口加了很厲害的封印；而且明文規定，如有特殊情況需下界者，必須經過政府六十九個部門的審核，十三位官員乃至更多人的面試，最後還有最重要的一條：下界以後不得使用法力，雖然下界的神仙也不會有多少法力可使用，我們會把他的法力都收走，還要重重檢查。」

我不耐煩道：「你們跟我說這麼多究竟是什麼意思？」

「說這些就是要讓你明白，天界和人界是兩個完全獨立的世界，絕對不應該有接觸，誰也不能騷擾誰，神仙並不是萬能的。」

說到這裡，何天竇忽然無比鄭重起來，他加重語氣說，「因為在人界和天界之上，還有一種力量叫天道！」

我急忙坐正道：「呀，這個我感興趣。」

何天竇不理我，繼續說：「天道於我們，就跟神仙和人是一樣的，它似有似無，能力凌駕在我們之上，卻又跟我們相對無擾。而天道的作用就是監督天人兩界的平衡，只要一有神仙下界，天道也隨之覺醒，一但有神仙犯下忤逆的罪行，天道會連整個天界一起懲罰！」

我興奮道：「那你和劉老六跑下來做什麼？」

何天竇苦笑道：「這就又該說回到我身上了，我的具體身分是掌管人界軸的神仙，我不隸屬於天庭任何部門。」

我知道重點到了，忙問：「什麼是人界軸？」

「人界軸其實就是人間的一舉一動，大到朝代更迭，小到每一個百姓的喜怒哀樂，都能在上面反應出來，掌管人界軸的神仙被稱為天官，他並不能由別人任命也不能由眾人選舉，而是根據天道的某些指示從眾神中尋找出來的……」

我說：「我明白了，把天界比做人界的話，你相當於天庭的神職人員！」

何天竇哭笑不得道：「我這神中神其實並沒有什麼實權，但地位真的很高，我是完全可以和整個天庭——也就是天界政府相提並論的人。」

「嗯嗯，相當於教皇和國王這哥倆。那你每天對著人界軸都幹什麼呢？」想到這，我忽然寒了一個，照何天竇說的，那我和包子親熱的時候是不是上面也能看到啊？

何天竇大概猜到了我心裡的齷齪想法，瞪了我一眼道：「也不是每天看，偶爾去看一下就行，這麼做的主要目的就是為了瞭解和監督人間有沒有偷偷下凡的神仙，在沒有觸動天道之前，我們會派人把他像抓偷渡客一樣抓回來，不過在那麼嚴密的措施下，這種情況還一次也沒發生過，所以我這天官乃是一個大閒職。」

我問：「人界軸什麼樣？」

「像根尺一樣，上面有刻度，每一個刻度都代表一個朝代，一段歷史。」

「嗯，然後呢？」

何天竇長長的嘆了一口氣道：「然後就出事了。」

劉老六這時也露出複雜的神情，跟著嘆了一口氣。

何天竇道：「你要知道，那人界軸放在那，就好像一根豎著的試管，最頂端長長的一段是人類的蠻荒期，從炎黃二帝開始有了精確的刻度，然後一度一度下來，夏商周秦漢這樣，人界軸也並非只有一根，而是無數根，千不該萬不該，我不該把這第一根給碰倒了……」

「啊？那最後怎麼樣了？」我叫道。

何天竇道：「人界軸並非只是反應人界的工具，它其實更是人界的縮影和宗源，人界軸一倒，我原本擔心人界會發生混亂和改變，萬幸沒有，歷史沒有絲毫改變，人類相安無事。」

我鬆了口氣。

「但是——」何天竇話鋒一轉，我這口氣又提上來了。

「就因為這件事，天庭決定取消我的天官資格，碰倒人界軸是我無心之失，而且人界又沒有什麼改變，我據理力爭，他們最後竟聯合起來用武力把我打下了人界。」

我捅捅劉老六：「就是你們幹的吧？」

何天竇忿忿道：「畢竟在天界我代表的是天道，還有因為工作清閒，我經常泡在奈何橋上跟孟婆聊天，沒少蹭她湯喝，早就有了抗體，到後來我被強迫喝下孟婆湯打下人間，不但元神還在，而且記憶未消，於是就有了何天竇這個人。遭此種種，我一心要報復天庭，可是我這時殘存的法力已經不足以引動天道，而這時閻王那恰恰出了畫錯生死簿事件，我頓時就知道該怎麼做了，我要充分利用這個機會！」

我忍不住說：「可是你怎麼利用呢？你復活的四大天王他們並沒有什麼法力，他們除了跟我作對，給不了天庭任何壓力。」

何天竇神秘一笑：「這就是你不知道了，法力引起的天道報應只能算小兒科，能引起滅頂天劫的，是改變歷史和大環境！一旦出現這種事，天庭那幫傢伙都少不了要受到嚴懲。」

我似懂非懂，忙問：「按照你的預想，現在大環境改變了嗎？」

何天竇搖頭道：「沒有。」

我罵道：「沒個屁，不然那些黑手黨還會找上我?!」

何天竇道：「那並不算大環境，更算不上改變歷史，當初人界軸倒了，人間的事當然不可能真的一點也不改變，但也就無非個人多些或少些際遇罷了，歷史並沒有走樣，天庭以此來責難我是不對的。其實我恢復四大天王跟你作對就是想證明給他們看，人界軸不能代表一切，我這麼誇張地想改變環境都辦不到，人界軸只是被輕微地碰一下怎麼可能出事?!」

我說：「那你現在做到了，還想怎麼樣，還指望他們再請你回去不成？」

何天竇忽然沮喪道：「不，我沒做到。」

我奇道：「怎麼？」

劉老六很突然地說：「荊軻不見了。」

我驚得頓時站起來，吼道：「什麼意思，什麼叫不見了，他不是應該再去投胎的嗎？」

劉老六苦笑道：「其實不能說不見了，嚴格地說應該是他又回去了。」

「回哪兒去了？」我大聲問。

「回到秦朝，回到他刺殺秦始皇之前，他沒有投胎成孩子，他又成了荊軻！」

一時間，我不知是驚是喜，呆了老半天才訥訥道：「怎麼會這樣？」

何天竇道：「聽我慢慢告訴你，在天庭對我動武的時候，天道其實就已經被觸動了，然後我下凡，跟天庭作對，這已經引動了天道循環，直到前段日子荊軻一死，終於爆發天劫——小強，我們遭天譴了！」

我愣道：「可是你還是沒跟我說明白荊軻哪去了？」

何天竇道：「我所說的遭天譴並不是指被黑手黨襲擊，而是指荊軻回歸秦朝這件事，如果說我恢復四大天王跟你作對這些都算小事的話，實在不該再引來黑手黨。你還記得嗎，荊軻到日子該走那天，其實沒有真正該走的時候才走，他是被黑手黨成員襲擊而亡的。你那些客戶被弄錯了生死簿這並沒什麼，畢竟還在可承受範圍內，而且天庭也已經做出了補償，但是他們卻因為我弄來的黑手黨而再次喪命，這終於使天道震怒了，現在它已經完全發動起來，荊軻死後沒有經過陰司，就是被直接送回到秦朝去了……」

我振臂高呼：「道哥萬歲！」

何天竇苦著臉說：「小強，你不要高興得太早，荊軻是回去了，但他現在已經不記得在你這的一切了，而且，我們都在天道循環的懲罰對象之中。」

我愕然：「關我屁事？」

何天竇哼了一聲道：「你就不想想，荊軻怎麼回去？他總不能從自己墳裡爬出來，他一旦回去，就還是那個刺客，所以不光是他，秦始皇、項羽、劉邦，你的客戶們被這事一扯，全都又回到自己的朝代去了。」

我愣道：「你是說軻子回去以後什麼都記不得，還要繼續刺胖子？」

何天竇苦笑道：「對，項羽和劉邦回去以後，也在那個時代繼續展開了楚漢之爭。」

我聽到這裡心亂如麻，良久才說：「這……也好，至少我心裡舒服一點，勝過我知道他們死了。」

何天竇最後無力道：「不是你想的那麼簡單，他們是被天道送回去的，一切都將重新開始，以前造成歷史的一切偶然，必然都已經被歸零，也就是說：這一次荊軻刺秦王未必不能成功；劉邦和項羽說不定是哪一個得天下了！而且……」

我緊張道：「我們會怎麼樣？」

「我們會被天道抹殺，從神到人，從天界到人界，人類將隨機重新開始。」

我從頭涼到腳，還是問：「為什麼是西元前到現代？」

「因為這正好是我碰倒那根人界軸上所有的刻度，還因為——有你！」

「我？」

「是的，我被打下界之後，按照天道指示，新的天官已經產生，那就是你，掌管人界軸的神，小強，新天官上任的第一天，天道會歸於平靜。」

我嘿嘿笑道：「聽著怪威風，不過我知道沒啥好處。照你說軻子回去再刺秦，八成還不能成功，我們不去管他怎麼樣？」

何天竇沉著臉道：「那萬一要成功了呢？你別忘了歷史有多少偶然性，萬一秦舞陽發威了怎麼辦？萬一提醒秦始皇拔劍的趙高忽然一時忘了本該他說的那句話怎麼辦？一點細微之錯，就會導致我們滿盤皆輸啊。」

我攤手道：「那怎麼辦？」

何天竇咬牙道：「你去阻止他！」

我笑道：「有去秦朝的班車嗎？」

劉老六忽然悠悠道：「你可以自己開車去，你忘了你的工資了？」

我：「……」

劉老六道：「這件事已經不是單純的人界天界的事了，早在天道剛被觸怒的時候，我們就想過跟老何重歸於好，現在好了，我們雙方都沒得選，如果不合作全都得玩完，所以他會告訴你一些天官的注意事項，而我們天庭會盡力幫助你完成任務，你的那輛車已經堅固無比，我只要再給它加加速，你就能回到秦朝了，一會兒老何會告訴你具體操作方法。」

何天竇點頭道：「你得明白，現在只有你才能拯救這個世界，你已經被註冊了神籍，但沒有神力，由你來幹這活是最合適的人選。還有，你得明白自己每次應該幹什麼，這一次是阻止荊軻刺秦，下次說不定就是阻止項羽在鴻門宴上殺劉邦……」

我像一隻聽天書的猴子，一副事不關己的樣子，因為我實在不相信這些事都得我去做。

「最後，小強你還是應該感謝我，如果不是我把人界軸碰倒，你更得頭疼。」

「這又是怎麼說？」

「很簡單，沒倒以前的人界軸是豎的，也就是說，每個人每個朝代都是因果關係，就拿你要幹的這件事來說，如果你阻止荊軻刺秦用了別的辦法，而使趙高不得脫穎而出，那也是不行的，趙高不得重用，以後就不會有那麼多事情發生，秦朝就未必只有短短幾十年天下。可是現在，人界軸倒了以後，所有的朝代都是平行的了，沒有因果關係之後，就意味著你只要阻止重大歷史事件發生改變就行，至於這些事件中的連接點和相關人物你可以忽視。」

我忍不住跳了起來道：「不是真的吧老大，就拿軻子這事來說，我怎麼阻止他啊？你認為我是他的對手嗎？」

何天竇微微一笑道：「他會忍心對你下手嗎？」

「……你不是說他不記得我了嗎？」

「他確實不記得你了，但是你忘了嗎，他已經又死過一次才回到了秦朝，荊軻的前世還是荊軻，雖然沒有到地府報到，但那碗孟婆湯已經被他神不知鬼不覺地喝掉了，其他人也是一樣，也就是說……他們的上輩子是在你這裡度過的，最後的結論是：只要他們吃了我的藍藥，就會想起你，那個他們最親的兄弟！」

這一下，我的心完全動了，回去秦朝找二傻和胖子，讓他們不要自相殘殺，別人或許做不到，但我好像還是有幾分把握的。只是……

「你還有藥嗎？」

何天竇從兜裡掏出一顆藍藥：「只剩下這最後一顆了。」

我陰著臉道：「一顆藥你讓我給傻子和胖子誰吃？」

何天竇趕緊陪笑道：「就這一回是這樣，以後咱就有了，成千上萬顆都不愁。」

「你可別騙老子！」

我這位前任一點也不計較我的態度，摟著我的肩膀把我推到窗戶前，忽然指了指，那是何天竇門前的草坪：「你仔細看每一棵草的下面。」

我凝神看去，只見那片草坪每一棵草的下面，好像都有一片藍色的嫩芽兒，真的成千上萬，那是誘惑草……

「我真的必須去嗎？」

「哎呀，天官也讓你當了，藍藥也給你了，天道循環的嚴重性也給你講了，可見這是上天的安排嘛。」

「你們兩個老神棍不要晃點老子啊！」

其實從頭想想，作為天庭代表的劉老六不是沒有預感，先是給我一個不疼不癢的讀心術玩著，然後給我一堆子母餅乾讓我對付四大天王，到最後，索性把幾位皇上當工資發給了我，這目的就很曖昧了，他可能已經預感到要出什麼事了。

但還是應了那句話，一步慢步步慢，天庭想要對抗天道，還是嫩了一點。現在什麼也別說了，幹活吧。

劉老六對何天竇說：「你跟小強說說注意事項吧。」

何天竇點點頭，先拿出一根溫度計似的東西遞給我說：「這是我根據人界軸設計的簡易刻度表，上面標有朝代，你總得先知道自己到哪兒了，只要在你這裡待過的客戶的朝代，你都可以去，其他朝代暫時是灰的，那表示你不能停車，想停也沒用。」

我鬱悶道：「這麼說我想開車去看看我爺爺的願望泡湯了？」

何天竇道：「比如你這次要去的是秦朝，這有刻度，底下還有指標，當指標指到秦朝的時候，你踩剎車就行了。」

我詫異道：「就這麼簡單？」

何天竇道：「還要注意一點，就是你所帶的東西，除了你車上現有的，你不能帶任何不屬於那個時代的東西，當然這只是一個提醒，你非要帶也行，但它們會在某個時候變成原料，比如你要戴塊錶，它可能會在你開車走到上世紀七八十年代的時候變成出廠前的樣子，再往回走，到了它們還沒產生的年代，它們也就隨之消失了。」

我異想天開道：「那如果人坐上去的話，是不是也是一個性質？」

何天竇認真道：「是的！」

我叫道：「那這麼說，讓一個女人永遠保持十八歲，搭我的車就實現了！」

一個一百歲的老太太，我開車到了一九三幾年把她往外一踹，那就是一個青春少女呀！

何天竇道：「不是你想的那麼簡單，車一旦發動起來，最小的時間跨度也是數十年，你要是敢帶人，一出錯這人就沒了。」

我不寒而慄，忙道：「行了，說正事吧，我到底怎麼去？」

劉老六道：「那就是我的事了，我已經給你的車加了加速，你開著它，把速度提到最高，它就會進入歷史軌道，然後就簡單了，照老何說的那樣，等指標到了位置上停車就好，記住，你的車一旦停下來至少要休息三天以上，否則會散架。」

我最後問：「那個……我只有一顆藍藥，就算找著胖子或者荊軻了，我該怎麼讓他們吃下去呢？」

劉老六拍了拍我的肩膀說：「那就要看你的智商了，小強，再說你也不是什麼辦法都沒有，你還有一個每天能用五次的讀心術手機，五片子母餅乾和四片可以變臉的口香糖嘛，這你得理解，這是我所能幫你的最大限度了。跟你說了那麼多，你也對天道瞭解得差不多了，如果直接改造你的身體，讓你擁有神力就會引發它的變動，那樣的話我們自己去就行了，這些特異功能藏在餅乾手機裡勉強能瞞過它。」

我打個響指：「懂了，那我現在就去？」

「等等……還有一個為難處，就是第一次穿越歷史的時候可能會比較刺激，你需要一個一千米的加長跑道。第一次跑，你得有個適應期，老何給你的時間軸指針一動起來就表示你已經超越了光速，這時別人是看不見你的，任何障礙物也都不再是問題，你能直接穿過去，但第一次跑肯定會有些驚悚，所以你得慢慢習慣。」

我毫不以為意，來到車前拍拍車門道：「已經能穿越了是吧？」

劉老六點頭。

我打開車門坐進去，把何天竇給我的時間軸放在前面：「我先試試。」

我目測從社區口到最後一棟房子之間的距離勉強有一千米，我發動車子，平時車速上六十邁準哼哼，但現在還很平穩，我再往下一踩，車速表瘋狂地畫個半圓，已經超過一百二十邁了，我開始虐待油門，路兩邊原本鱗次櫛比的別墅頓時像欄桿一樣掠過我的視線，我寒毛都豎了起來，這起碼已經上四百邁了！而車裡還是靜悄悄的，別有一番詭異。

我滿以為這時的速度已經能把時間軸帶起來了，卻見那該死的指標根本紋絲不動，我再也受不了了，猛地一踩剎車，終究是老神棍改裝過的車，它平滑地在草坪上跳了一段圓舞曲後還算穩當地停下了。

我臉色煞白，打開車門就吐了。

劉老六和何天竇笑咪咪地走上來，劉老六道：「看，就說你不適應嘛。」

我回頭看了看，我才走出去不到兩百米。

劉老六道：「這車你要開熟了，有一百米就能進入時間軸，可是你新開，需要練練膽，所以才讓你先在跑道上開的。記住，不要害怕，不管看起來有多快，只要時間軸的指針不動就得繼續踩油門，其實只有指標動起來以後你才是安全的，那時候的你可以穿屋越脊，就跟空氣一樣。」

我又扶著車吐了一會兒說：「我能明天再去嗎，我想跟包子道個別。」

劉老六和何天竇：「……」

其實我是想平復一下心情，短時間內你再讓我上那輛車，那是打死我也不幹了。

晚上我並沒有和包子說穿越的事，雖然五人組對她已經不是秘密，但有些事還是先不告訴她為好，以她的個性，要是知道了，鐵定得纏著我回去看胖子他們，我怕那車開到八二年包子就變成一個精子和一個卵子，或者是兩個精子和兩個卵子——她已經懷孕兩個多月了。

劉老六跟我說，之所以我不會這樣，是因為我已經被註冊了仙籍，雖然沒有神力，但畢竟已經是神仙，這跟停薪留職是一個道理，怎麼說也是有編制的人，去銀行辦信用卡都比沒工作的受待見。

我跟包子說我要出去一趟，最少三天，最多個把月就回來，生意上的事。

第二天我再次坐進車裡，今天是無論如何也得走了，時間不等人，我不知道二傻他們的時間是怎麼算的，在這方面劉老六和何天竇也語焉不詳——他們也沒經驗。

為了實驗何天竇跟我說的話，我特意帶了一把水果刀和一袋麵包放在副駕駛座上，我倒要看看它們會怎麼樣。

我坐在駕駛座上按了按指節，劉老六使勁拍著我的車玻璃說：「記住別減速，一直開！」我看他一眼，比了個V字，何天竇在前方不遠處拿著一面小旗使勁往下一揮……

我不停換檔，踩油門，憑感覺，我覺得這時的速度已經不比昨天慢了，但是時間軸還是沒有動靜，我一狠心一咬牙，把油門踩到了底，漸漸的，我有種身體被抽空的感覺，時間軸動了，車子更加平穩了。

我眼前一花，只覺兩邊的景物移動迅速慢了下來，我下意識地看了看旁邊的東西，水果刀的塑膠刀柄已經化成了一灘膠狀物，刀身還很完好，再看麵包，居然還好端端的，在我跑到〇五年的時候才變成麵粉，黑心老闆！

從〇五年以後，時間跨度開始大了起來，我用了四十多分才跑到明朝，離秦朝還遠著呢。

我穿的衣服在麵包變成麵粉後不久，就開始變成棉花、獸皮、纖維，好在車裡溫度適中。早知道應該把秦始皇來我那時候的衣服穿上來著。

那把刀在清代就變成了一把由礦石渣湊起來的小長條，最後變成一堆粉末，像是香爐裡的香灰一樣。

不過車裡的東西從車窗到座位都沒變樣子，我甚至驚喜地發現，被我丟在置物格的半盒香菸也完好無損，這可是寶貝呀！

我時快時慢地開著，窗外一如既往的是五彩斑斕，像進入了科幻佈景裡，也看不出黑夜白天。這路可太漫長了，開到最後我都有點疲勞駕駛了。

將近十個多小時後，眼見那指針離秦朝不到半公分了，嬴哥，二傻，我來了！

我正興奮呢，忽然就聽車子發出一陣怪響：咯登咯登登登登……這是……沒油了？

我一看油表，可不是麼，都見底了，奶奶的，怎麼劉老六也不告訴我一聲呢，沒想到穿越的時候車也耗油啊。

猛地一下，車停了，我眼睛死死盯在時間軸上，它的指針幾乎已經到位，但好像還差了那麼一個線頭……

車窗外，是一片小樹林，放眼再看，遠處是一望無際的草原，我光著身子坐在車裡發愣，後備箱裡還有一桶汽油，當我把油加好試圖再發動車子的時候，它只若有若無的哼哼了兩聲就再也沒反應了，我想起劉老六的話，看來它必須得休息三天才能再跑了。

草原上的風很大，萬幸是夏天，我把車推進小樹林裡掩藏好，繼續發呆，現在該怎麼辦？朝代似乎已經是秦朝了，但是二傻和嬴胖子在哪裡？

我看看自己周身上下光溜溜的，好在車後座上還有塊不小的毛毯，我把它披在身上，拿了手機和餅乾等物，漫無目的地走了出去。

兩個小時之後，還在草原上徜徉的我終於哭了：這到底是哪兒啊？

就在這時，我遠遠地看到前方浮現出一排人影，我急忙把毯子圍好，還裝出一副悠閒的樣子，我可不能讓他們看出我不是本地人。

這群人慢慢走近之後，我發現他們並不比我好多少，他們大約有十七八個人，一個個骨瘦如柴，為首的是個老漢，挑著兩個筐，身邊有個小孩依偎著他，他們看見我之後好像也沒有感到好奇，表情漠然地經過我身邊，我看出來了，這是一群逃難的人。

我問了一句穿越劇主角必說的經典臺詞：「大爺，這是哪兒啊？」

老頭掃了我一眼，說：「我們是趙人，剛從鉅鹿城逃出來。」

鉅鹿，那不是項羽成名的地方嗎？我忙問：「那是不是打起來了？」

老頭說：「可不是麼，要不我們能逃難嗎？」

「那誰贏了？」

老頭再打量了我幾眼，憐憫道：「你都落魄成這樣了還關心誰贏幹嘛呀，來——」說著，從筐裡拿出一張硬麵餅來要給我，可是猶豫了一下，只掰了半塊給我。

這半塊餅可是他半條命呀，我把餅塞在小孩手裡，直起腰說：「大爺，我看你是好人，我就直問了吧，現在是什麼朝代？」

老頭疑惑道：「朝代？」

「現在的皇帝是秦始皇還是胡亥？」

老頭臉色大變道：「我可不敢瞎說。」

他身邊的孩子啃著餅道：「胡亥——」

這麼說現在是秦末動亂時期，那這鉅鹿之戰，就該是項羽的傑作了。

我問老頭，「這麼說楚霸王已經贏了？」

老頭一臉疑惑地回了句：「誰是楚霸王？」

呃……怎麼會沒有楚霸王呢，難道我穿錯了？我忽然想到：這會兒項羽可能是還沒當霸王。

「您就告訴我您知不知道一個叫項羽的？」

老頭這回露出了複雜的神色，期期艾艾地說：「那是……他們的上將軍。」

我明白了，項羽這個時候確實還沒號稱西楚霸王，這老頭作為秦末遺民，一方面對胡亥不滿，一方面又不敢光明正大地支持反秦聯軍，但總之——我來錯地方了，現在項羽剛打完鉅鹿之戰。

老頭說：「看你的樣子是不是想去投軍啊，你再往前走，半頓飯的工夫就能看見他們的營帳了。」

我謝過老頭，按他指的方向走，果然，沒一會兒我就見前面聯營數里，大營裡不斷有人走動，馬嘶人喊十分熱鬧，我剛想上前忽然站住了，我過去怎麼說？我要見羽哥？

我來回溜達了幾圈，一籌莫展，合著就該有事，幾個哨兵見我鬼鬼祟祟地亂轉，手按在腰間的刀上，大步向這邊走來，我急忙把手裡的東西都攤在地上，想看看有沒有什麼能幫我的，手機是用不上了，餅乾？我這次只帶了兩片，一片是趙白臉的，一片是還沒用的，看來只有變臉了。可是要變成誰的臉呢？

眼見哨兵要走到我跟前了，我猛地想起一個人來：劉邦！

這會兒鉅鹿之戰剛打完，那麼項羽和劉邦還沒到翻臉的時候，劉邦現在只是聯軍中的一支諸侯，變成他的樣子應該是上上之選。

我把一片口香糖塞進嘴裡使勁嚼著，同時拼命想劉邦的樣子，馬上感覺臉上皺了一下，這時那幾個哨兵已經站在我面前了，其中一個喝道：「什麼人？」

我一抬頭，那哨兵愣了一下，馬上道：「沛公？」

我繃著臉嗯了一聲，站起來道：「帶我去見上將軍。」然後又補充了一句，「項羽。」

那哨兵神色古怪，好像是想笑又有點不敢，結巴道：「您這是……」

我說：「別廢話，快點。」

那哨兵回頭衝大營裡喊：「牽一匹馬出來，沛公在此。」

大營裡飛奔出幾匹快馬，幾個騎兵來到跟前，臉上也出現了跟哨兵一樣的表情，他們在馬上行了禮，道：「沛公，要見項將軍的話，咱們這就走吧。」有人把一匹空馬牽到我面前。

這怎麼上呢？這會兒的馬沒馬鐙，我一隻手還得拽著毛毯呢，我抓著馬鞍蹦達了幾下沒上去，那哨兵忍著笑道：「沛公您上吧，我們背過臉去。」說著朝另外幾個人使個眼色把臉背過去，我嘿嘿乾笑兩聲，急忙兩手抓住馬鞍爬上去，然後把毛毯斜披在身上，儼然道：「走吧。」

馬小跑著走了三分多鐘，穿過了無數的帳篷，還是一點也沒見到的跡象，我把口香糖含在嘴裡也不敢嚼，心裡這個急呀，又走了一會這才到了一頂巨大帳篷前，一個騎兵從馬上跳下來，指著巨帳旁邊一頂比較小的軍帳跟我說：「沛公自便，我去稟報將軍。」

我點點頭，瀟灑地跳下馬背，毛毯在空中飄擺，頓時春光乍泄，同我一道來的幾個騎兵都憋不住撲哧一聲樂了出來。

一個侍女進來，把一隻碗放在我面前，然後端起一邊的酒壺給我倒了半碗酒就又出去了。

這時口香糖的糖味已經極淡，項羽還不見蹤影，把我急得一個勁東張西望，我仔細地打量了一下這裡，雖然這是頂相對小的帳篷，也有五十多平米，最引人注目的是挨著牆角的一張木床，雖然並不華麗，但是軟綾香帳，顯然是有女人在上面睡過。

我顧不上多看，下一步最緊要的就是該讓項羽吃藥了，我見這桌上本就有碗，除了那個侍女端上來的，另外兩隻都纏著金絲，看來是項羽的私人用品，我不管三七二十一，把那兩個碗裡都倒上酒，然後把那顆藍藥捏出來。可是該往哪個碗裡放呢？

我想了半天，把其中一隻金絲碗裡的酒潑掉，遠遠的放在一邊，小心地把藥扔進剩下的那只金絲碗裡，藍藥見水即化，頃刻便不見了影子，這時門口有人大聲道：「項將軍到。」

我手忙腳亂地倒騰著酒碗，因為我又想到：劉邦如果無緣無故地給項羽敬酒，那麼項羽會不會懷疑？然後就像電影裡那樣，到最後項羽奸笑著跟我說，我喝你那碗……

我倒是不怕喝這藥，大不了想起上輩子我是路人甲，還能怎麼著？問題是我只有這麼一顆寶貝，萬一浪費掉，我連這門都出不去了。

已經沒時間了！最後我一咬牙，還是把金絲碗擺在了對面，門口光線一暗，一個大個子彎腰走了進來，一見我也忍不住失笑道：「沛公，你這是怎麼了？」

多熟悉的聲音和臉龐，這時的項羽，一雙眸子炯炯有神，行動間龍行虎步，比我見過的那個項羽振奮了很多。

我忙道：「我……剛探聽完敵情回來。」

項羽瞳孔一收，道：「哦，搞得這麼狼狽回來，沛公一定探聽到什麼重要情報了？」

我突兀地端起他的碗來遞過去道：「先喝了這碗酒再說！」

我感覺到嘴裡的甜味已經淡得只剩最後一絲，三十秒內他要不喝這碗酒，我就只能在他跟前大玩變臉，到時候他不把我當妖怪殺了才怪。

項羽被我弄得愣了一下，隨即道：「你喝。」

「我……有了。」我抄起自己的那碗給他看，伴隨著這詭異的臺詞，毯子又滑落到了地上……

項羽看著我笑了幾聲，道：「沛公受苦了。」接過金絲碗一口喝乾。

我像虛脫一樣癱在地上，項羽奇道：「沛公你怎麼了？咦，你的臉……」說到這，項羽好像被小錘子敲了一下腦袋似的頓了一下，下一秒，他盯著我的臉說：「小強？」

項羽呆呆地看著我，渾不知身在何處的樣子，好半天之後，打量著這頂帳篷問我：「我們這是在哪？」

這一句「我們」讓我心裡暖和了半天，我笑道：「我們分開很久了，現在的問題是你在哪兒？」

項羽木木地環視著四周的擺設，說：「我……剛才好像還在給他們做戰略部署，難道我……」

我說：「是的，你又回到了從前，這是你的中軍帳。」

項羽盯著我，忽然厲聲喝道：「黑虎！」

帳外一員黑甲猛將嘩的一聲衝進來，單膝跪地抱拳：「末將在！」

項羽看了他一眼，拍拍他的肩膀道：「去，告訴剛才陪著沛公的那幾個人不要亂說。」

黑虎一絲不苟地應了一聲然後起身而去。就連變回原樣的我都沒讓他多看一眼，這絕對是項羽的死忠。

項羽終於再也不懷疑什麼，一把摟住我的肩膀往懷裡勒了勒：「小強，我的兄弟，你回來了。」

我嘿嘿笑道：「不是我，應該說是你回來了……那個，不介意的話，羽哥，給我找身衣服吧。」

項羽頓時哈哈大笑，朗聲道：「來人啊，立刻拿一套最好的盔甲送來。」

不多時，連內衣外衣帶盔甲都已經穿在了我身上。這套盔甲所代表的身分應該不低，肩甲上，兩隻惡虎的虎頭異常拉風，我穿著它，每走一步便嘩然作響。

項羽微笑看著我說：「這是項莊的盔甲，你穿上很合身。」

我往地下一躺，枕著胳膊說：「羽哥，你怎麼什麼都不問啊？」

項羽愕然道：「對了，我是怎麼回來的？」

我簡單地把人界軸和要去秦朝救胖子卻走錯的事跟他一說，項羽聽完，皺著眉說：「原來是這樣，我已經是死過兩次的人了……那我能幫你什麼呢？」

「目前你什麼也幫不上，現在嬴哥和軻子都已經死了多年了吧？我先在你這住三天，然後回去拿上藥再找他們，但願時間來得及。」

項羽無措道：「那我該做什麼呢？」

我摸著腦袋苦惱道：「你以前做了什麼，再做什麼就是了。」

項羽跟著我一起苦惱了一會，隨即豁然道：「呵呵，其實也由不得我不做，接下來就該打章邯了，不把他打服，以後的事都沒法幹，然後，哈哈，就該跟劉邦這小子見個高下了，這小子現在還不認識咱們吧，這次我可輕饒不了他。」

我腦袋一片混亂，我只跟他說我要去救胖子和二傻，不讓他們自相殘殺，可沒有告訴他我為什麼這麼做，照這麼發展下去，就算鴻門宴上，項羽仍然不殺劉邦，可以後的事情會按原來那樣延續嗎？我不信項羽明知道自己會有垓下之敗仍舊坐以待斃，尤其是還賠上了虞姬。

想到虞姬，我頓時一個激靈：她現在應該還活著吧？看擺設，這頂帳篷八成就是她和項羽的臥室，我小心道：「羽哥，這些事以後再說，現在我是不是能見見虞姬嫂子了？」

項羽聞聽此言先是一愣，繼而臉色大變，剎那間身子像打擺子一樣劇烈顫抖起來，他眼神空洞地看著地，訥訥道：「我怎麼沒想到，我……已經習慣了沒有阿虞的生活，幾乎忘了她……還活著。」

我被他的口氣和眼神嚇得雞皮疙瘩異軍突起，小聲說：「是啊，嫂子現在還活著呢。」

驀地，項羽咆哮一樣吼道：「小環！」

那個侍女急忙跑進來，低著頭道：「將軍。」

項羽像失去力氣一樣啞然道：「阿虞……她……人呢？」

小環看了一眼失神的項羽，扯著衣角輕輕道：「虞姐姐不是每天都在這個時候出去遛馬嗎？」

我裝做和藹的怪叔叔跟小環說：「小妹妹，你去請你的虞姐姐回來好嗎？」

小環看看項羽不說話，一轉身跑走了。

小環跑出去以後，我用開玩笑的口氣跟項羽說：「小環——張冰耶，羽哥，你不會忘了對她的承諾吧，你跟人家說下輩子要還人情的。」

對我的玩笑，項羽只是勉強一笑，顯然小環的問題現在還不在他的考慮範圍。

我隨便往外看了一眼，只見小環把手裡的掃帚一扔，翻身上了一匹高頭大馬，絕塵而去找虞姬去了。

第九章

一笑傾城

一傳十十傳百，我們這三萬人集體笑得前仰後合樂不可支，
我們對面的秦軍一下被這笑聲搞懵了，
他們眼見敵人不顧死活地放鬆大笑，不禁都錯愕起來，
不知不覺的，高舉起的武器慢慢放了下來，
在我們的大笑聲中面面相覷。

過了半盞茶的工夫，忽然外面馬蹄聲響，蹄聲還沒有停，馬上的人已經飛身跳下，緊接著一個銀鈴般的聲音笑道：「嘻，是誰這麼大膽，敢在這個時候把我喊回來呀——」

隨著話音，一個年紀不大的女孩低頭進帳，穿著一身普通的粗布紅衣，看了我一眼，便站在項羽身邊說道：「大王，這是誰呀？」

我心裡納悶，項羽此時還沒成為西楚霸王，虞姬怎麼叫他大王呢？

自打虞姬進來以後，項羽就呆呆地看著她，虞姬只顧打量我，渾然不覺，項羽忽然一把把她抱在懷裡，虞姬輕輕的「啊」了一聲，咯咯嬌笑。

項羽閉著眼，好像在充分感受著虞姬的一切，良久才喃喃道：「阿虞，能見到你真好……」

虞姬奇道：「大王，我們不是剛剛才分開嗎？」

她輕微地掙了兩下，見項羽意志堅決，便索性把頭依偎在項羽的肩膀上，同時一雙大眼睛骨碌骨碌地盯著我看，好像覺察到了項羽的變化是因為我的到來，眼神裡有些玩味和好奇。

好半天之後，項羽仍沒有撒手的意思，虞姬輕輕拍拍他的後背，低聲呼喚道：「大王……」叫了好幾聲後，項羽這才直起身，表情仍是如夢如幻。

一邊的小環臉都紅透了，這會兒她已經喜歡上項羽了，她雖然跟虞姬比要少了幾分韻味，但也是標準的美人胚子，要擱現代，她這樣的女孩更容易以鄰家妹妹的形象走紅。

項羽把一雙大手按在虞姬肩上，又好好地看了她幾眼，爽朗地笑了幾聲，忽然高聲道：「傳我號令，今天我兄弟來了，雙喜臨門，全軍慶賀，吃肉！」

他歡喜之餘，有點詞不達意，傳下去的命令也有點不著頭腦，不過後來我才知道，這時候的項羽軍慶祝也只能是吃肉，他們現在還在困難時期，想喝酒是不可能的。

虞姬眨巴著眼睛問道：「大王，為什麼是雙喜臨門，還有一喜呢？」

項羽也不解釋，說道：「阿虞，你先去準備一下，我和我小強兄弟有話說。」

虞姬乖巧地應了一聲，拉著小環的手走了出去。

我不禁嘆道：「有句話叫旁觀者清，真是說的沒錯。」

項羽納悶道：「什麼意思？」

「張冰外表再像，你也不該認錯，嫂子那氣質可真不是一般人能裝得來的。」

我這麼說固然有奉承虞姬的意思，不過也是真心話，只匆匆一瞥，虞姬就給我留下了深刻的印象，那當真是靜若處子動若脫兔，加上那雙會說話的眼睛，這樣的女人絕對是千年才出一個的妖精，區別在於，虞姬這個小妖精她只願意勾引項羽這一個男人，難怪項羽愛她愛得死去活來，而轉世的張冰就死板得多。

項羽笑道：「不說這些了，以後我再也不用和阿虞分開了。」項羽說到這，死命地搖著我說：「謝謝你，小強。」

聽了這句話我跟著一滯，項羽現在一切都先知先覺的，那麼垓下那一戰該怎麼打？就算是為了虞姬，他也不會再被劉邦困住，到時候這麻煩還是我的，可這是個死結，為了人界軸上的平衡，項羽只能死……

我說：「羽哥，你打算拿邦子怎麼辦？」

項羽道：「你放心吧，在你沒給他吃藥之前，我是不會動他的，再說我們現在還是盟友，我還指著他幫我打秦軍呢。」

我這才稍微放下心來，這樣的話，劉邦還有幾年好混，應該不會出什麼問題，因為這段時間裡，項羽可謂是百戰百勝，他自然不會主動改變這一切。

我問道：「現在我們到底在哪啊？」

項羽笑道：「我們大軍身後就是趙國的鉅鹿城，現在章邯的二十多萬秦軍還駐紮在我們斜對面，我得領著這幫孫子把他們消滅掉。」

原來這時已經打完鉅鹿之戰了，來救趙的諸侯有不少，但之前被強大的秦軍嚇怕了，要不是項羽帶著楚軍及時趕到並上演了一齣破釜沉舟，聯軍很可能已被擊破。經過這一役，諸侯都以項羽的兵馬首是瞻，也就是說這聯營雖然不能都叫作楚軍，不過也差不多。

這時有人傳報：「楚王使者聽說魯公（項羽此刻封號）與兄弟相逢，特來慶賀。」

我好奇道：「楚王是誰？」

項羽輕蔑道：「甭理他，什麼特來慶賀，只不過是找個藉口又來催我回師，姓熊的處處想牽制我，這次救趙派了個叫宋義的當上將軍，險些貽誤戰機。」

我忙問：「上將軍不是你嗎？」

項羽恍然道：「是啊，我不是把他殺了嗎？」

我大寒。

這時那使者已經進來，匍匐在地道：「恭賀魯公……」

項羽抬了抬手不耐煩道：「行了行了，你起來吧，我再跟說一遍，秦軍不滅不能回師，沒別的事就出去吧。」

那使者誠惶誠恐，聽項羽這麼說也不敢多話，倒退著往外走，項羽一招手道：「你回來，我想起個事兒。」

那使者急忙站好。

項羽托著下巴道：「再用不了多少，日子天下就能平定，咱們楚國出力最多，大王也該稱帝了。」

這畢竟是好事，那使者一聽頓時歡喜無限，又趴在地上道：「一切都仰仗魯公。」

項羽嗯了一聲道：「我看就稱義帝吧，你這就去跟陛下說，然後告訴他，我給自己起了個西楚霸王的封號，讓他詔告天下，去吧。」

使者走後，項羽看了看正在瞪他的我說：「也就是早幾天的事，收拾完章邯本來就該封王了。」

我說：「你對你老闆也太不客氣了吧？」

項羽嗤笑一聲道：「什麼老闆，這就跟做買賣一樣，有錢的才是老闆，現在我的公司已經上市，已經用不著他來做幌子了，他要是聰明趁早滾蛋的話，我還能給他留個董事的位子。」

說到這，項羽笑道：「看我現在淨胡說八道的，剛才還說秦軍不滅何以家為呢，後來才想起這是霍去病的臺詞。」

其實項羽要從現在就刻意改變歷史，以後說不定沒有霍去病呢。這說明項羽當了一年的現代人，也開始把既定的歷史當成順理成章的事了。

「對了羽哥，既然你還沒當霸王，那嫂子怎麼管你叫大王啊？」

項羽柔情無限道：「她私下裡一直這麼叫我，我們剛見的時候她還是孩子心性，覺得這麼叫威風。」項羽忽然捅捅我說：「誒，有菸嗎？這藥一吃，菸癮還上來了。」

我哭笑不得地把車裡那半盒寶貝遞給他，項羽抽出一根叼在嘴上看著我，我攤手道：「沒火。」他拿過火石燭臺搗鼓半天才把菸點上，抽了一口說：「你也來根啊。」

「我回去再抽——抽完這半盒你也得戒了啊，這東西帶不來。」

項羽把我帶過來的一堆東西扒來扒去地看著，拿起我的車鑰匙眼睛發亮道：「等熱散完了我開兩圈，手還癢了。」

「……你上去坐坐就行了，油不多了。」

這時虞姬一低頭進來了，見項羽手裡拿著個小紙棒一個勁地吸著，奇道：「大王你幹什麼呢？」

項羽趕緊手忙腳亂地把菸掐了。

項羽招手道：「阿虞來，給你正式介紹一下，這是我兄弟蕭強，你管他叫小強就行。」

虞姬呵呵笑道：「真有意思的名字，是什麼時候認識的呀，我怎麼從來沒見過你，也沒聽大王說過你呢？」

我拿過虞姬的手來握了握，一邊說：「嫂子，真正的久仰啊——哦，我們是父輩之交，我老婆也姓項。」

虞姬不習慣地抽回自己的手，歪著頭看著項羽，滿眼問號，項羽哈哈大笑，一把攬過她的小蠻腰道：「阿虞，我好快活！」

好熟悉的臺詞，我識相地說：「那個……我該回避啦，我出去轉轉，還真是第一次參觀軍事基地。」

我來到外面，迎面兩個巡邏的急忙跟我施禮，口稱「蕭將軍」。嘿，我這個爽呀！

因為怕走丟，我就在中軍帳周圍走了幾圈，凡是見了我的士兵都恭敬中帶著三分親熱，我可是他們大王的兄弟，而且拜我所賜，今晚有肉吃——這就是史上有名的「跟著我有肉吃」。

我還在大帳後面見到一個老夥計：兔子！牠正在草地上隨便地啃著，一身黑亮的皮毛閃閃發光，我走過去摸了摸牠的鼻子說：「還認識我嗎？」

這畜生居然優雅地點了點頭，然後親密地蹭了蹭我的手，我摟著牠的長臉笑道：「嘿嘿，那我還叫你兔子。」這一下可戳了兔子的痛處，牠朝我打個響鼻，鄙夷地看我一眼後，再不搭理我了。

是晚，整個聯營一片燈火通明，肉香飄散在各個營帳間，普通士兵沒有酒，當然不包括「我」們這樣的高級將領，項羽就在中軍大帳擺下盛宴，席間給我介紹了不少各路諸侯，其中倒是有幾個很有名在史書上留了一筆的，比如張耳、陳餘等等。

項羽跟我和他們應酬了一會兒，就跑到他的帳篷裡開家庭小宴，虞姬作陪。

這個時代的女人自然是不應該上席的，不過既然是家宴，虞姬又不是什麼墨守成規的人，不一會就跟我們打成一片了。

我看了看一直在旁邊侍候的小環，悄悄捅捅項羽道：「羽哥……」

項羽這時已經喝了八分醉，他順我目光一看，頓時拍著桌子道：「小環，你過來！」

小環捧著酒壺走上前，項羽搶過酒壺放在一邊，忽然拉住了小環的手，小環嚇了一跳，想躲又掙不開，偷眼向虞姬看去，虞姬不說話，只是笑咪咪地看著。

項羽醉醺醺道：「小環啊，下輩子你……」

我急忙一推項羽，項羽愕然，繼而失笑道：「是了，應該是上輩子，呵呵，這些都不說了，你跟著我和阿虞有多久了？」

小環道：「也有三年了。」

項羽道：「是，三年前你還是一個十二三歲的小丫頭，被人在頭上插個草標站在街上，那時我一看就已經喜歡你了。」

小環臉上大紅，項羽繼續道：「這些年你跟著我們兵荒馬亂的沒少吃苦，項大哥還沒好好謝過你呢。」

小環訥訥道：「將軍……這是什麼話。」

項羽忽然抬起頭道：「我項某自幼失去雙親，叔父也沒了，身邊最親的人只有阿虞和你，當初我一見你就在想，如果我要有你這樣一個妹妹該有多好，小環，你願意認我做你的哥哥嗎？」

他這句話一出，最吃驚的還是虞姬，她本以為項羽會借這個時機，水到渠成的把小環收了偏房，可沒想到最後卻是這麼一句。

小環也頗為意外，但是聽項羽這麼說也沒表現出失望的神色，而是幾分扭捏幾分欣喜，項羽再催一聲，小環便喜滋滋地叫了聲大哥。

項羽這才如釋重負地放開她的手，我在他一旁小聲說：「羽哥，你這處理得太流於表面了吧？」

項羽假裝夾菜，低低地回我道：「總好過再趕她走，我心裡多少舒服點。」他這一放鬆，喝了幾杯酒後，真的伏倒在桌上睡著了。

虞姬給我倒一杯酒，看著熟睡的項羽跟我說：「每天跟他打交道的那些人，有些人敬他，有些人怕他，可是我能看出只有你才真正的跟他親。」虞姬忽然托著下巴瞄著我問：「你們到底是怎麼認識的？」

我為難道：「這……怎麼說呢？」

虞姬抿嘴笑道：「行了，那就不用說了，別說你是他兄弟，就算你是個女人來找他，我也沒興趣真的知道你們的過去，我只要大王現在愛我就好了。」

虞姬看看一邊不自在的小環，又看看我，問道：「小強，你有沒有夫人？」

我一看她眼神就知道她在打什麼主意了，急忙擺手道：「別別，我有老婆了。」

不過我明白她也是好心，小環再怎麼叫項羽大哥，這麼跟著他們始終是丫鬟的命，虞姬是見項羽心意已決，這才思謀著給小環找個好出路，我跟項羽這麼鐵，嫁給我身分自然就高了。

虞姬道：「那讓我們這個妹妹去給她當個妹妹不就行了？」

我苦著臉道：「不行，你那個姐姐她容不得別的妹妹。」

小環聽得雲裡霧裡，她還不知道我們已經把她推了一個來回了，這丫頭一則年紀小，二則確實不怎麼聰明，要不怎麼兩輩子都鬥不過人家虞姬呢。

虞姬不滿道：「這可就是那位姐姐的不是了，有機會我一定勸勸她。」

我大喜道：「真的？那我一定得想辦法把她帶來受受教育。」……

當晚我一個人睡在一頂大帳裡，可悲的是連個侍寢的也沒有。

第二天我是被號角聲給吹起來，那沉悶的嗚嗚聲像刮著人的神經一樣讓人毛骨悚然，我一個激靈坐起來，就恍惚見外面軍隊正在集結，提槍拿戈的。

我們所在的軍帳周圍都是項羽的親軍，這些可都是精兵猛將，不一會工夫就集合完畢，一隊隊一列列站在帳前，殺氣騰騰。就聽項羽慵懶的聲音道：「什麼狀況？」

一個士兵中氣十足地報：「章邯軍先鋒一萬五千人已在十里外向我軍奔襲。」

項羽「哦」了一聲道：「還照老辦法，讓新軍在前我軍殿後，同樣取一萬五千人。」

傳令官應了一聲跑下去了，項羽站在帳篷外，用手輕輕揉著額頭，看來還有些宿醉未醒的樣子，然後接過一杯清水漱著口，虞姬和小環一前一後把盔甲往他身上穿著，他見我也出來了，笑道：「早啊小強。」

在我門口站著的那倆士兵一見我還穿著布衣，急忙跑進帳篷把那套盔甲拿出來，七手八腳地給我披在身上，一個兵問道：「蕭將軍，不知道你擅用什麼兵器，我們好給您準備。」

我呆了一下道：「隨便吧。」

那兵立刻景仰無限道：「蕭將軍必然也是萬人不擋之勇。」

我納悶道：「怎麼這麼說？」

「您不挑兵器，說明樣樣精通，再說我們項將軍的兄弟，肯定差不了。」

我這才發現說話間，倆人已經把鐵片子全給我扣身上了——誰說我要跟著上戰場了，我只是打醬油的！

項羽看看我，笑道：「小強，既然披掛上了，就跟著哥哥去看看吧。」

虞姬整理著項羽的黃金甲，關切道：「兄弟倆都要小心，相互照顧。」

我說：「放心吧嫂子，我一定會照顧好自己的。羽哥……」我拿頂頭盔說：「你千萬小心啊——」然後我把頭盔仔細地扣自己腦袋上。

項羽呵呵一笑，跟手下親兵說：「對了，給你們蕭將軍準備一匹跑得快脾氣好的馬，至於兵器麼……不用給他了。」

項羽把大了幾號的鐵劍掛在腰畔，從帳前綽起倒插在地上的虎頭鏨金槍，低聲道：「我還真有點想念湯隆給我做的那桿霸王槍了。」

他飛身上馬，大聲道：「走吧。」

一聲令下，帳前一百多人同時上馬，這些人平均身高在一米九左右，人高馬大，都穿淡金盔甲，兵器也是五花八門，有拿大斧的，有拿大刀的，還有的背上插著標槍，遠遠看去固然是威風凜凜，但離得近了，就會發現這些人幾乎沒一個不帶傷疤，脖子上手上全是坑坑窪窪的。

我跟項羽並肩而行，項羽悄聲道：「咱們身後這些人都是我的親兵，精挑細選，任哪一個手上都有百八十條的人命，否則沒資格站在這個隊列裡，有這一百人護住左右，你可以放心地在萬人軍中衝殺。」

我們這一行人並沒有跟著大部隊一起行進，而是輕兵簡從，順著一條小徑慢慢往前走，我小聲道：「羽哥，咱們這是去哪？你是要搞敵後突襲？」

項羽道：「帶著你，今天我就不親自上場了，主要就讓你看看我們是怎麼打仗的。」

我這才發現我們已經漸行漸高，不多時來到一面巨岩之上，下面是一望無際的草原，這個視角能觀看到戰場全貌。

在我們腳下，項羽的軍隊已經集合完畢，最前面是不到兩千步兵，他們穿著毫無防護的葛衫，拿的也都是些簡單的短兵器，在兩側，裝備不一的各兵種掠陣，還有少量的車兵，這些人馬大概就是各路諸侯軍，最顯眼的中軍位置上，是黑壓壓鐵氣沉沉的騎兵大隊，數百面旌旗飄展，都寫著大大的「楚」字，應該就是項羽的嫡系部隊了

我一眼就看到其中一員黑甲大將，背負一支車輪般的大錘，正在那咬牙切齒，好像迫不及待的樣子，正是黑虎，他跨下那匹大黃馬也跟主人一個德行，不停地尥蹶子咆哮。

奇怪的是，黑虎身邊前後左右兩百米的地方全都空了出來，他一個人站在密集的大軍裡格外顯眼，我奇道：「黑虎怎麼那麼占地方呢，他有狐臭啊？」

項羽淡淡一笑：「一會你就知道了。」

這時我們已經下了馬，我在巨石上轉了轉，楚軍的前鋒正好在我們腳下，可是往後看去，綿延數里都是密密麻麻的人馬兵車，在這平坦的草原上依舊一眼望不到邊。

我嘿嘿笑道：「真是兵不厭詐啊，說是一萬五千人，你這恐怕把老底都掏出來了吧，怎

麼，要群毆人家章邯啊？」

項羽愕然道：「這就是一萬五千人馬啊。」

我大驚，擦著汗道：「不對吧，我怎麼看著有二十萬？」

項羽輕蔑一笑：「那是因為你大片看多了，不要以為滿滿一螢幕人就真有多少，憑我的經驗，那些最宏大的場面最多也不過兩千人，真正的千軍萬馬是我們眼前這樣，如果真有二十萬大軍混戰，現在整個草原就應該看不到草了。」

我一個勁地擦汗，原來是這樣啊，我忽然想起一個成語叫草木皆兵，他能把草木都當成人，這只能說明他真的見過千軍萬馬。

我左看右看，問道：「敵人在哪？」

項羽的一個親兵趴在地上聽了聽，道：「來了……」

這時就見在我們視野的邊際上，一條黑線緩緩向我們移動，就像晴天裡忽然有烏雲在天上滾動遮下的陰影一樣，再近一些就隱約可見對方也是旌旗招展，秦軍到了！

說實話，我本來對我們很有信心，可是對方的聲勢也太驚人了，至少人家的服色都是一致的，遠遠的湧過來像潮水一樣。

好像是受了我的感染，楚軍最前面那兩千多人開始出現騷動，但很快被身後的鐵騎喝止了。

項羽盤腿坐在地上，撿個小石子丟在下面黑虎的肩甲上，黑虎抬頭道：「將軍……」

項羽道：「一會兒等他們一停下來就衝上去，今天你要好好表現，我兄弟看著你呢。」

黑虎舔著嘴唇興奮道：「多謝將軍。」

我問：「你不部署部署？」

項羽用草棍兒劃拉著地道：「部署完了。」

我：「……」

這時對方的人馬已經漸漸靠近，隨著兩軍的距離慢慢放下速度，看來也是在調整狀態準備衝鋒，離著約有一百米距離的時候，對方傳令官站在小車上拼命揮動手裡的旗子示意停下，「轟隆」一聲秦軍全部駐防，軍威甚是整肅。

這一下倒彷彿給楚軍下了進攻命令似的，只見黑虎長喝了一聲，他身邊的楚騎兵便一齊把矛頭斜豎起來，推搡著前面那兩千步兵發動了衝鋒。

這讓我非常奇怪，我一直納悶這些看上去沒什麼戰鬥力的步兵是幹什麼用的，這時一看，原來是被迫組成的敢死隊，他們在正規軍的逼迫下，只能大喊著向秦軍衝過去，楚軍在他們身後重新列隊，好準備下一輪的進攻。

這兩千人像是被逼急了的兔子一樣，在前有敵人後有督軍的情況下，只能一味的前進，轉瞬間就和秦軍短兵交接。

秦軍的前鋒也都是精銳的騎兵，長戈遞出，這些人頓時慘叫連聲，而且秦軍還有弓箭的掩護，這兩千人轉眼就沒入了敵陣中，大約不到五分鐘時間，死傷已然過半。

戰勢太快，我直到此刻才醒悟過來，抓狂道：「這就是你所謂的新軍？」

項羽點頭道：「是的，他們大部分都是俘虜，讓他們打衝鋒，就是阻一阻敵人的氣勢，還有就是讓他們把敵人的刀刃磨一磨，一會兒我們的人就能少損傷不少。」

我眼見著「新軍」剩下已經不到三成，仗還沒開始打，兩軍陣前已是血肉模糊，不由得身子一陣發虛，一屁股坐倒在地上道：「你這……也太殘忍了吧？」

項羽淡淡道：「打仗哪有不死人的？」

是的，就是這個口氣，項羽一向只注重結果，就像當初他跟倪思雨說的，「比賽輸了就不要來見我」，街上有人跳樓，他不聞不問；為了教曹小象開車，他能把全車人的性命都搭上，只能說他對別人和對自己都很公平。

項羽道：「那些人裡打完這場仗能活下來的，會編進我的嫡系部隊，不管你以前是什麼人，為誰打仗，編進去以後，誰也不敢再輕視你，也就是說性命和尊嚴有了保障，要想讓人給你拼命就得給他們希望。」

我眼瞅著一個士兵被人用槍從嘴裡捅進去，槍尖從後腦勺鑽出來，頓時臉色煞白，胃裡也極不舒服，老說戰爭殘酷，這不是特技，是活生生的人啊。可是我能說什麼呢，上去拉架去？

這原本也是組成歷史的一部分，我只不過恰巧看見了而已，換句話說，這些人命該如此，沒有他們做肉盾給項羽換來一場場的勝利，也就不會有後來的楚漢之爭，那麼歷史又不知道是什麼樣了。

項羽見我不說話，微笑道：「要知道你來的是兩千多年以前，你不用把他們當真人對待，反正你只要再開一回車，他們也就都不存在了——」

項羽忽然捏著我的肩膀，指著戰場幽幽地道：「你看他們，活得多痛苦，就算那些殺人的人，一會兒也免不了會被別人殺掉，就算贏了這場，還有下一場等著他們，可是他們死了就完全解脫了，投生到一個太平年代去，不管貧富，他們能平平安安地活一輩子，這樣難道不好嗎？」

我綠著臉道：「你這麼一說我真舒服多了，不過這會不會成為你以後草菅人命的藉口啊？」

這時那兩千人已經被殺得差不多了，他們雖然沒有給秦軍造成多大的損失，但是他們這一衝已經打亂了秦軍的陣腳，黑虎見時機成熟，又是一聲長喝，楚軍騎兵頓時平端長戈，催動戰馬發起衝鋒。

我特意留意黑虎，只見黑虎從背上摘下大錘拋在地上，我正奇怪，忽然見他把手在頭頂揮舞了一圈，那大錘就從地上躍起，原來錘身上鑄有鐵鍊，另一端就牽在黑虎手裡，他把大錘漸掄漸快，隨之鐵鍊放長，那錘嗚嗚作響，慢慢形成了一個直徑十米的圈子。

黑虎大叫一聲催馬前進，大錘不停揮動，等他衝到秦軍中去，那就是一面巨大的絞肉機，所過之處全是無頭的屍體和殘槍破劍。

我吞了口口水道：「這人力氣只怕比你不小——他就是那個死在彭城的黑虎吧？」

項羽點頭。

雙方交戰了不過半個小時左右，楚軍已經把優勢慢慢擴大，其實秦軍失去衝鋒的先機並不是什麼不可挽回的劣勢，他們的兵將也不可謂不精，但就是不肯死戰而已，被奮不顧身的楚軍一趕，很快就散成了一地。

項羽最後看了一眼下面，懶洋洋地起身道：「我們回去吧。」

我們回到大營以後，受到了英雄般的禮遇。

太陽下山後，打掃戰場的將士們也都回來了，忽然有人來報，章邯自率十萬大軍自棘原來襲，目前駐紮在二十里外。

項羽道：「嘿，他這是要跟我決戰啊。」

虞姬接過項羽的頭盔，道：「他三番五次的派小股部隊來騷擾，沒一次得逞，怎麼還敢自己來？」

項羽道：「所以他太需要一場勝利了，胡亥已經在懷疑他有貳心，秦軍士氣低靡，老章再不拼命，只有死路一條，嘿嘿，明天這一仗可不容易呀。」高聲道：「來人，有請各位將軍，咱們大帳篷議事。」

我拉住項羽低聲道：「羽哥，有把握嗎？」

項羽哈哈一笑道：「別人不知道，難道你還不知道嗎，明天章邯將一敗塗地，我現在只不過是做做樣子罷了。」

我擔心道：「小心點啊，歷史原來的軌跡已經被抹掉了，任何一點意外都有可能轉變戰局，你可別太大意了。」

項羽擺手道：「不礙的，我實在想不出我怎麼才能輸掉這仗，哈哈哈。」說著走進中軍帳去了。

我看著他的背影，小聲罵道：「切，好了傷疤忘了疼。」

虞姬奇道：「小強你說什麼呢，大王以前受過傷嗎？」

我嘆了口氣道：「你沒事好好勸勸他吧，凡事別太自信了。」

……

這一夜項羽跟諸侯們商量了半天戰略計畫，我睡醒一覺上廁所，才見他剛從中軍帳裡走出來。

早上我迷迷糊糊地聽到軍隊又在集合，出去一看，果然，親兵隊已經集結完畢，項羽也已經騎在兔子上。

難得他今天格外精神，他把槍橫在馬背上，正在聽各路人馬準備情況，見我披掛整齊地走出來，笑道：「小強今天還去嗎？」

他這一笑把我笑毛了，賭氣道：「去！」

我帶著一口氣就要上馬，走到半路又退回來了：「要去的話，先等我把盔甲脫了。」這玩意太礙事了。

在路上，項羽跟我說：「一會兒我很可能得衝鋒上陣，你照看自己，只要原地別動就行了。」

我輕蔑一笑，心裡早已打定主意：就按他說的辦！

在路上，我看著前後川流不息的軍隊問項羽：「羽哥，這又是多少人馬？」

項羽道：「三萬。」

我點點頭，忽然從馬上立了起來：「三萬？對方不是有十萬嗎？」想了想隨即道：「哦，是號稱十萬吧？」

項羽道：「對方確實有十萬，這個我們的探馬是不會虛報的。」

「這差距也太懸殊了吧，三個人打十個人，怎麼也打不過呀。」

項羽笑道：「打架和打仗不是一個道理，實力對等的話，三個人當然很難打贏十個人，但是萬軍陣前，你只要把他們的氣勢打沒了，就算有再多人也無濟於事。」

行不多遠，忽有探馬來報：敵將章邯親率全部人馬在前方五里處駐防，項羽吩咐一聲：「列陣前進。」

這樣一來，三萬人就在草原上鋪陳開來緩緩推前，探馬不停來報，我們已經離敵軍越來越近了，終於，依舊是昨天那種壓人的烏雲大陣展現在眼前，十萬人馬果然是鋪滿了整個草原。

對方陣前，一員老將騎在馬上，頭頂瓔珞盔，長鬚颯然，手裡拿著兩把鐵劍，項羽跟我說：「那人就是章邯。」

作為主將，而且是秦朝最後一支生力軍的元帥，章邯今天居然親自打頭陣，可見他對這場仗是志在必得，在他身周，數千親兵手舉一人多高的大盾把他嚴嚴實實護在中央，再旁邊，是端著長戈的重步兵。

這一回，雙方誰都沒有率先發起進攻，楚軍在項羽的帶領下默默地前進著，隨著距離越來越近，氣氛也開始變得壓抑起來。

最後，兩軍相距不到五十米的地方，項羽單人匹馬上前幾步，叫道：「章邯，我幾次三番勸你投降，你想的怎麼樣了？」

章邯臉色陰沉，高聲道：「你只帶三萬殘卒來迎我十萬大軍是什麼意思，要螳臂當車嗎？」

項羽催馬在兩軍陣前來回奔走，朗聲道：「多殺無益，你我都是暴秦下的草芥之民，我只帶三萬人來，是不想把你趕盡殺絕；還有，我在這裡三萬對你十萬，你留在棘原的十萬老本可就不止對我十五萬精兵了！」

章邯面色微變，秦軍中頓時議論紛紛，項羽話裡已經挑明，他原來是派人偷襲章邯大本營去了。從這幾句話看，項羽確實有著很高明的戰術，偷襲章邯大本營不說，在秦軍面前他不但打擊章邯氣勢，更用言語表明他不想對他們下死手，那麼還在疑惑中的秦軍一會打起來也就未必肯出死力。

章邯大怒，撥馬向前，對擋在他身前的親兵大聲道：「讓開，我有話說。」

眾親兵齊道：「將軍小心！」

章邯喝道：「讓開！項籍匹夫敢站在我大秦朝的土地上撒野，我章邯個人安危算什麼?!」

親兵們每人眼含兩泡熱淚，呼喚道：「將軍……」

章邯越馬來到秦軍最前面，撥轉馬頭面對眾兵將，頓了一頓這才飽含感情地說：「將士們，你們是大秦的都護欄杆，你們的步伐曾一度踏遍過六國，今天的盛世，是你們的父兄和你們用鮮豔的熱血換來的！在你們身後和腳下，是大秦的土地，你們的親人，在默默地看著你們，在你們身邊曾經戰鬥過的勇士們，他們在看著你們！」

章邯忽然背轉身一指我們這邊，聲色俱厲道：「他們的腳下，也是我們大秦的土地，現在，我要你們衝過去，砍下他們的頭顱，用敵人的血來洗刷我們作為軍人的恥辱！」

章邯高舉鐵劍，用顫抖的聲音吼道：「今天，我願意跟你們一起分享勝利或者一起倒下，我會一直在你們的前面為你們引路，唯一所願，我死後，你們能踏著我的屍體繼續向前！」

我起了一身雞皮疙瘩，章邯的戰前動員確實很感人，最前面的秦軍都已經被他調動起來，一個個熱血沸騰，面目猙獰，舉著手裡的兵器一起吶喊：「殺！殺！」

這時項羽已經回歸本隊，他就在我身邊，抱著槍笑笑地看著章邯演講，好像完全沒注意到敵人的氣勢現在已經蓋過了楚軍。

項羽看看正在調動攻擊陣形的章邯軍，拍拍我的肩膀微笑道：「小強，你也給咱們說兩句。」

我愕然道：「說什麼？」

「就像上次那個『我們從不願挑起戰爭，但從不畏懼戰爭』之類的，你不是挺會說的嗎？咱們的軍隊需要氣勢。」

我頓時抓狂了，上次是打群架，這次是打仗，能一樣嗎？再說我該說什麼呢，生猛的噱頭都被章邯那老小子給說完了，我抓著頭，在這關鍵時刻我要不能說出點什麼來，這三萬人可怎麼辦啊？

與此同時，所有的人都眼巴巴地等著——結果就是我看看這些人，這些人看看我，大眼瞪小眼。

過了小半天，話還是沒想起一句，你說，前天我還坐在家裡抽菸呢，今天就跑到秦朝來，我忽然感覺到一種巨大的荒誕感，尤其是那些看我的戰士們，一個個直眉愣瞪的，在這種錯愕注視下，我再也忍不住，噗嗤一聲笑了出來。

我一笑完就意識到事情嚴重了，熱血臺詞一句沒想起來，還把最後一點士氣給放了，這仗要能打贏才是見鬼了。

在這種人人神經緊繃的戰場上，我這麼一笑，反而搞得前面那些戰士都忍不住笑了起來，這一笑簡直就像致命毒氣一樣迅速蔓延，後面的不知道前面的人為什麼笑，但是笑聲一起，自己也忍不住跟著笑起來，就好像等大人物講話，全場最肅靜的時候有人放了一個響屁一樣，只要有人引頭，所有人都只能忍俊不禁。

到後來，一傳十十傳百，我們這三萬人集體笑得前仰後合樂不可支，我們對面的秦軍本來正澎湃著，一下被這笑聲搞懵了，他們眼見敵人不顧死活地放鬆大笑，好像聽到了什麼最可笑的事情一樣，不禁都呆愣當地，不知不覺的，高舉起的武器慢慢放了下來，在我們的大笑聲中面面相覷。

章邯這時被氣得鼻歪眼斜，當他發現他的士兵們都已經放下武器時，就知道事情不妙，他試圖再次激起他們的氣勢，不停說：「將士們……我們的腳下是……」誰還再聽他忽悠啊，再說被笑聲一掩，也沒人能聽見他在說什麼了。

項羽見時機成熟，猛地一催馬向對面衝了過去，大槍一橫，黃金甲在太陽的照射下折出萬道強光，大氅在風裡飄起獵獵作響，恍如天神下凡，剩下的那一百近衛軍身著淡金盔甲，眾星捧月般追隨在後，這一隊人在前，後面的楚軍不管多遠都能看到。

章邯這會還在秦軍前列呢，項羽這一衝鋒，他下意識地撥馬繞進了親兵的護衛中，這樣一來，秦軍陣腳頓時亂了，自己的將軍被人趕了回來，秦軍自然軍心渙散，不知道該迎頭衝鋒還是就地防守好。

而楚軍就完全不同了，將軍都奮不顧身地衝出去了，當部下的怎麼敢怠慢，急忙各招本部，瘋了一樣衝向秦陣。

項羽的大槍左挑右刺，一人一馬像把鋒利的刀插進奶油蛋糕一樣殺進去老遠，他的近衛軍個個狠戾非凡，看似要比他慢了半拍，正好護住項羽的斜後方，這一百人箭頭般分開層次，緊隨著項羽深入敵軍。

秦軍的前頭部隊在茫然無措的情況下，只象徵性地抵抗了幾下就開始回身潰散，十萬人的軍隊還不及有人陣亡就已經全軍覆沒了。

這一仗，一共斬首八千，繳獲軍資無數，章邯不知所蹤，但是項羽告訴我，用不了多久他就會自己來投降。

夕陽斜照，項羽把頭盔抱在手裡，身後是他的近衛軍，得勝歸來的將軍，忠誠的衛士，茫茫的草原，這情景看著多熱血呀。

項羽見我一個人站在那，貼近我小聲說，「小強，要不是你那一笑，我們會死很多人。」

假如我當時說出更讓士兵們熱血沸騰的話來，結果可能和秦軍兩敗俱傷，這樣說來，我這一笑的價值不是簡單的扭轉了一場戰爭，更是一次歷史的轉折啊。

我得意道：「是嗎，以後你打仗我就專門負責給你笑，傻笑五塊錢一次，微笑十塊，大笑二十……」

無論如何，我這一笑的價值是有目共睹的，什麼叫一笑傾人城，再笑傾人國，說的就是我！

我說：「要論起來，胡亥還是咱倆的晚輩，兩個做叔叔的合起來欺負侄兒，你說這叫什麼事啊。」

項羽哼了一聲道：「除非老嬴復活，要不這天下我搶定了，對了，你趕緊把劉邦那小子的記憶恢復了，要不我勝之不武。」

說到這，項羽微微笑了笑，能看出經過那一年相處後，他對劉邦已經沒了殺意，但是這口氣一定要爭的。我訥訥地不知道該說什麼好了。

晚上回去以後，項羽下令全軍休整改善伙食，章邯一敗，意味著項羽短期內已經沒有了天敵，除了過段時間要和三心二意的諸侯們小小周旋一下，沒有什麼大動作了。

在項羽的大帳裡，我跟他說：「那，羽哥，我明天就得回去了。」

項羽一頓道：「這麼快？那可不行，不住個一年半載的，起碼也得仕個把月吧。」

我說：「長期留在這跟你搶風頭也不是個事呀，再說包子已經懷孕了，我來你這兒，連招呼都沒打……」

項羽道：「你給她打個電話不就完了嗎？」

虞姬和小環：「電話是什麼？」

我把手機拿出來攤給項羽看，一格信號都沒有。

項羽失笑道：「那也不必急著走，再住兩三天總可以吧？」

我凝重道：「主要我還得拿上藥再去看看嬴哥和軻子，我真怕軻子這回成功了，那可就糟了。」

項羽嘆口氣道：「那我就不留你了，見了他們帶我問聲好，如果有可能的話，把他們送到我這來咱們聚聚。」

我擦著汗道：「從他們那到你這是多少年？」

項羽道：「也就十來年。」

「再過十來年，嬴哥歲數大了，軻子倒是有可能，不過他來了，咱們是不是都得叫他叔叔啊？還有，我那車一發動就是幾百年，一不留神人就沒了。」

項羽黯然道：「看來大家是再聚不到一起了，我還真有點想念師師那丫頭和老吳他們了。」

虞姬眨巴著眼睛道：「大王，這些人……都是誰呀？」

項羽隨口道：「是我在另一個世界認識的好朋友、好兄弟。」

虞姬納悶道：「另一個世界？那是什麼地方，離吳中遠嗎？」

我剛想找詞敷衍過去，項羽一攔我道：「小強，這件事我不打算瞞阿虞。」

也是啊，他為了虞姬頭可斷血可流的，沒什麼事情需要瞞著她，我也只好點了點頭，可是心裡更亂了，這樣一來，就虞姬自殺這件事上肯定就會有變動，可是……就算項羽不告訴虞姬，就算劉邦再把他圍在垓下，項羽會眼睜睜地看著虞姬去死嗎？

虞姬以手托腮，怔怔地看著項羽，項羽想了想，好像又一時無法說起，只得道：「以後有時間了，我慢慢跟你說。今天我和小強睡，你們也早點休息吧。」

虞姬也不多問，笑咪咪地出了大帳。

這就是傳說中的極品女人啊，男人不想說的，她絕不多問。難怪項羽說她絕不會問出「我和你媽同時掉進水裡你先救誰」這種問題來。

小環也低著頭跟著她出去，一邊喃喃道：「張冰？這名字好古怪，不過很好聽。」

項羽看著兩人遠去的背影苦笑道：「還真不知道該怎麼跟她們說。」

「……其實我開玩笑的。」

項羽擺擺手道：「不是這個，有很多關節處我還想不明白要怎麼跟阿虞說。」

「比如垓下？」我頓了頓，小心翼翼地說：「羽哥，其實我也有個很大的為難處，不知道該不該跟你說。」

項羽笑道：「你我之間有什麼不能說的？說吧！」

「……我這次來，本來是想去找嬴哥他們的。」

「這個我知道，怎麼了？」

「我之所以去找他們，是因為怕軻子真的刺了嬴哥。」

「這個我也知道，小強你要說什麼就說吧。」

「我去阻止他們，一是因為我不希望看到大家自相殘殺，還因為……嬴哥不能死。」

項羽並不笨，他摸著額頭道：「哦，不能死？」

「是的，嬴哥一死，就說明原有的歷史發生了重大變故，那樣的話，我們就都會被抹殺。」

我把人界軸的事原原本本跟他一說，項羽聽到最後雙眉緊皺，說：「這麼說來，我們這些人必須按原來的樣子活著，否則就會遭到滅頂之災？」

我點頭。

「這麼說……鴻門宴上就算我想殺劉邦也不能殺，在垓下，我註定要吃那個大敗仗？」

我只好再點點頭。

項羽猛地站起來在屋裡走來走去，激動道：「這不公平，你知道嗎？」

我小心道：「其實也挺公平的，人人都是活一次，你只不過是多吃了一顆藍藥罷了。」

項羽呆了一呆，忽然暴跳起來：「別的暫且不說，我絕不允許阿虞再死一次，我這就發兵去把劉邦那小子滅了！抹殺不就是再死一回嗎，我項某何懼？」

我忙勸道：「羽哥你冷靜點，既然你事先知道了，還會讓嫂子自殺嗎？我也不能看著不管啊，再說——你真的能對邦子下得了手嗎？」

項羽頹然坐倒，把手裡的酒擠捏成一條棍兒了。

我黯然道：「羽哥，我是真不該來啊。」

項羽聽我這麼說，勉強一笑道：「別這麼說小強，就衝你又讓我見到了阿虞，就比什麼都強。」

我不好意思地說：「嫂子本來一直就在你身邊，沒我什麼事。」

「那不一樣，是你讓我知道了失去的才珍貴，這比打下江山當了皇帝更重要。」項羽思忖良久，終於說：「好了，下次你再來的時候，把劉邦的記憶恢復了，江山我再送他一次，就權當為了阿虞和你們這些無辜的人，咱們湊在一起好好商量商量該怎麼辦，現在就算我想退出也不行了，好在還有點時間，只要能保阿虞不死，我願意假敗給他。」

項羽這麼一說，我心裡的一塊大石頭這才放下，感慨萬千道：「是我對不起你，羽哥，我要是不來，你也不用這麼為難了，我來找你，一是因為這三天沒飯吃，二是因為……我想你了。」

項羽這會兒也想開了，站起身拍拍我的肩膀道：「如果你不來找我，我八成還是按以前的方式活完這輩子，那樣的話你也不用麻煩了。你來找我，是把我當成兄弟，我因此再一次得到了阿虞，只不過重複以前做過的事有點無聊而已，權衡利弊，還是應該感謝你。」

我笑道：「也不用太在意，我們是兄弟嘛。」

第十章

我不是妖怪

那甲丑隊長膽大，走前幾步，跟將軍說：

「那妖怪好像有話要對我們說。」

我把車窗打開一條小縫，喊道：「我不是妖怪。」

隊長驚道：「會說人話，那你是什麼？」

「……我是人，我要見嬴……我要見你們大王。」

第二天我早早的起床，沒有驚動任何人，在項羽的陪同下，兩人兩馬去找我的車。

我騎在馬一個勁地晃悠，說：「羽哥，你和嫂子那麼恩愛，怎麼也沒給包子她們家多添幾個祖宗，實在不行，我把安道全的秘方給你？」

項羽：「……還是你留著吧。」

我來到車前，開始一件一件往下脫衣服，項羽納悶道：「你這是幹什麼？」

「你這兒的東西我是不敢再往回帶了，對了，你那黃金甲還在我那呢，下次來給你帶上。」

項羽撓頭道：「真是，前幾天我就發現不在了，我還以為是阿虞給我放丟了呢。」

我脫光身上衣服，把毯子輕車熟路地往腰上一圍，向項羽揮了揮手道：「羽哥，那我走了。」

項羽從兔子身上跳下來，有點失措地看著我，直到我鑽進車裡他還沒想出什麼告別的話。我慢慢發動了車子，終於看見越來越遠的項羽站在高處朝我緩緩搖著手，顯得煢煢孑立，我心裡莫名地一酸，英雄也傷別啊……

這一回沒用多長的距離我就進入了時間軸，眼前開始斑斕後，我連忙把速度開到最大，經過九個多小時奔波，我終於回來了。

當我把車停在家門口的時候，真有種恍如隔世的感覺，可是話說回來並不覺得怎麼美好，首先這個空氣就特別不適應，像被扣進了鍋裡似的，我已經不太習慣一眼望不到邊的環境和空氣了。

晚上，我披著大被子坐在沙發裡，面前放著包子給我熬的薑湯。

花木蘭看著狼狽不堪的我笑問：「你這是打哪來的啊？」

吳三桂湊到我跟前使勁抽了抽鼻子，神經兮兮地說：「我聞到了戰場的味道。」

包子啊了一聲道：「你跟人打架去了？這幾天你到底上哪去了，電話也不在服務區，也不說給家裡來個電話。」

我端起薑湯來吸溜了兩口，嚏著鼻涕說：「你老公我一個人面對千軍萬馬，你猜怎麼著，我就那麼哈哈一笑，對方十萬大軍是屁滾尿流……」

包子跺腳道：「人已經燒糊塗了，你們看著他，我去弄條冰毛巾。」

吳三桂看包子走了，拉著我小聲道：「小強，你這幾天到底去哪兒了？」

我意猶未盡道：「我跟你們說，羽哥打仗真不是蓋的，以三萬對十萬，對方連還手之力都沒有——不過他也說了，那是在有我幫助的前提下。」

吳三桂愣道：「你真的見到項老弟了？」

我長出一口氣道：「這事跟你們就說了吧，不過不要告訴包子，我怕她動了胎氣，我真的又見到羽哥了……」

我把人界軸的事情跟他們一說，吳三桂聽了激動道：「這麼說來……我們還能回去？」

花木蘭插口道：「不見得，就算我們能回去，也還是得喝那碗孟婆湯，小強如果不去找我們，我們是不會知道自己已經死過一次的。」

吳三桂抓住我的手興奮道：「那……」可是說完這一個字，就再沒了下文，良久之後才又黯然道：「哎，那小強也不必去找我了，我那輩子也沒什麼值得留戀，更沒什麼值得重來的地方。」

花木蘭也感慨道：「能在歷史上留下點薄名的人，其實哪個不是一世艱辛，要讓我再過十二年那樣的生活，我真怕我挨不下來。」

我陰著臉道：「什麼意思嘛，就是不歡迎我去你們兩家串門？」

花木蘭和吳三桂對視了一眼，呵呵笑道：「最好別去，你去找我們，就說明是我們給你找麻煩了。」

這時包子拎著一條冰毛巾過來，喊道：「快點快點，把他弄趴下！」

別說，被包子的冰毛巾這麼一裹，我腦袋變得格外好使，我忽然想到：這些人回去以後，大部分還是要按自己原來的軌跡走下去的，突發事件當然會有，但是人的性格才是決定因素，就拿項羽來說，他絕不會因為一兩件偶發的事改變對敵人和朋友的看法，由此我得出一個結論，幹完二傻和嬴胖子這檔子事，基本以後就不用跑了。

第二天，我帶著一顆清醒無比的腦袋去找何天竇，劉老六居然也在，這兩個老神棍一旦化干戈為玉帛倒是滿談得來。

我往何天竇的沙發裡一坐，乾脆地說：「這次沒去成秦朝。」

何天竇道：「我們已經知道了，正在說這事呢。」

我伸手說：「再給我幾顆藥，我去把這事擺平。」

劉老六問：「你打算怎麼做？」

我說：「我想過了，先把藥給荊軻吃，秦始皇是皇帝，我接近他比較困難，只要把藥給荊軻吃了，讓他不要刺殺胖子就行了唄。」

何天竇高深一笑：「只怕沒那麼容易。」

我說：「我去主要是為了救下荊軻，其實咱們不去管他們，胖子多半還是一樣會安然無事的，對吧？」

何天竇連連搖頭道：「你忘了一件東西，荊軻刺秦的匕首還在你這呢，這可是重要的道具。當然，荊軻沒有了它，也許會用另一把匕首去刺秦始皇，也可能會用別的辦法，但是這就是一個極其重大的變數，結果會不會一樣已經很難說了。」

我聽得一頭冷汗：二傻來我這兒的第一天就問我刺秦為什麼失敗，我教他把趙國版圖的比例尺放大，裡面帶一件長傢伙進去，他不會真的帶一把方天畫戟去吧？

何天竇微笑道：「所以，這一趟不管是從道義上還是責任上，你恐怕是一定要去的。」

我想了想，跟劉老六說：「要去可以，你得把車給我改改，第一就是這衣服，拿這次來說，基本上，國家博物館也沒幾件衣服是我能穿著到地方的——你也知道秦朝的法律很苛刻，往門口倒點垃圾就得砍手，我這光著，到了那沒見上秦始皇直接就被閹了——說不定歷史就是這麼改變的，教秦始皇拔劍的那個不是太監嗎?!還有，油怎麼算也不夠，加再滿都回不來，我算過了，跑完秦朝以後，油箱裡的油最多還夠我翻到北魏，木蘭姐不回去，我連一個熟人都沒有啊。」

劉老六使勁點頭道：「怪我，因為以前也沒經驗，我把這些事都給忽略了，一會我就給你車加一個密封法術，這樣的話，只要在車裡的東西都不會受影響。」

我大喜，劉老六瞟了我一眼道：「不過我得提醒你，最好不要帶違背時代的東西，到時候出了事還是你的麻煩。」

我沉著臉道：「還有，那車的冷卻期太長了，左一個三天，右一個三天，我一年出十次任務就什麼都不用幹了。」

劉老六托著下巴想了半天道：「這個嘛，既然你介意，我可以想想辦法，明天給你加個神風術來冷卻發動機。」

嘿嘿，終於是小賺了一筆，神風術耶，聽著很威風的樣子。

我這才跟何天竇說：「行了，把藥給我吧。」

這時何天竇嘿嘿乾笑兩聲，支支吾吾道：「藥……出了一點小問題。」

我一顆心直往地底沉：「怎麼回事？」

這一回何天竇倒是很光棍地說：「還沒做好。」他見我的手已經摸在菸灰缸上，在千鈞一髮之際叫道：「不過你可以拿誘惑草去！」

誘惑草藥性極不穩定，何天竇要我拿這東西去給秦始皇吃，那就意味著胖子一會能想起我，一會就不知道我是誰了，那可是殺人不眨眼的主兒！

我捏著煙灰缸的手沒有絲毫放下的意思，直勾勾地盯著何天竇，何天竇尷尬地道：「其實誘惑草也挺好用的……」

我慢慢放下手裡的東西，何天竇這才輕鬆道：「對嘛，怎麼說我也是你前任。」

「老子不幹了，你什麼時候把藥做出來再來找我，老子抓緊時間和包子親熱去，大夫說懷孕兩個月還能……」

何天竇一把拉住我央求道：「你可不能撂挑子，荊軻現在很可能已經起程了，你就算不為別人，荊軻救過你的命，你總不能不管他吧，他可跟秦始皇不一樣，不管他成不成功都是一死，他要成功了，你就一下失去兩個朋友了。」

我看著一邊的劉老六說：「這就是你們神仙？你們除了要脅人還會幹什麼？」

劉老六道：「這你還不明白嗎，只要這一招用好了，你也能成仙——你這不是已經成仙了嗎？再說我們神仙容易嗎，你在我們面前還不是一口一個老子當著，我見你遇著我們這年紀的撿破爛的也沒這麼不客氣。」說著劉老六頓感委屈，從我身上把我的菸搜走了。

我瞧了他一眼道：「老子以後會注意語氣的！」

說到撿垃圾的，還真得給柳下蹠打個電話問問，畢竟他是目前唯一一個吃過誘惑草的人，我得問問相關事宜。

電話打通以後，一個文質彬彬的男聲禮貌地問：「您好，請問哪位？」

我意外道：「你是誰？」

對方道：「我是王總的秘書，請問您找誰？」

我嘿然道：「還搞了個秘書呀，告訴你們王總，我是小強。」

就聽秘書小聲跟某人彙報：「他說他叫小強，這電話您……」

我立刻大喊：「老王，接電話，我聽見你說話了！」

柳下蹠急忙接過電話，笑道：「小強啊，怎麼不用你手機打，陌生號碼一般都是秘書接。」

柳下蹠現在身分確實不一樣了，雷老四倒臺以後，他就是我們這地方的老大，看樣子過得很不錯，前段時間又硬給自己買了個民營企業家的頭銜，也不知道他想幹什麼。

我說：「最近怎麼樣啊，看樣子挺滋潤的？」

柳下蹠嘆道：「忙啊，我正在整合生意呢，雷老四留下的攤子不好收拾啊——哎對了，上次你給我帶的那人怎麼也不跟我說是秦檜呢，那人太不夠意思，我是後來才知道他跟別人合夥陰你的事。」

我笑道：「你小子別得了便宜賣乖了，要不是那老漢奸你能有今天？」

柳下蹠咂咂嘴道：「也是。」

我小聲說：「現在說話方便嗎，問你點事。」

柳下蹠同樣壓低聲音道：「我不做大哥很多年了，要是黑道上的事我只能說盡力，可不敢保證……」

我笑道：「想什麼呢，我問你，吃完我給你的那草以後，什麼感覺？」

柳下蹠道：「你問這個幹什麼，吃完以後吧，就跟做夢做著被人猛地喊醒一樣，夢裡的你是一個人，醒來以後的你是另一個人，夢裡的事情半記得半模糊。」

「那也就是說藥效很快？」

「嗯，基本上一咽下去就起作用了。」

我忙道：「那現在問你重點，吃完以後大概多久就會出現反覆？」

柳下蹠沉吟了一下道：「大概也就十來分吧，上次我吃完那東西到收拾完那三個小子，就差不多是這麼個工夫。」

「那反覆以後是什麼感覺呢，是不是就完全不認識我了？」

柳下蹠想了一下說：「還是拿做夢給你打比方吧，如果吃完以後像被人叫醒的話，那麼反覆的時候就像是又慢慢睡過去了，你睡著了，身邊還有什麼人、他們是誰，你自然也就不知道了，就好像你夢見自己是條魚一樣，這個時候的我就又變回了徹底的王垃圾，等慢慢再醒了之後才能想起自己還是柳下蹠。」

我擦著汗道：「這來來回回的，完全是雙重人格啊！」

柳下蹠道：「也不是，漸漸的習慣以後就統一了，比如做夢做多以後，你再夢見你是一條魚，可能潛意識裡就還知道自己叫什麼家住哪兒，見著熟悉的人還能叫出他們的名字來，這就離統一不遠了，再慢慢的你也就完全明白了，這是兩輩子的事，上輩子是上輩子，這輩子是這輩子，我現在就不再強調自己以前是個強盜了，王垃圾也是我嘛，兩輩子合成一輩子，這才是一個真正的我。」

我暈暈乎乎地說：「那你現在就應該叫柳下垃圾——最後一個問題，合成一個完整的你一共需要多少時間？」

「到完全沒有認識上的障礙的話，需要一個禮拜左右。」

我掛了電話，痛心疾首道：「一個禮拜呀，胖子就算一天殺我三次，我得廿一條命才能夠他殺。」

何天竇假笑道：「沒那麼危險的，我知道你們之間的感情有多深。」

我站起身道：「那給你們一天準備時間，我明天出發。」

劉老六道：「沒啥可準備的，你要能今天走最好，時間不等人啊，我這就給你車加密封術去。」

我抓狂道：「我還沒想好要怎麼接近他們呢。」

劉老六道：「那也是早點出發好，早一天去就有早一天的主動。」說著，拍拍我的肩膀走出去了。

何天竇道：「誘惑草你自己拔去吧，樣子你也認識。」

無奈之下，我只好來到何天竇的草坪上，撩開表面的草皮，下面都是一棵一棵的厚實葉子，這就是誘惑草了，我小心地拔了兩棵下來，想想反正有這麼多，就又多弄了一棵，何天竇心疼道：「你弄那麼多幹什麼？這草三天不吃就沒藥性了。」

靠，無意中又知道一個不幸的消息：原來我只有三天時間。

劉老六裝模作樣地在我車前轉悠了一圈說：「好了，密封術也給你加好了。」

我檢查了一下隨身的物品，想了想，又回家把荊軻那把匕首也帶上了，不管這東西能不能用上，到了秦朝扔在垃圾堆裡也只不過是一把刀子而已，放我這可是大麻煩。

這時，兩個老神棍已經一起站在家門口笑咪咪地看著我，像送煞星一樣等著看我走呢。

我剛鑽進車裡馬上又跑下來，衝劉老六喊：「你答應我的神風術呢？」

什麼事嘛，跟神仙打交道怎麼跟比賣盜版光碟的做生意還得加小心，一個不留神就被算計了。

劉老六趕忙陪笑道：「不好意思啊，你不說我都忘了——老何，去把那個我研製的神風術拿出來。」

拿出來？這法術也量產了？

何天竇也是一頭霧水：「什麼東西？」

劉老六一個勁給他使眼色：「哎呀，神風術嘛——」

兩個天庭牌騙子也不知道怎麼眼神交流了一下，何天竇忙跑進屋去，不一會拿了一個小電扇出來。劉老六拿過來接在我車上，把車門從外一拍道：「行了，你走吧。」

我無語良久道：「……這就是你說的神風術？」

劉老六呵呵一笑道：「它燒電瓶上的電，你開車以後，把前車蓋打開，讓它吹著點引擎就行了，絕對沒問題的！」

……

為了實驗老騙子有沒有給我加密封術，我又帶了不少麵包和飲料，又拿了幾顆蘋果，這才鑽進車裡，把小風扇打開，探出頭去問劉老六：「那要是東西沒事的話，是不是人也能帶過去了？」

劉老六道：「理論上是可以了，不過我勸你別冒這個險，密封罐頭還有壞的時候呢，再說車密封了以後氧氣就有限了，我可不知道你這一車氧氣夠多少人堅持多久時間。」

何天竇道：「而且我看你還是別給自己找麻煩，雖然人界軸倒了以後，朝代和朝代都是並行的住戶一樣，可他們好像不太合適相互串門，你現在的職責就是確保這些住戶家裡都相安無事，你把張三領到李四家引起糾紛算誰的？」

我頓時領悟道：「人界軸好比一個社區的話，天道就是警察總長，你倆就是派出所所長，而我就是小員警，社區裡的居民平平安安過了這年以後，大家論功行賞，要是期間出了問題，連你們的所長帶我這小警察都一起倒楣。」

劉老六何天竇齊笑道：「小強真是明白人。」

我鬱悶道：「可是這要到什麼時候才算個頭呀？」

何天竇道：「往短了說要等天道完全恢復平靜，實在不行，只能等你壽終正寢以後了，那時你就作為新的天官上任，天道會自動平靜下來。」

我無語半晌，翻著白眼道：「這麼說，我要想不開著破車跑長途，還得等總長老爺子怒火平息了，或者直接掛了那天？」

劉老六背著手道：「趕緊走吧，先別想著怎麼討好上面，要本著對社區住戶負責的態度，不但要處理好糾紛，還要安置好他們以後的生活。」

我把一個蘋果叼在嘴裡，開始專心致志地開車，快速進入時間軸，一邊開車一邊想問題。

我這回要去見的人是一個皇帝，一個暴君，雖然他在我那兒是一個整天只知道打電動與人無害的胖子，可人是會變的，而且——說句老實話，我不知道秦始皇就算在藥性穩定的情況下還能不能認我們這段交情，也就是說，我去找他唯一的籌碼就是我們的交情，萬一胖子翻臉，別說二傻救不了，連我也得搭進去。

還有一個最重要最現實的問題，就是我該怎麼接近他們？找項羽的時候還有一個當時是他盟友的劉邦呢，接近秦始皇可就沒這麼幸運，變臉口香糖用不上，複製餅乾也不行。

我一邊絞盡腦汁地想，一邊順手把剛才咬了一口的蘋果拿起來又吃，卻發現這蘋果越吃越酸，低頭一看，才三個多小時，這蘋果已經完全變了樣，拿上車的時候還是紅彤彤的，現在已經變成那種還沒熟綠油油的樣子，看來劉老六的密封術確實是管用了，如果是以前早該變沒了，只不過封是封了，就是不怎麼密，車裡帶的東西仍然受到微弱的影響。

隨著時間的推移，我離秦朝也越近了，可還是一籌莫展，我想過了，就算先找荊軻也很有難度，首先，他也不會一個人到秦國，他住哪裡我也不知道，假如我去燕國找他，就必須先見太子丹，那麼跟見秦始皇就又一樣複雜了，而且，我汽油不夠那麼糟蹋。

眼瞅指標已經跟何天竇給我做的標記慢慢重合，我索性打定主意，在沒想到主意之前，我是半步也不離開這車。

當車停下以後，眼前豁然開朗，前面是一座雄偉的深黑色大殿，從我車上的後視鏡裡可以看到明顯的宮牆環繞，我的車屁股就正對著兩扇巨大的城牆門，城門外依舊是寬闊的石板廣場和綿延無邊的城牆。

我往左右看看，見前邊正有兩排全副武裝的秦兵舉著長戈走過，本來我離他們不過二十米不到的距離，在這空闊的地勢上又沒什麼遮擋物，可能是習慣目不斜視了，他們仍舊沒看見我，我像是這宮殿前的擺設一樣被他們無視。

直到最後一隊巡邏兵走在最後的那個無意中往我這邊看了一眼，情況才有所改變，這小兵像見鬼了一樣，在步調整齊的隊伍裡蹦起來，同時貓著腰，把長戈斜舉對準我的車。

走在前頭的衛隊長正要呵斥他，猛地也看見我了，大吃一驚之下拔出鐵劍怒喝：「何物？」稍微一錯愕間，馬上又大喊：「保護大王！」

整個廣場頓時譁然，兩隊衛兵一起把矛頭指向了我，更有人跑到殿後敲響了銅鐸，剎那間，像捅了馬蜂窩一樣，嘩嘩嘩從四面八方殺出來數以千計的秦兵——他們的裝束很熟悉，跟著項羽打仗的時候都見過，只不過這些人的配置好像更高。

這時人群中轉出一個盔上有盔纓穿披風的傢伙，看了我的車一會兒，大喊大叫道：「關城門，別讓怪物跑了！」

其實不用他喊，我身後的城門已經在緩緩關閉，遙遙對應的，外城的城門也合了起來，不計其數裝備精良的秦兵列成大塊大塊的方隊，臉朝外嚴陣以待，那是防止敵人從外強攻。

內城裡，約有五千人在五分鐘之內就包圍了我，我看清了，他們手裡拿的正是讓匈奴談之色變的秦弩，一個個對著我的車。

從這架勢上看，我不用擔心怎麼見秦始皇了，如果沒猜錯的話，我直接把車停在胖子他們家院裡了——我面前就是秦王宮。

一個頭上有穗兒的傢伙——一般這樣的都是官兒，衝我舉著劍大喊道：「何方怪物，速速離去！」

我在車裡使勁擺手，但可能是玻璃反光，也可能是因為汽車的外型吸引了他們的注意力，那將領並沒有看見我，幾個衛隊長一請示，那將領忽然把手裡的劍往下一劈：「殺！」

頓時數千支弩箭迎面朝我射了過來，觸眼都是閃亮的箭蔟和發黑的箭桿，眼前頓時看不見人了，我打開雨刷，繼續使勁擺手，可是這下對方就更看不見我了。

我聽一個小頭目氣憤地跟那個將領說：「將軍，你看，怪獸朝我們眨眼睛呢！」

將軍氣道：「這是赤裸裸的輕視呀。」

小頭目道：「我建議由我們甲丑小隊擔任衝鋒，向怪獸發起肉搏戰！」

將軍讚許地點點頭道：「你對大王的這份忠誠，我會替你銘記的，去吧！」

然後小頭目就領著十幾個人，拿著長矛和鐵劍朝我衝了過來，經過剛才的一輪射擊，我已經對我車子的堅硬度信心十足，就任由他們在外面連捅帶砍，我把小風扇拿開，然後試著發動了一下引擎，汽車頓時哼哼起來。

這可把小隊的人大大的嚇了一跳，他們一起跳開幾步，大叫起來：「有人，怪獸肚子裡還有一個人！」

也不知是誰叫道：「不是人，是妖怪！」

小頭目帶著十幾個殘兵落荒而逃，跑到將軍身邊擦著汗道：「將軍，怪獸的皮很結實，而且肚子裡還有一個妖怪，我們怎麼辦？」

將軍凝神道：「保護大王安全要緊，誰有辦法趕走怪物，我一定稟報大王重重有賞。」

圍在他身前的一幫小兵頓時七嘴八舌。

這時又有人說道：「我看這怪物法力著實厲害，我們別把它惹急了，我見它似乎也沒有久留之意，不如我們把城門打開，任它去吧。」

可算是遇上明白人了，將軍想了一會道：「嗯，就這麼辦，來人啊，把城門打開。」

於是城門又慢慢地打開了，秦始皇的小弟們都讓開道，眼巴巴地盼著我走，我也挺著急的，劉老六這老騙子的神風術根本不頂用，車子還是發動不了，我一邊發動一邊看外面，外面的人也遠遠地站著看我，就這麼我看你，你看我，大眼瞪小眼，氣氛一時陷入僵局。

最後，實在沒辦法的我只好放棄，又朝外邊的人搖起手來，那甲丑隊長膽大，走前幾步，跟將軍說：「那妖怪好像有話要對我們說。」

我把車窗打開一條小縫，喊道：「我不是妖怪。」

隊長驚道：「會說人話，那你是什麼？」

「……我是人，我要見嬴……我要見你們大王。」

隊長回頭道：「將軍，他說要見大王。」

將軍乾脆道：「可以！」

我一陣大喜，剛想從車裡出來，就聽那將軍斷然的說：「除非他踩著咱們的屍體進去！」

我被逼無奈，急中生智道：「我是來給你們大王送長生不老藥的！」

說實話，秦始皇的護衛隊給我留下的印象不錯，從始至終，他們面對「妖怪」雖然恐懼，但從沒想過要逃跑，可見他們對胖子的忠誠度很高，當然，現在的秦軍從軍事實力上講，不但是七國最強，而且在整個秦朝也是處於鼎盛時期。

當我喊完最後一句話的時候，一干秦軍面面相覷，那將軍也小聲嘀咕道：「長生不老藥？」

我詫異道：「你們大王沒跟你們說過要去找長生不老藥的事嗎？」

眾人都搖頭。

那將軍喝道：「你到底是什麼人？」

我又把玻璃搖下一點，巴結道：「作為值班經理，你應該有這樣的眼光，難道你看不出我其實是一個修仙者嗎？」

有人小聲問將軍：「要不要稟告大王？」

這時忽然從大殿裡呼呼啦啦走出一幫人來，都是文官打扮，七嘴八舌道：「大王問外邊何事喧嘩？」

事發突然，我從來到現在不過短短十幾分鐘時間，倉促中，秦始皇的衛隊還沒有把情況報告回去，所以秦始皇派出人來問詢。

那幾人可能身分不低，統領衛隊的將軍客氣道：「幾位大夫，你們都來了？這個……不知是人還是妖的東西說要給大王進獻長生不老藥，我們也不敢貿然放他進去。」

幾個上了年紀的文官看了坐在車裡的我一眼，不禁都後退到安全距離以外，詫異道：「不知是人是妖……那就是人妖？」

只有一人越眾而出，小心翼翼地靠近我，眼神裡都是好奇，有人在後頭叫道：「李客卿小心，這怪物刀槍不入，著實厲害。」

這李客卿大約四十歲的年紀，身材消瘦，眼睛閃爍不定，一看就是戰國時期那種特有的門客型人物，他停在離我五步左右的位置，戒備道：「你什麼人，硬闖秦宮意欲何為？」

「我叫蕭強，是給大王送神藥的。」

李客卿仔細打量我幾眼，警惕不減道：「既然如此，為了表示你的誠意，你願意從那怪物裡出來嗎？」

這可難住我了，要是待在車裡，至少還有點安全保證，一旦出去，要圓要方可都由人家捏了，可是留在車裡終究不是辦法，我只能說：「你們能保證不傷害我嗎？」

那帶班將軍見我似乎真沒有什麼惡意，叫道：「出來說話，你要不往裡闖，我們也不殺你。」

我權衡再三，一咬牙鑽出車來。一出來我就馬上把板磚包放在地上，高高舉起雙手。頓時有人一腳把板磚踢遠，大喊：「趴下！」同時有好幾個衛兵把我按倒在地，我高喊：「我真的是來送藥的——」

那幾個衛兵報告道：「將軍，他身上真的沒有武器。」

另一個衛兵道：「可是奇怪東西不少。」說著把從我身上搜過去的一大堆物件如手機、菸盒、打火機之類的來回擺弄檢視著。

李客卿見我已經無害，對按住我的衛兵說：「你們讓他起來說話吧。」然後問我，「你說的仙藥在哪裡？」

我攤開手掌，把拼命護住的三片誘惑草展開，旁邊的眾人都情不自禁地往前邁了一步，見是平平無奇的三片草葉子，失望之色溢於言表，就連衛兵也懶得再搶，一起散開。

李客卿離我最近，聞到誘惑草的味道忍不住抽了抽鼻子，就要上手去拿，我一縮手，道：「這藥是給大王準備的，除了大王，誰也沒資格碰它。」

一直躲在衛隊身後的幾個老傢伙相互看看，忽然一起喊了出來：「放屁，萬一你手裡拿的是毒藥怎麼辦？」

我愣了一愣，只好學著人家節烈之士仰天笑了幾下，道：「如果是毒藥……那我毒死你們大王以後也只有死路一條，你們覺得我會那麼傻嗎？」

一干大臣道：「嗯，說的有理。」

一個老傢伙在衛兵身後說：「狗屁，拿你一條賤命換我們大王的命，想得倒美！」

一干大臣道：「嗯，說的有理。」

我抓狂道：「那你們說怎麼辦？」

李客卿卻往前走了一步，堅定道：「我來為大王試藥。」

我把誘惑草護在懷裡道：「不行，這藥很珍貴，吃一片少一片，你吃了，你們家大王怎麼辦？」一話說我可沒打算給一個局外人吃這東西——而且，誘惑草雖然沒毒，可我真不知道吃它的人上輩子是什麼來頭，吃了以後會給我帶來什麼亂子。

李客卿回頭朝王庭方向張望，我們這裡的動向大概已經有人轉播給秦始皇了，不多時就聽有太監尖聲道：「大王有旨，准李客卿試藥，大王說了，李客卿忠心可鑑，如果試藥不死，立擢升為上大夫，並准你前日所奏的《諫逐客令》，停止驅逐各國門客。」

李客卿拜伏在地高聲道：「李斯叩謝大王。」

我頓時出了一身冷汗，小聲道：「你說你叫什麼名字？」李斯？《諫逐客令》？這不是秦朝那個有名的丞相嗎？

李斯慢慢爬起來，跟我說：「現在你總該讓我試藥了吧？」

見我還在猶豫，李斯沉聲道：「別想了，你不讓我試藥是見不到大王的，不管你是抱著什麼樣的目的，總之是達不成。」

一干大臣：「嗯，說的有理。」

我把三片誘惑草在手裡倒騰來倒騰去，低聲說：「你就不怕這真的是毒藥？」

李斯這時也壓低聲音道：「真是毒藥那也沒辦法，我總不能眼睜睜看著你毀了我一生的抱負，當世能建功立業者，唯有秦王，我知道天下想殺他的人很多，就是不知道你算不算其中一個。」

我看看周圍，那五千秦軍已經把我圍得頭皮都發麻了，我捏起一片誘惑草在李斯面前晃了晃道：「我跟你說，這藥……」

李斯也沒耐心聽我囉嗦，一把搶過去塞進嘴裡，隨便嚼了幾下就咽了下去，所有人都眼巴巴地看著他，一旦有絲毫不對，我會立刻被射到牆上去；不過我倒是不太擔心這個，我只擔心吃了誘惑草的李斯到底會想起什麼。

我跟著人們一起眼巴巴地看著他，心裡非常焦急，沒過幾秒，李斯忽然不易察覺地衝我笑了笑，然後在我耳邊悄悄說了一句：「我教初中歷史的，死的時候四十多歲，胃癌。」

「那你怎麼會又投胎到秦朝呢？」

李斯攤手道：「我怎麼知道？別光說我，你是怎麼回事？我以前也常看穿越小說，聽說過出了車禍投生成嬰兒的，可沒見過連車也一起穿過來的。」

我急道：「現在沒時間跟你多說，我得見裡面那個胖子。」

李斯愣了一下，回頭張望了一眼秦王宮，道：「這麼說你以前見過秦始皇？好像很少有人知道他是個胖子。」

「我們是哥們……不跟你多說了，趕緊幫我這個忙。」

李斯本來有很多問題要問，聽我這麼說點了點頭，可是忽然又拉住我道：「我幫你可以，你也得答應我一個條件。」

我跺腳道：「快點說！」

李斯問：「你應該還能回到未來吧？」

我回道：「你有什麼事？」

李斯有點黯然道：「我死了以後，還留下一個上五年級的女兒，她媽是工人，家裡生活條件不是很好，我希望你能照顧照顧她們孤兒寡母的，這……不違反你們的規定吧？」

接著看了看我的車，又懷疑道：「你有沒有這個能力啊，看你開這車，經濟條件大概不怎麼樣吧？」

我面紅耳赤解釋道：「其實我挺有錢的，真的，你死那時聽說過五星杜松酒沒，還有藥茶，那都是我的買賣。」

李斯打量我一眼：「喲，這麼說你就是那個育才的校長？」李斯再無懷疑，問道：「你要我怎麼幫你？」

「我現在要見胖子，而且得把這種藥給他吃一片，你看著辦吧。」

李斯琢磨了一會，忽然跳到眾人面前，手舞足蹈道：「嘿，真別說，吃了這藥以後，腰不酸了腿不疼了，一氣兒上五樓不費勁！」秦朝有五樓嗎？

人們看著形似癲狂的李斯面面相覷，有人小聲道：「瘋了？」

這時李斯把袖子擼在肩膀上，把一隻腳掰到自己懷裡，一手舉向天空做了一個瑜珈的動作，深沉道：「吃了這藥，我感覺到從內而外的平衡——」

一個老大夫從衛兵身後探出腦袋問道：「李客卿，你沒事吧？」

李斯神叨叨地說：「我很好，從沒有過的好。」

老大夫見李斯吃完藥真的沒事，而且兩眼放光，便高聲道：「同食大王俸祿，我認為我們不應該只讓李客卿冒險試藥，要試大家一起試。」

一幫老頭盯著我手裡的藥躍躍欲試：「嗯，說的有理。」

李斯擋在我身前，連連擺手道：「不用試了，我認定這確是仙藥無疑。」

我大聲道：「那他們更得搶著試了。」

就在這紛亂之中，太監傳旨：「大王有令，著獻藥人覲見。」

我興沖沖地就要往裡走，卻迎面碰上倆太監尖聲道：「入殿前需得搜身。」

我退後一步道：「已經有人搜過了。」

其中一個太監咯咯嬌笑道：「男人們幹活，粗手笨腳的我們可信不過，你要是還藏著什麼利器呢？」

我抖著身上的雞皮疙瘩道：「真沒了，我身上最後的利器只能傷到女人。」

那太監一頓，忽然以手捂臉嬌羞道：「你真壞。」

這時又聽有人高喊：「大王旨，獻藥人可免搜身，速速上殿。」

我急忙繞開兩個太監，快步走進裡面。

胖子的辦公室縱橫極廣，起碼有羽毛球館那麼高的屋頂，兩邊是十二根如椽銅柱，整個大殿雄偉粗獷，立在殿裡的人就跟紙糊的一樣卑微渺小，我一邊走一邊左顧右盼，李斯絲毫不敢大意，小聲道：「低頭！」

來到王座前，李斯又拉了我一把，我便站在他身邊，停了一會，只聽上邊太監中氣十足地問：「李客卿，大王問你吃了這藥以後感覺如何？」

李斯急忙上前一步恭敬道：「臣只覺精神煥發，身輕如燕。」

太監又道：「大王令，把藥呈上來。」一個身影端著個盤子走到我身前，等著我把藥放上去。

這個關頭我生恐節外生枝，什麼也不顧地把頭抬起來道：「這藥我得親自獻給大王……」

上面，嬴胖子面無表情地坐在當中，被大殿晦暗的氣氛一烘托，顯得威儀十足，他見我抬起頭，嘴皮子動了動，他身邊那太監便厲聲道：「大膽！」

我最擔心的事情發生了，嬴胖子果然是人前一面背後一面，在我那兒的時候多和藹可親啊，一旦又當上秦王，頃刻就成了大尾巴狼，連話都懶得親自跟我說了。

我唯恐胖子嘴皮子再一動把我射在牆上，忙道：「大王明鑒，這藥只要一離開我手就會失去藥性，小強拳拳之心，天地可表。」說著，我又臨時想起兩句馬屁經，大聲道：「始皇陛下澤被蒼生文成武德，一統江湖千秋萬載……」

這幾句話眾人都半懂不懂，卻拍到了胖子的舒服處，他撓撓頭，開口道：「歪死皇絲隨一聽這個調調，我幾乎親切得要流下眼淚，正色道：「大王以後定會功蓋三皇五帝，理應合稱皇帝，因為您是首創，所以該當叫作始皇。」

（那始皇是誰）？」

底下一干大臣聽我這番言辭一出，頓時預感到我八成以後要官運亨通，賣力應和道：「嗯，說的有理！」

秦始皇大為開心，呵呵笑道：「社（說）滴好滴很，來，你上來。」

我和李斯互相比了一個勝利手勢，一個箭步上了王座前，把一片誘惑草杵在秦始皇面前道：「大王請！」

秦始皇見我這麼積極，反倒犯了猶豫，他先看看下面的李斯，嘀咕道：「這悅（藥）……」

他話沒說完，已經聞到了誘惑草散發出來的淡淡香氣，情不自禁地拿過一片仔細看了看，慢慢放進嘴裡。我心裡大定，忍不住放鬆地把一隻胳膊支在秦始皇桌子上，笑咪咪地問：「嬴哥，想起來我沒？」

下面的人聽不見我在說什麼，秦始皇身邊的太監卻聽得清清楚楚，不等胖子發話，勃然道：「好大的膽子，滾下去！」

秦始皇也使勁一拍桌子，喝道：「哈氣（下去）！」

那太監狗仗人勢，衝我嚷道：「聽見沒，下去！」

秦始皇轉過頭瞪了他一眼：「餓（我）社（說）滴絲膩（是你）！」

看來誘惑草的藥性發揮並不比溶化在水裡的藍藥慢，秦始皇剛吃下它的時候，我就見他臉上的肌肉動了動，然後詭異地看了我一眼，稍微有些不自在，可是我能感覺到來自胖子身上那種熟悉的親切感。

他身邊那太監被胖子一聲呵斥，多少有點發愣，遲疑道：「大王……您說的是我嗎？」

看來這傢伙是胖子的近侍。

秦始皇看也不看他，不耐煩地揮了揮手，我狗仗人勢道：「說你呢，下去！」那太監這才悻悻地走了下去，滿臉委屈地看著秦始皇。

太監雖然下去了，可現在說話還是很不方便，在眾目睽睽之下，我總不能喊胖子「嬴哥」吧？於是我看看胖子，胖子看看我，很是尷尬，我小聲提醒道：「嬴哥，清場。」

嬴胖子頓悟，正襟而坐對群臣道：「你們都出氣（去）。」

大臣們疑慮地相互看看，幾個站在最前面的老傢伙試探道：「大王，這不好吧？」

我忙站在嬴胖子五步開外的地方張開雙手以示清白，秦始皇放平口氣道：「餓（我）好滴很，要跟小強討論哈（下）成仙滴問題，你們出氣（去）。」

群臣恍然：原來大王吃了仙藥以後真的心有所悟，不想旁人分享他的長生不老術。

我在一旁加油添醋道：「你們怎麼還不出去，是不是想跟大王一樣永不朽啊？」

群臣一個個縮起脖子急忙退場。

我看著跟眾人一起往外走的李斯道：「李斯，你留下。」

李斯答應了一聲，大臣見他因為給大王試藥而驟然得寵，現在還能跟著大王永不朽，不禁看他的眼神裡又是嫉妒又是羨慕，這也給他以後被車裂也沒人出來幫他說話埋下了伏筆。

等旁人都走了，秦始皇情不自禁地從寶座上站起來，雙手顫抖著伸向我，第一句話是：

「有撒（啥）吃的摸油（沒有）？」

我無語半晌，把車鑰匙扔給李斯道：「去我車裡把能吃的東西都拿來，順便跟衛兵把沒收我的手機什麼的，也都要回來。」

我定定地打量著秦始皇，忍不住心酸道：「嬴哥，你瘦了。」

胖子擺擺手黯然道：「吃不好歲（睡）不好，能不叟（瘦）麼——你慫咋來咧，咋回絲（事）麼？」

我一時不知從哪說起，只好背著手笑道：「想你了唄。」

這時李斯捧著一大堆東西進來了，秦始皇一把搶過，就放在臺階上，先拿起一個青蘋果啃了幾大口，又擰開一瓶養樂多仰頭喝了起來，邊吃邊嘆氣道：「鬱悶捏，餓這麼大個皇帝想吃碗西紅四（柿）雞蛋麵都摸油（沒有）。」秦朝沒有番茄。

李斯笑道：「大王，您現在還沒統一六國，還不是皇帝呢。」

秦始皇看了他一眼問我道：「他絲咋回四（是怎麼回事）？」

我說：「哦，李丞相上輩子也是咱們那個時代的人，吃了藥想起來的。」

秦始皇跟李斯道：「摸（沒）人的絲（時）候就包（不要）客氣咧，過段時間餓再封你丞相，大夫先當著。」

我看著已經被秦始皇掃蕩了一半的水果飲料說：「嬴哥，留點以後吃吧，咱們先說正事。」

秦始皇邊吃邊道：「你社（說）麼。」

我說：「這次我來，一是為看看你，還有就是來阻止軻子刺殺你的。」

秦始皇頓時扔下手裡的東西，拍腿道：「對咧，還有這個掛皮（傻子）捏！他得絲（是）刺殺餓滴。」

我這心又放下一半，我一直擔心荊軻已經來過了，如果是那樣的話，嬴胖子還活著就意味著荊軻已經死了，我可不想看到這樣的局面。

我忙問：「以前他刺你是什麼時候？」

嬴胖子想了想道：「上次就這一兩天來滴。」

我把最後一片誘惑草拿出來道：「這藥只有三天的效期，三天之內他要不來，事情就不好辦了……」

胖子無所謂地說：「不怕不怕，撒（啥）絲（時）候來都不怕，他對餓不仁，餓不能對他不義——餓總不能再殺了他吧？」

我一拍腿道：「對呀，你現在是皇帝呀！」

一個皇帝，在有防備的情況下當然不會再讓一個功夫二流的殺手刺到，就算二傻三天以後到，到時候只要把他抓住，一切都在可控制範圍內，大不了我再回去拿一趟藥。

說到皇帝，嬴胖子笑呵呵地說：「對咧，你娃還是餓封滴齊王和魏王捏，社（說）話算話，餓這就公告天哈（下）。」

我笑道：「隨便封個齊王就好了，魏王不要了。」真沒想到呀，當初的一句戲言今天竟然成了真，包子還是鄭王和大司馬呢。

李斯忽然臉現茫然道：「大王，就算您統一了六國也不能再封王了，難道您想看到天下再次陷入諸侯混戰的局面嗎……我的想法是這樣，以後天下都歸我大秦，我們把以前的諸侯國分成一個一個的小郡……」他看了看我，好像嚇了一跳似的問，「你是何人？」

秦始皇納悶道：「他這絲（是）咋咧？」

我頓時冷汗直冒：誘惑草的副作用開始了！我擦著汗跟胖子說：「他已經忘了上輩子的記憶了，一會兒你也一樣。」

李斯變得十分恭敬，彎著腰跟秦始皇說自己的計畫，他現在完全成了那個李客卿，我看了下時間，差不多從他吃誘惑草到現在就是個十幾分。

秦始皇朝他擺手道：「退哈（下）！」

李斯不敢多說，急忙倒退著走出大殿，眼睛裡還有點迷茫。

秦始皇瞪著我說：「你有撒（啥）瞞餓滴？到底是咋回四（事）？」

我有些著急道：「沒時間了嬴哥，剛才我給你吃的那種草，性狀不穩定，十分鐘後你就忘掉我，到時候你會大喊有刺客也說不定。」

「那咋辦捏麼？」胖子也有點急了，我心裡一熱，看得出他是真怕那種事情發生，失去我這個兄弟。

我忙說：「沒事，等再過一會兒你就會又想起我，這樣來來回回大概有一個禮拜就穩定了。」

秦始皇抓過我的手機看了一眼，道：「壞咧，摸（沒）多少時間咧。」

我頓時抓狂了，面對著一個隨時可能跟你翻臉的皇帝……哎。

秦始皇放下手裡的飲料瓶子，忽然高聲喊道：「來人！」

秦國規矩，沒有王令兵甲不能上殿，兩排衛兵便嘩的一聲在殿門口威風凜凜地應了一聲。

我嚇得一抽，小聲問：「嬴哥，你要幹什麼？」

秦始皇不理我，沉著臉道：「把你們將軍叫哈（下）。」

我小心翼翼地判斷著局勢，看看胖子到底是不認識我了，還是在想應對的辦法。直到他又拿起手機看了一眼，我這才稍微地放下心來。

不一會兒，那個領著人圍過我的將軍隻身走進大殿，目不斜視地單膝跪地道：「末將蒙毅參見大王！」

胖子也不廢話，直接問蒙毅：「怕死不？」

「不怕！能為大王死是我最大的光榮。」蒙毅斬釘截鐵。

我摸著腦袋徹底暈了，胖子這是弄啥咧？

嬴胖子這才微笑道：「也不絲（是）讓你真死。」他忽然指指我跟蒙毅道：「這個人你認識哈（下），歪以後他就絲你滴主人，你和外邊滴一萬王庭護衛隊都歸他統領，要聽死命令捏！」

請續看《史上第一混亂》八 王者之戰

史上第一混亂 卷七 前世因果

作者：張小花
發行人：陳曉林
出版所：風雲時代出版股份有限公司
地址：10576台北市民生東路五段178號7樓之3
電話：(02) 2756-0949
傳真：(02) 2765-3799
執行主編：朱墨菲
美術設計：吳宗潔
行銷企劃：林安莉
業務總監：張瑋鳳

初版日期：2019年9月
版權授權：閱文集團
ISBN：978-986-352-723-7
風雲書網：http://www.eastbooks.com.tw
官方部落格：http://eastbooks.pixnet.net/blog
Facebook：http://www.facebook.com/h7560949
E-mail：h7560949@ms15.hinet.net
劃撥帳號：12043291
戶名：風雲時代出版股份有限公司

風雲發行所：33373桃園市龜山區公西村2鄰復興街304巷96號
電話：(03) 318-1378
傳真：(03) 318-1378
法律顧問：永然法律事務所 李永然律師
北辰著作權事務所 蕭雄淋律師

行政院新聞局局版台業字第3595號 營利事業統一編號22759935

定價：270元

國家圖書館出版品預行編目資料

史上第一混亂 / 張小花著. -- 初版. -- 臺北市：風雲時代, 2019.07-　冊；　公分

ISBN 978-986-352-723-7（第7冊：平裝）--

857.7　　108002518